21st Korea Youth Literature Festival

액자 속
바다

제21회
한국청소년문학상
수상작품집

오늘의
문학사

발간사

　제21회(2023) 한국청소년문학상 수상작품집 『액자 속 바다』을 발간합니다. 대상, 금상, 은상, 동상을 받은 작품들을 모아 발간한 이 책은 우리나라 청소년들의 사상과 감정, 그리고 서정적 지향을 확인하는 중요한 자료가 될 것입니다. 또한 문학 창작의 길에 들어서려는 청소년들에게 좋은 본보기 글이 되리라 믿습니다.

　문학은 역사 이래 예술 중의 으뜸으로 자리매김 되어 왔습니다. 아름다운 서정을 노래하기도 했으며, 사회 여러 분야의 아픈 곳을 어루만지기도 했습니다. 문학은 질풍노도가 되어 세상의 어둠을 쓸어내기도 했으며, 어둔 밤에 촛불의 역할을 자임하기도 했고, 새벽을 노래하는 닭 울음으로 새로운 시대의 도래를 예언하기도 했습니다. 시대 변화에 따라 달리 해석되기도 하지만 본의는 같습니다.

　산문에 응모한 작품들은 수필보다 단편소설이나 단편희곡들이어서 글을 쓴 학생들의 노고가 너무 큰 것 같습니다. 긴 글을 쓰고도 탈락한 청소년들에게 미안한 마음입니다. 미안한 마음으로 수상작들은 전문을 모두 수록하였음도 밝혀 드립니다.

　사단법인 문학사랑협의회에서는 2002년부터 '한국청소년문학상'을 제정하여 시상하고 있습니다. 방대한 응모 작품을 예심, 본심까지 심사하느라 수고하신 심사위원들께 감사드립니다. 응모한 청소년들에게도 고마운 마음을 전합니다. 앞으로 더욱 알차게 운영할 것을 약속합니다.

2023년 6월 10일
사단법인 문학사랑협의회 이사장 리헌석

차례

// 산문부문 당선작품 //

제 1 부

운문부문 당선작품

액자 속 바다

김 하 은
(강원도 춘천여자고등학교 3학년)

푸름 소아과 로비에는
액자에 담긴 바다가 벽에 걸려 있습니다

푸른 조명이 기포 사이로 스며들자
바라보던 아이의 눈동자에도 파도가 일었습니다
어항의 옆구리에 반사된 시계 소리가 귀를 간지럽힙니다
텔레비전만한 액자는 바다를 가득 물고
조용히 기계음을 울리고 있습니다

작지만 부족한 것 없는 바다
물고기들의 이마에 부딪힌 시선이
해초 사이로 잠기고 있습니다
아가미가 물방울 같은 인사를 던집니다
뚝뚝 끊기는 발음이 기포로 올라올 때마다

아이는 배운 단어들을 되새겨 봅니다
알약처럼 쌓인 조약돌 사이로
물 때 낀 그림자가 내려앉습니다

카운터의 간호사가 익숙한 이름을 부릅니다
어느새 병원 로비는 바다처럼 몰려오는 저녁에 삼켜지고
기운 몸을 일으키는 어머니의 목 뒤로
피곤한 눈동자를 닮은 해가 가라앉고 있습니다
그녀의 아가미가 뱉는 숨이
수면 위로 미끄러지듯 올라갑니다

아이는 물고기의 언어로
어머니에게 바다를 속삭입니다
물에 잠겨 헤엄치는 팔다리에
조그만 지느러미가 돋아날 것 같습니다

그네

최 제 헌
(경기 평택 한광고등학교 3학년)

별이 밤하늘에 발자국을 새기는 저녁
그네에 올라탄 아버지가 허공을 달리고 있다

휠체어 바퀴 대신 줄을 꼭 쥔 양손
아버지가 내 손에서 멀어질 때마다
나일론 바지는 바람이 씹은 듯 납작해지고
아버지의 거뭇한 뺨은 별에 맞닿는다

저녁에 맡는 바람 냄새를 알고 있니?
손에서 더는 쇠의 비릿한 냄새가 나지 않는다던 아버지
사다리에 뿌리내린 두 발이 휘청였던 공사장에서
유성우처럼 쏟아지는 쇳조각들을 보았더랬다

환한 별이 하늘을 빼곡히 채우는 날이면 찾아오는 공원

우리의 가계도는 단단하게 내 발목을 잡아주고
아버지는 몸을 굽혔다 펼치며 내게 몸을 맡긴다

사다리에 매달려 있을 때보다 더 길어진 다리가
허공에 우뚝 선 채로 선선한 바람을 가른다
나에게로 돌아오는 등을 힘껏 밀쳐내자
밤을 찌르는 아버지의 뾰족한 발이 별을 톡 건드린다

조금 더 날아오르는 아버지와
하나둘 떠오르는 밤하늘 속 아버지의 별들
허공에선 넘어지지 않을 수 있다며 웃는
아버지의 입꼬리가 하현달처럼 길어진다

아버지가 달린 걸음마다 새겨지는 하루의 발자국들
저녁을 마신 아버지의 입에서 달콤한 냄새가 풍긴다

자리

김 은 지
(천진한국국제학교(고) 2학년)

새들은 각자의 자리를 살아간다
매가 창공을 가르면
나무 그늘 속 참새들은 안도하고
해가 캄캄히 숨고 나면
올빼미가 느지막이 눈을 뜬다

하늘만이 새들의 자리겠는가
극남의 얼음 바닷속에도
눈귀를 쫑긋 세워야 할 초원 복판에도
심지어 어느 시골 마을 집 마당 안짝까지도
새들 당당히 돌아다니지 않는 곳 새삼 없다

날지 못하는 것이 무엇이 대수랴
나는 것이 새의 본질이 아닐 것인데

〉

그저 두 다리로 서고자만 한다면
하다못해 벌레 쪼아 댈 부리만 당당하다면
감히 새를 새 아니라 부를 수 있겠느냐

하물며 사람은 어떠하겠는가
걷는 것이 사람의 본질이 아닐 것인데
보고 듣는 것이 사람의 본질이 아닐 것인데
양팔 양다리가 너와 나의 본질은 분명 아닐 것인데

당신이 어둠을 살아간다면
나는 빛나는 속삭임을 전해주겠다
당신이 침묵을 살아간다면
나는 울림이 있는 손짓을 전해주겠다

사람은 각자의 자리를 살아간다
사람은 각자의 자리로 살아간다

은상

사진 속 거북이와 괴괴한 사람들

최 지 우

(경기 안양예술고등학교 2학년)

　액자 속에서 출렁이던 바다를 바라본다 파도가 발자국을 쓸어 가는 소리만 남은 방 안에서 눈을 감는다 벽에 기댄 등이 딱딱한 등껍질이 되어가는 것 같고 누군가 걸었던 흔적이 남은 모래사장을 걷는다 하늘은 맑은데 숨을 들이킬 수가 없다

　거북이는 입을 벌릴 때마다 하얀 플라스틱이 시야를 가린다 콧속을 파고든 플라스틱 포크가 숨통을 조여 온다 걸어온 길을 돌아보면 비틀거린 흔적이 가득하고 맨발에 박힌 유리 조각들이 따끔거린다 등껍질이 갈라지는 것도 모른 채 모래사장을 뛰노는 사람들을 바라본다 간신히 붙든 숨이 언제 끊길지 몰라 고개를 내민다 천천히 고개를 돌려 바다의 동공과 눈을 맞춘다

　뿌연 눈동자 속에서 플라스틱 용기들이 유유히 헤엄쳐간다 먹이를 찾아 뻐끔대던 입과 코에 빠르게 파고드는 악취들 액자 속 풍경이 껍질 아래 심장을 쿡쿡 찔러댄다 쓰레기 속에 파묻힌 목숨 하나가 비닐봉지를 뒤집어쓰고 발버둥친다 그물망에 머리가 끼인 채 같은 자리만 맴돌며 생이 멈추기를 기다린다 모래를 집어삼킨 목구멍은 자꾸 따끔거리고 아무도 보지 않

는 바위 뒤에 숨죽여 있다

액자 속 바위를 치워내면
목이 틀어 막힌 하루가 발버둥 치며 사진 속에 갇혀 있고

누군가 덜 마른 사진을 밟고 지나가면
짓밟힌 하루가 얼룩으로 남아있다

구멍으로

신 지 원
(경북 포항 오천고등학교 3학년)

손가락이 다 닳더라도
매일 밤 엄마는 구멍을 판다
팔수록 쏟아져 나오는 엄마의 흉터

사랑한다면 잊어버려
피할 수 없다면 깊게 들어가야 해

엄마는 자꾸만 어둠 속을 손가락으로 가리켰다

그림자가 사라지는 방에서는
도망치고 싶은 밤에 쫓기는 엄마와 내가 있고
구석을 바라보는 시선에는 우리의 멍이 있다

내가 자고 있을 때면

방문 사이로
누군가의 소리가 들려왔다

얕은 물속을 담갔다가 다시 나오며
눅눅해지는 엄마의 심장과
목소리를 잃어버린 나

창문이 없는 방에서
햇살을 상상하는 시간
꽃무늬 벽지에서는 맡아보지도 못한
꽃향기가 난다

내가 잠에서 깼을 때
엄마는 깊숙한 어딘가로 사라졌다

구멍 앞에는 양말 한 짝과 여전히 세워진 손가락이 생겼고
나는 누구의 것인지 알고 있다

눈이 짓밟히던 날
아무것도 보이지 않게 되었지만
구멍에서는 누군가의 온기가 느껴졌고

〉
나는 엄마의 흔적으로 뛰어들었다

조용한 발소리와
땅만 보고 대화하는 사람들 사이에서
큰 구덩이가 보인다

그곳에는 쪼그리고 누워있는 엄마가 있었고
나는 그곳으로 들어가
엄마의 팔을 베고 누웠다

엄마와 나는 깊숙이 땅으로 스며들어서
하나가 되었다

은상

트라이앵글

이 예 은
(인천 인천세원고등학교 3학년)

나도 둥근 심장을 갖고 싶어

나의 각진 심장은
수축할 때마다
폐에 구멍을 내고

초록빛 선은 자꾸만
뾰족하게 솟아난다

둥근 그래프를 그릴 수는 없는 걸까

모든 끝을 잘라준다면
차라리 평행해질 수 있을 텐데

〉
시 같은 처방전을 읽을 때마다
조금씩 깨지기도 하고

누군가 잠이 들면
가끔씩 도형을 꺼내
다듬고는 하는데

여전히 갈비뼈를 젖히면
사람들은 삼각형이라 말하고

아직도 나를 향해 뛰지 않는 심장
평생 나를 벗어나기 위해
바깥만을 가리키는 심장

팔 등분 된 피자도 못 먹게 하고
지붕을 가진 집에도 못 가게 하면서
왜 혼자만 삼각형을 가지고 있는지

언젠가 목구멍을 뚫고 나와
옷걸이에 나를 걸어 버릴 것만 같다

〉
덕분에 맞지도 틀리지도 않은
모호한 인생을 살고 있지만

죽어서도 플라스크에 담겨있긴 싫어

그러니까
나에게 둥근 심장을 줘

날개 이탈 구역

지 해 인
(경기 안양예술고등학교 1학년)

비만 오면 오래된 놀이터 정글짐에 천사가 걸려있다.

이를테면 난데없이 내린 비로 인해 잔뜩 젖어버린 운동화 같은 것. 그런 존재는 깃털 하나를 뽑아 내 입에 물려주고는 재잘댄다. 이곳이 날개 이탈 구역이라 왔어.
천사들은 신의 눈을 피해 비가 오는 날에만 땅으로 내려온다는 말을 들은 적 있다. 입 안의 깃털을 굴렸다 사탕 맛이 났다.

천사에게선 포도주가 아닌 소주 향이 풍기고 이따금 시취와 같은 오징어 굽는 냄새 역시 천사의 것이다.
비가 그치면 천사는 흰 깃털 하나를 정글짐 밑으로 떨어뜨리고는 사라진다. 장마가 시작될 즘이면 두고 간 깃털을 모아 날개 한 짝은 거뜬히 만들 수 있을 것만 같다.

얇은 선들이 텅 빈 네모를 이루는 조잡한 조형물. 가장 윗부분 홀로 덩그러니 놓인 네모 하나에 천사가 다만 앉아있다.

우산도 없이 비에 잠긴 채로

초록색 네모를 반절만 차지하고서 위태로이

천사는 내게 그 위로 올라오길 권하지 않는다. 그 비좁은 네모 다른 한쪽은 꼭 비워놓기라도 해야 하는 사람처럼.

천사는 천사인 주제에 커다란 주제에 나로서는 너무나 높은 정글짐에 쉽게 올라간 주제에 사람 같다.

성경 어딘가에 있다던 문장 모를 구절을 떠올리며 의문을 지워버린다. 아득한 정글짐 아래에 겹겹이 쌓인 깃털을 바라본다. 외로운 천사는 오늘도 재잘댄다. 어린 나는 달리 천국의 사람을 위로하는 법을 몰라 가만히 들어주기만 한다 이젠 기어코 장마네. 그런 말을 빗줄기에 그저 흘려보낸다.

장마가 시작된 지금 날개 이탈 구역은 철거된 모양이다. 천사는 이제 이곳에 오지 않고 깃털조차 감쪽같이 사라졌다. 천국에 사는 것들은 원래도 이다지 제멋대로지. 생각하고는 금세 잊어버린다. 아득하게만 느껴지던 정글짐이 가깝다. 내일은 정글짐을 타야겠다.

되돌아가는 것이란

김 성 희

(대전 충남여자고등학교 1학년)

음질이 낮은 저명한 노래

여름이 다가오는 쪽방 젊은이의 외침

새벽녘 어스름에 걸터앉아 세상을 바라보는 일

더 이상 존재하지 않는 것들에게 보내는 말

언제나 이 커다란 사회 한켠에 존재하며

언젠간 더 이상 존재하지 않아도 누구도 알아차리지 못하는 것들이다

그것들은

사라짐의 시간이 와도 무소유였기에 편히 본모습으로 되돌아갈 수 있다

누구도 모르는 처음의 길, 무소유의 길로

아마 나는 그것들처럼 존재하지 않아도

편히 되돌아갈 수 없을 것이다

그 길로 돌아갈 수 없을 것이다

그리고 그 길로 가는 발걸음을 멈춘다

저명한 노래들을 듣지 않으니까

쪽방 젊은이의 외침이 들리지 않으니까
새벽 어스름을 통해 세상을 바라보는 일을 그만뒀으니까
더 이상 존재하지 않는 것들에게 이젠 말을 보내지 않으니까
그리고 그 폭우처럼 쏟아지는 변명을 통해서
당신을 사랑하는 마음을 가져 돌아갈 수 없다는 말을 전하지 않으려 한다
어둠이 내려앉고 별들이 춤을 추는
그 저녁 17세의 나는 슬그머니 내게 내려앉을
당신에게 묻는다
당신은 그 길로 걸어갈 수 있나요?
나를
두고서
전하지
못한
그
말을
두고서

사과가 지는 노을

백 지 안
(경기 안양예술고등학교 2학년)

　사과는 가끔씩 추락하고 싶다. 딱따구리가 창문을 쪼아댈 때, 사과가 커튼에 잘린 햇빛을 압도하고 있다. 빗금이 생긴 테이블과 멀어지는 꿈을 꿨다. 개가 큰 소리로 짖고 있었다. 사람들은 귀를 막는다. 오르골이 돌아간다. 사과만이 오후에 짖는 개를 버틸 수 있다. 눈을 뜬다. 테이블 위에 사과가 있다. 어제는 굴렀고, 사과의 어제는 가라앉았다. 홈집은 비벼도 사라지지 않았다. 중요하지 않다. 애벌레가 들어와도 신경 말자. 테이프로 문틈을 막는다. 커튼에 구멍이 뚫린다. 사과를 덧칠해야 한다. 목젖이 울린다. 오르골 소리가 들린다. 베어 문 이빨 자국이 뜨겁다. 익지 않은 태양이 실종됐다. 그런 일을 반복하다가. 떠올린다. 너무 많은 눈꺼풀이 떨어지고 있다. 세상에 이파리가 자라난다.

동상

일출을 보며

유 가 빈
(경기 과천외국어고등학교 2학년)

이루지 못한 많은 꿈은
후회가 되고 한이 되어
내 마음에 찌꺼기를 남긴 채
울렁거리다 차올랐다 부서진다

되지 못한 어제의 계획들은
모래사장의 무너지다만 성이 되어
봉분처럼 남은 채 내 눈에 밟힌다
도닥도닥 쌓이고 쌓여 짐이 된다

눈물이 얼룩진 밤이 지났다
하지 못했던 나를
할 수 없었던 나로 위안하며
뻔한 거짓말을 끌어 올려 덮었다

〉
미명이 깔린 바다엔
잔잔한 파도만이 조곤조곤 설을 푼다
심판을 받듯 정갈한 마음으로
수평선 끝 황금빛 파편들을 바라본다

타오르던 빙산들은
둥그렇게 녹아내린다
나를 다그치던 파도 위를
조용히 내리 덮여 가라앉힌다

모래알 같던 고민들을
한숨에 품고
찬란한 위안이 되어
나를 감싸 안는다

나도 바다가 되어
파도가 되어
날아가는 새가 되어
떠오르는 해에 닿는다

달님의 전화

박 윤 우

(대전 남대전고등학교 2학년)

연보라 꽃
나무에 활짝 필 때
전화 한 통 걸려 왔어요
오늘 바람에 스치우는 달이
너무 예뻐 보여서 전화했다네요

시계 초침에 딱 떨어지는 달빛이
어디선가 들려오는 적막의 소리에
또 한 번 부서지게 된다면
아마도 추억의 편지 한줌 재 되어
저 멀리 날아가 버리겠죠

넝쿨처럼 뒤엉켜 버린 측은함이
몸을 얽매일 정도로 감싸 안아버렸고

그 넝쿨이 너무 아름다워
저기 위 저 먼 곳에
환하게 번지는 피아노 선율처럼
하늘에 수놓은 별들이
하나둘씩 떨어지는 거 같아요

창문밖엔 바람이
이젠 보이지도 않을 거리에서
그대로 머물러 있어요
우리의 오래된 앨범 속
잠들어 있는 낡은 사진처럼 말이죠

세월은 모두를 아프게 한답니다
바람 한 점 불지 않을 이곳에서
달님은 아직도 기다림의 시간이 부족하다 하시네요
벼랑 끝자락에 서 있는 당신처럼
하얗게 녹아내려 사라진 추억도
잠결에 슬피 울던 무의미했던 시간을
비웃기라도 하는 듯이 웃어넘기고
그냥 그렇게 떠나가려고요

종이 한 장 차이

김 도 윤
(경기 분당 대진고등학교 2학년)

추적추적 비가 내리는 어느 여름
누군가가 슬그머니 고개 든다
한 명, 한 명 모이니
푸르스름한 녀석들이 눈에 보이기 시작한다

새하얀 벽에 침범한
검은 적들
썩은 악취를 풍기며
점점 더 새하얀 벽을 물들인다.

벽을 물들일 때마다
까맣게 물들어 가는 내 속
비 섞인 습기와 함께
나를 괴롭힌다

〉
검은곰팡이가 흰 벽을 파먹듯이
내 내면에서도 무언가가 나를 물들이고 있다
전과는 약간 다른 짜증 진로에 대한 고민 무언가 뒤섞인
'검은 물체'가 생겨났다

아무것도 하기가 싫다
자꾸만 상처 주는 말을 하는
나에게도 상처가 생겨난다.
곰팡이처럼 이런 감정이 끈질기게 들러붙는다

과연 나쁘기만 한 걸까?
곰팡이도 버섯이 되듯
이 감정도 잘 다스린다면
좋게 발전할 수 있을까?

곰팡이가 버섯이 되는 건 종이 한 장 차이
사춘기가 터닝 포인트가 되는 것도 종이 한 장 차이
이 종이 한 장만큼의 노력으로 삶을 바꾼다

꼭두각시

이 효 주
(서울 명덕외국어고등학교 2학년)

삐걱삐걱 움직이는 꼭두각시가
마침내 그 줄을 끊어냈을 때는
정작 스스로 움직이지 못했었다
바닥에 널브러져 옴짝달싹도 못 하는 꼭두각시 당신이
몸살이 나도록 온몸에 힘을 주어도
당신의 발 길이보다도 움직이지 못했다
탈출하겠다는 염원은 잊은 지 오래,
줄에 묶인 삶이 전부인 줄로만 알았던 예전의 당신이 있었고
그 옛날은 이제 줄을 끊고 도망을 치고 있다

주저앉는 것조차 버거운 다리 탓에
몸통까지 다 무너져 버린 당신아
줄에 묶여 살던 그때가 좋지 않았느냐,
줄에 묶인 세상이 세상의 전부인 줄로만 알았던 그때가

〉
당신이 답한다, 아니라고 울부짖으며
이럼에도 당신은 행복하다고
바닥에 전신을 맡긴 채 스스로 보행도
직립조차도 할 수 없는
그렇게 산더미처럼 바닥에 쌓여가지만
어느새 힘겹게 움직이고 있던 당신의 친구들도
당신이랑 늘 똑같이 말하더라

사각 거울

곽예은
(경기 소하고등학교 3학년)

고장 난 초인종 버튼이 있는 현관문
그 옆으로 우두커니 걸려있는 거울

거울 속엔 출근하는 아버지
단정하게 자리 잡은 넥타이와 반듯한 앞머리
직사각형 도시락을 넣은 가방을 들고 집을 나선다

거울 속엔 그제서야 비치는 등의 보풀

보풀이 일어난 등은 삐거덕 소리가 나는 사무실 의자와 항상 함께였고
잘 섞인 옛날 도시락 같은 뒤통수를 그는 모른다

아버지는 우리의 거울
내 행동이 올바르지 못하면 아버지 얼굴에 침 뱉는 것이라던 말씀

아버지는 항상 가지런하게 신발을 정리하고 들어오셨다

익숙한 박자로 현관문을 여는 아버지
수증기를 가득 머금은 뒷모습은 거울의 사각지대에 있고
어머니의 손길로 잠시 사라졌던 보풀은
아침이 되면 다시 자라난다

주전자가 이상한 소리를 내는 저녁
바람 하나 불지 않았는데
쿵,
떨어지는 거울
꺾인 채로 나뒹구는 못
깨진 거울 조각 뒤 나무판자엔 엉켜있는 실 먼지들

달밤

김 유 경
(서울 오류고등학교 3학년)

할아버지 콧잔등 위로
어스름이 짙어지면

참나무 궤짝 안으로
주름진 손을 넣고
고운 단어를 골라냅니다

가을밤, 담벼락 타고 넘어오던
노을 닮은 단어를
빛 한 자락에 꿰어내고

살랑이는 양초처럼
흐르는 마음으로
한 줄 한 땀

〉
비단 같은 문장을
냇가에 풀어놓으면

겨울밤이 조각한
새하얀 조약돌 위로
글 모르는 물고기가 첨벙이고

물고기는 밤새 쏟아지는 달빛을
비늘 사이로 견뎌냅니다

청렴한 문장은 길게 흐르며
지혜가 자애로이 번져가니

속을 파고드는
고요가 깊은 잠을 흘리면

냇가는 어머니 눈동자
닮은 별을 따스하게 비추고

할아버지는 서서히 번져가는
오늘을 차곡히 개어냅니다

308번 김영희 씨

김 해 을
(경기 군포중앙고등학교 3학년)

주름살이 나이만큼 진 할머니
병원 자동문이 다 닫히기 전에
아슬아슬 입장한다

손만큼 낡은 휴대폰을 꽉 쥔 그의
대기 번호는 308번이다
간호사가 애타게 부르지만
보청기 없이는 어떤 목소리도
귓가에 닿지 못한다

나이 든다는 것은
시간을 먹고 이름을 뱉어내는 것일까
번져가는 이름과 정체성
그것을 아쉬워 않는 것이 성숙일까

〉
결국 할머니는
다시 대기 번호를 뽑아온다
마냥 기다리다가도
금세 손에 쥔 숫자를
또 잊어버리고 만다

나는 오늘 아침에도 들은
이름 석 자를 떠올리며
320번을 손에 쥐고
333번을 바라본다

가슴속에 꽃망울이 터진다
입을 벌리면 젖어 눅눅한 꽃잎이
두통을 몰고 쏟아져 나온다
속이 좋지 않다
눈가가 빨개지도록 꽃을 토하고 나면

덤덤한 할머니, 꽃이었나
그녀의 이름은 뱉어진 잎이었나
나는 바닥에 눌어붙은 꽃잎을 바라본다

〉
내 안의 꽃잎을 토하고 난 후에야 알아버렸다
할머니의 주름을 함부로 삼키려 한 죄로
내 장의 파편을 뱉어버렸다는 것을

아직 사춘기에서 벗어나지 못했구나
누군가 심장에 입술을 대고 말한다
성숙하기엔 멀었다고

점점 비어가는 대기 공간에서
나는 방금
내가 쥔 번호를 잊어버렸다

동상

할머니의 화장대

김 민 진
(강원도 강원외국어고등학교 3학년)

할아버지 제사가 있던 날,
먼지들이 유독 아우성을 치던 할머니의 방

덜컹거리는 창틀을 비집고 들어오겠다며
안간힘을 쓰다 결국 바스러진 햇살
햇살은 먼지를 춤추게 한다

떠다니는 먼지들에 이끌려
할머니의 화장대 앞에 앉았다
화장대 위 힘없이 늘어진 길고 짧은 머리카락들
할머니께서 지나오신 고생들일까

화장대 한켠엔 선물 받으신 화장품들
한 번도 쓰지 않으셨는지 먼지가 두껍게 앉았다

〉
서랍장 안으로 손을 뻗었다
수북이 쌓인 먼지 속 손에 잡힌 건
먼지 한 톨 없지만 손때 묻은 청록색 봉투

그 안에는 할아버지의 증명사진이 수십 장 들어있다
그 무뚝뚝한 사진이 그리도 소중하셨는지
빛바랜 봉투 안에 고이 넣어두셨다

햇살 때문인지
할머니의 애타는 그리움 때문인지
화장대 안의 봉투는 따뜻했다

제 2 부

산문부문 당선작품

화장실의 여왕

양 고 은
(제주특별자치도 신성여자고등학교 2학년)

화장실. 그곳은 얼마나 놀라운 장소인가. 기본적으로 볼일을 보는 공간이지만, 아이러니하게도 외로운 누군가의 식당이 되기도 하는 장소. 여자들이라면 익히 알겠지만, 모든 소문이 퍼지는 중심지이기도 한 장소. 더럽고 냄새나는 화장실은 온갖 기능을 수행하는 대단한 장소다. 과거, 고대 그리스인들에게 아크로폴리스가 있었다면, 현대의 여성들에겐 화장실이 있다. 여자아이들은 화장실 거울 앞에서 틴트를 쓱쓱 바르면서 자신이 알고 있는 모든 것을 서로에게 쏟아냈다. 안쪽 칸에 있는 사람이 오줌을 싸던, 도시락을 꺼내 먹건 그들은 신경 쓰지 않았다. 그녀들은 자랑스럽게 같은 반 아이의 흉을 보곤 했다.

그리고 지금, 내 앞에 서 있는 이 아인 화장실 구석에서 울고 있다. 그녀의 이름은 강민희. 언제나 강한 모습만 보이던 그녀가 내 앞에서 울고 있다. 그녀는 어린애처럼 눈물을 쏟아냈다. 내가 예의상 준 휴지도 축축하게 젖어 제 기능을 잃었다. 나는 화장실 입구에 있는 휴지를 다시 뽑아 그녀에게 건넸다. 그녀는 눈가를 훔치며 말했다.

"선주야, 나 이제 어떡해야 해?"

그녀는 애처롭게 물었다. 모서리에 쪼그려 앉아 우는 그녀의 모습은 어쩐지 이질감이 들었다. 내 앞에 있는 이 사람은 내가 알던 강민희가 아니다. 무슨 일이든 보란 듯이 해내고, 언제 어디서든 눈에 띨 정도로 빛나던 강민희였다. 그런 그녀가 우는 모습은 상상도 못 한 것이었다.

"선주야, 넌 내 편이지? 그렇지?"

그녀가 내 교복 밑단을 잡아당겼다. 천하의 강민희가 나한테 매달리다니. 그녀의 간절한 눈빛이 씁쓸함을 자아냈다. 여왕이나 다름없던 그녀는 밑바닥까지 추락했다. 폐위당한 여왕의 모습은 우스울 정도로 한심했다. 급기야 화장실 바닥에 쓰러져 신세를 한탄하는 그녀. 이 찌질한 여자, 강민희의 이야기를 들어보지 않겠는가.

5월의 어느 날이었다. 볼일을 보고 손을 씻던 내 귓속에 두런두런 이야기 소리가 들렸다. 고개를 살짝 들어 올리니 화장실 입구에서 다섯 명의 아이들이 저들끼리 이야기 나누고 있었다. 그들은 전부 나와 같은 반이었다. 나는 그들의 이름을 알고 있었지만, 구태여 그들을 부르지 않았다. 같은 반이더라도, 모두가 친구가 아니듯 나와 그들도 서로의 존재만 겨우 인식하는 정도였다. 몇 마디 말을 섞긴 했지만, 대부분 학교생활에서 꼭 필요한 비즈니스적 대화였다. 그러니 저들에게 굳이 친한 척해 봤자 당혹감과 불쾌함이 섞인 표정만이 돌아올 것이 뻔했다.

벽에 기대 삐딱하게 서 있는 말총머리가 강민희. 그녀를 기준으로 시계방향으로 진수인, 윤다영, 고혜윤, 신유민이 동그랗게 섰다. 다섯 사람은 난 안중에도 없다는 듯 계속해서 말을 이어갔다.

"김소정 진짜 어이없어. 걔 전학 온 뒤로 조용한 날이 없잖아."

강민희가 얼굴을 잔뜩 찌푸리며 말했다. 그녀의 말에 진수인이 격하게 고개를 끄덕였다.

"내 말이. 김소정 걔 온 세상 남자들이 다 자길 좋아하는 줄 안다니까? 남자들한테 여우짓 하는 거 봤어? 기가 막혀서 정말."

"공주병이잖아." 윤다영이 키득거렸다.

"아아, 맨 위 칸까지 손이 안 닿네? 도와줘."

윤다영이 선보인 김소정 성대모사에 네 아이들이 박장대소했다. 고혜윤은 배를 잡고 웃으며 말했다.

"그냥 김소정 그 자체 아냐?"

"나는 김소정 같은 여왕벌 애들이 다 뒤졌으면 좋겠어."

신유민이 그 말을 마쳤을 때, 나는 손을 다 씻었다. 더는 화장실에 남아있을 이유가 없었다. 눈치가 보여서라도 얼른 이 자리에서 떠나야 했다. 그러나 화장실 문을 딱 막은 네 사람 사이를 뚫고 가는 것도 민망했다. 나는 눈을 질끈 감고 강민희와 고혜윤 사이를 파고들어 화장실 밖으로 나갔다. 화장실에서 완전히 빠져나왔을 때, 다시 눈을 떴다. 복도의 하얀 LED 램프의 빛 때문에 눈이 따끔거렸다. 하지만 그 빛이 동굴에 고립됐다가 십 년 만에 구출되어 받는 햇빛처럼 느껴져서 좋았다. 다섯 사람을 등지고 반으로 향하는 내게 강민희가 인사했다.

"안녕, 선주야."

너무도 갑작스러운 인사였다. 나는 관절이 녹슨 로봇처럼 어색하게 고개를 돌려 손을 흔들었다.

"그래, 안녕."

스스로 생각해도 멍청한 인사를 남긴 나는 반으로 허겁지겁 뛰어들었다.

자기 자리에 앉은 나는 강민희에 대해 생각했다. 강민희는 아직 중학생이지만, 170을 훌쩍 넘는 큰 키를 가지고 있어 어디서든 눈에 잘 띄었다. 또 날씬하지만 탄탄한 근육이 보기 좋게 자리 잡아 보는 사람으로 하여금 감탄을 자아냈다. 그 신체조건에 알맞게 그녀는 못 하는 운동이 없었다. 그뿐만 아니라 성격도 활발하고 명랑해서 가만히 있어도 사람이 모이곤 했다. 전교생 모두가 그녀를 알았다. 강민희는 평상시에도 모두에게 사랑받았지만, 체육대회 시즌엔 그 인기가 거의 아이돌급이었다. 들리는 말에 의하면 모델이 되기 위해 준비하고 있다고도 했다. 그런 그녀는 남녀불문 높은 인기를 누리고 있었다. 학생들의 지위를 나눈다면 그녀는 피라미드 맨 꼭대기에 당당히 앉아 있을 것이다. 동시에 학교의 마당발인 강민희는 모든 소문의 시작이었다. 쉬는 시간, 화장실에 가면 열에 아홉은 강민희가 있었다. 그녀는 친한 친구 몇몇과 함께 화장실에서 도란도란 이야기를 나눴다. 그녀의 옆얼굴은 여왕의 그것이었다. 그래, 그녀는 화장실을 다스리는 여왕이었다. 그녀는 친한 아이 몇 명만을 골라 자신과 화장실로 가는 것을 허락했다. 강민희의 옆을 지키는 그들은 든든한 호위 기사처럼 보였다. 진수인, 윤다영, 고혜윤, 신유민이 그들이었다. 그들은 항상 강민희의 곁에서 그녀의 위치를 공고히 했다. 강민희가 앉아 있는 그 왕좌는 영원히 부서지지 않을 것만 같았다. 분명 그랬을 터였다. 한 달 전, 우리 반에 전학생 김소정이 오기 전까지는 말이다.

김소정. 강민희의 자리를 위협한 그녀도 만만한 인물이 아니었다. 서울에서 이 촌구석으로 전학 온 김소정은 정말 예뻤다. '예쁨'이라는 말이 김소정을 위한 단어 같았다. 커다란 두 눈은 청초하게 빛났고, 코는 작고 귀여웠으며, 입술은 도톰한 앵두 같았다. 김소정의 전학 소식은 코딱지만 한 학교 전체에 퍼져서 2, 3학년들도 그녀를 보기 위해 기꺼이 행차했다. 김소정이 전학 오고 일주일 동안은 김소정을 보기 위해 몰려든 인파 때문에 반에 들어가기도 쉽지 않았다. 다들 교실 창문에 매미처럼 딱 달라붙어 김소정의 움직임 하나하나에 열광했다.

하늘 아래 두 태양은 없다지만, 강민희와 김소정은 친하게 지냈다. 두 사람은 조별 활동도 같이했고, 밥도 같이 먹었다. 두 사람이 복도를 걸어갈 때면 모세의 기적처럼 아이들이 좌우로 쫙 갈라져 길을 비켰다. 나란히 걷는 두 사람의 모습은 한 나라를 다스리는 통치자의 모습과 다를 바가 없었다.

그러나 두 사람의 관계는 오래가지 않았다. 강민희는 김소정을 화장실로 데려가지 않았다. 사실 강민희와 김소정이 화장실에 같이 있는 장면을 본 건 손에 꼽을 정도였다. 심지어 강민희는 자기 기사들과 함께 김소정을 헐뜯었다. 스치듯이 들었지만, 이것만은 확실했다. 강민희는 남자들에게 꼬리치는 김소정을 싫어했다.

나는 고개를 살짝 틀어 김소정을 보았다. 그녀는 내 왼쪽 대각선 자리에 앉아 있었는데, 그녀의 주위를 남자애들이 둘러싸고 있었다. 김소정은 그들과 웃고 떠들었다. 가만 보니 강민희가 했던 말도 일리가 있는 듯했다. 김소정은 여자애들과 놀 때보다 남자애들과 놀 때가 더 많았다. 강민희와 사이가 틀어지고 나서부턴 조별 활동도 남자애들과만 했다. 강민희가 김소정을 미워하는 것도 어느 정도 이해가 됐다.

다음날, 우리는 제비뽑기를 통해 자리를 바꿨다. 운 좋게도 나는 강민희와 짝이 되었다. 그녀와 짝이 된 건 처음이었다. 그녀 옆에 앉는다는 사실이 뿌듯하게 느껴졌다. 그녀 옆으로 책상을 옮기자 강민희는 활짝 웃어 보였다.

"속으로 너랑 짝꿍 하게 해달라고 빌었는데 이루어졌어."

"정말?"

"응. 나 너랑 친해지고 싶었거든. 나중에 필기 보여줄 거지?"

나는 세차게 고개를 끄덕였다. 강민희에게 필기를 보여준다는 것은 영광이었다. 나는 앞으론 더 깔끔하게 필기해야겠단 알 수 없는 책임감이 들었다.

그날 점심시간, 자리에 앉아 넋 놓고 있던 내 어깨를 누군가가 툭툭 쳤다. 돌아보니 장난스러운 표정의 강민희가 서 있었다. 그녀는 내 귀에 대고 속삭였다.

"우리, 화장실 가자."

심장이 뚝 하고 떨어지는 것만 같았다. 세상에. 내가 살다 살다 강민희와 화장실 가는 날도 오는구나. 심장이 미친 듯이 뛰었다. 귓가에서 북소리가 들리는 듯했다. 강민희는 정신을 반쯤 잃은 내 손을 잡고 화장실로 달려갔다. 손을 어찌나 세게 잡았는지 단단한 그녀의 손가락 마디 하나하나가 전부 느껴졌다.

강민희의 손에 이끌려 도착한 화장실에는 네 아이가 이미 기다리고 있었다. 강민희는 그 아이들에게 날 소개했다.

"같은 반이니까 알지? 홍선주야."

나와 네 아이는 어색하게 인사했다. 짧은 인사가 끝나자 강민희는 본론으로 들어갔다.

"조금 있으면 수학여행 가는 거 다들 알고 있지? 거기서 할 장기 자랑을 준비해야 해." 강민희는 잠시 쉬었다 말을 이었다.

"분명 김소정도 참가할 거야. 각 반에 한 팀씩만 나갈 수 있으니까 필연적으로, 우리랑 김소정은 같은 팀이 될 거야. 눈치 없이 꼭 나댄다니까, 꼴 보기 싫게."

강민희가 씹어 뱉은 말에 몇몇 아이들이 동조했다. 강민희는 다른 아이들의 반응을 대충 훑은 후 두 눈을 매섭게 빛냈다.

"그래서 우리가 할 수 있는 최대한의 일은 김소정의 비중을 줄이는 거야. 그 일을 위해 선…." 거기까지 말한 강민희가 고개를 돌려 나를 빤히 바라보았다.

"홍선주, 네 도움이 필요해."

그 뒤의 일은 정말 강민희의 말대로였다. 반에선 수학여행에서 선보일 장기 자랑을 준비해야 한다는 물결이 세게 일었다. 그 참가자 명단엔 당연히 강민희와 그녀의 호위 기사들의 이름이 올라갔다. 물론 그 맨 아래엔 김소정의 이름도 있었다. 그렇게 명단이 다 꾸려졌을 때쯤, 강민희가 손을 들었다.

"나는 선주도 우리랑 함께했으면 하는데. 선주가 영화를 많이 봐서 그런지 무대 연출력만큼은 뛰어나거든. 꿈도 영화감독이랬잖아. 그러니까 선주가 총감독해 주는 건 어때? 무대에 오르는 건 부담스러워도 그 정도는 해줄 수 있지?"

강민희의 말에 나는 곧장 고개를 끄덕여 보였다. 미리 준비해 둔 각본이었다. 고작 중학생 장기 자랑에 총감독이라니, 유난도 이런 유난이 없었지만, 그것에 불만을 가지는 아이는 한 명도 없었다. 곧 있으면 놀러 간다는 기대감 때문에 그런 사소한 대화들이 귀에 잘 들어오지도 않았을뿐더러, 강민희가 하는 말인데 틀렸을 리가 없다는 믿음이 아이들 마음 깊은 곳에 자리 잡았을 터였다.

김소정의 이름 아래 '(홍선주)'라는 글자가 추가되자 강민희는 만족스러운 듯 웃었다. 그러곤 내 귀에 대곤 "회의 내용, 안 잊었지?"라며 속삭였다. 나는 다른 애들이 알아차리지 못하게 작게 고개를 끄덕였다.

"소정아, 이 노랜 어때? 이 노래에 맞춰서 춤추자."

강민희가 핸드폰을 내밀어 보였다. 핸드폰 화면에는 다섯 명의 여자가 춤을 추고 있었다. 그들은 유명한 아이돌 노래에 맞추어 각자의 춤 선을 뽐냈다. 그 화면을 본 김소정의 얼굴이 미묘하게 일그러졌다.

"노래는 좋은데 이건 다섯 명이 추는 춤이잖아. 선주 빼도 여섯 명인데 이걸 추기엔 좀 힘들지 않을까?"

김소정의 말이 끝나기가 무섭게 강민희가 내게 눈빛을 보냈다. 내가 나서라는 신호였다.

"그런 이유로 이 노래를 포기하는 건 아깝지 않아?" 나는 우리가 사전에 계획한 대로 말했다.

"그냥 파트만 우리끼리 알아서 잘 나누면 되지 않을까 싶은데. 안 그래?"

어색하게 구한 동의에 강민희와 그녀의 기사들이 대충 맞장구쳤다. 강민희의 핸드폰 화면을 한참 동안 들여다보며 고민하던 김소정도 아이들의 분위기를 보며 억지로 웃어 보였다.

"그래, 너희들 뜻이 그렇다면 그렇게 하자."

노래가 정해진 뒤의 일은 더 다사다난했다. 여섯 아이는 책상을 붙여 가운데에 핸드폰을 두고 열띤 회의를 진행했다. 누가 어떤 부분을 출 것이며, 센터는 누가 몇 번을 할 것인지에 대한 토의였다. 솔직히 말해서 그들의 말 대부분이 이해되지 않는 것이었다. 강민희가 내 연출 실력이 뛰어나다며 날 띄워주긴 했지만, 이는 거짓말이었다. 내가 영화를 자주 보고, 꿈이 영화감독인 것은 사실이었다. 하지만 나는 아이돌이니 춤이니 하는 것엔 전혀 관심이 없었다. 강민희가 제안한 노래의 제목도 알지 못했다. 다만 아이들이 최근에 흥얼거리길래, 아 이 노래가 요즘 뜨는 노래구나! 할 뿐이었다. 나는 꿔다 놓은 보릿자루나 다름없었고, 아이들도 그걸 잘 알았기에 내가 아무 말 없이 입을 다물어도 내게 타박하지 않았다. 그것보단 자신이 조금이라도 더 많은 파트를 차지하기 위해 싸워댔다. 나는 의자를 살짝 뒤로 밀어 멀리서 그들의 모습을 지켜보았다. 분명 사람의 언어로 이야기를 나누고 있었지만, 여섯 사람은 인간이라기보단 흡사 짐승에 가까웠다. 그들의 회의를 빙자한 싸움은 공포영화와 닮아있었다. 처음엔 평화로운 분위기를 흉내 내고, 서늘한 신경전이 펼쳐졌다. 그 후엔 긴박한 언쟁이 쉴 새 없이 몰아쳤다. 이것이 공포영화가 아니라면 무엇인가. 나는 턱을 괴고 그들의 대화를 설렁설렁 들었다. 나는 알고 있었다. 이 모든 행동이 부질없는 짓이란 걸 말이다.

-선주야, 너는 그냥 내 말에 동의하기만 하면 돼. 슬쩍슬쩍 김소정 파트도 좀 줄이고. 눈치껏 잘할 수 있지?

화장실에 초대받은 날, 강민희는 내 어깨에 팔을 두르며 말했다. 가느다란 그녀의 팔은 보기보다 무거웠다. 아니, 어쩌면 그녀의 말이 주는 압박감 때문에 무겁다고 느낀 걸지도 모른다. 아무튼, 그녀가 짠 계획은 이것이었다. 첫 토의 과정에선 공정하게 파트를 분배하고, 춤을 춰가면서 은근슬쩍 김소정의 파트를 뺏는 것. 강민희의 말은 듣기엔 거창했지만, 별거 없었다. 제삼자인 척, 객관적인 척 김소정의 춤을 깎아내리는 것이 내가 할 일의 전부였다. 한마디로 이렇게 목에 핏대를 세우며 파트를 나눠봤자 뒤엔 다 뒤집혀 중앙은 거의 강민희의 것이 될 것이었다. 나는 필사적으로 하품을 참으려 했다. 아주 가끔 강민희나 김소정이 내 의견을 물어볼 때가 있었는데, 나는 생각할 것도 없이 강민희의 편을 들었다. 그때마다 김소정의 얼굴엔 불쾌한 기색이 떠올랐다. 그녀의 얼굴을 보고 있자니 알 수 없는 이상한 감정들이 몽글몽글 솟아올라 나 역시 기분이 나빠졌다.

"그럼, 파트 분배는 이렇게 하고. 일단 대형을 맞춰보자."

길고 지루한 회의가 끝나자 여섯 명은 내 앞에 일렬로 섰다. 내 앞에 한 줄로 선 여섯 아이는 마치 요정들 같았다. 좀 전의 짐승 같은 모습은 완전히 벗어던지고, 착하고 풋풋한 여중생의 가면을 뒤집어쓴 듯했다. 사랑스러운 미소를 지어 보이며 강민희가 중지와 엄지를 튕겨 딱 소리를 냈다. 그 신호에 맞추어 나는 핸드폰 재생 버튼을 눌렀다. 노래가 시작되자 아이들은 팔다리를 흔들고 머리를 돌렸다. 날카로운 secret 둘러싼 얘긴 베일 속에 점점 더 깊은 H-H-Hush 맘을 겨눠 이제 여긴 온통 어두운 밤 하늘색 그림자조차 길을 잃게 해….

내 눈에 비친 그들의 춤은 특별히 모난 점 없이 무난하게 보였다. 원체 잘 알지 못하는 춤이니 더욱 그럴 것이다. 노래나 춤 같은 것에 조예가 없는 나로서는 4분간 그들의 동작 하나하나를 열정적으로 눈에 담는 연기를 해야만 했다. 대단한 비평가라도 되는 양 괜히 눈을 가느다랗게 떠보기도 하고, 전체를 본답시고 몇 발짝 뒤로 물러나 보기도 했다. 그러면서 이 노래가 끝나면 뭐라고 말해야 할까 끊임없이 생각했다. 좋았다고 할까 나빴다고 할까. 김소정만 콕 집어 비난하기도 좀 그랬다. 하지만 그녀의 파트를 어떻게서든 줄여야만 했다. 불안감에 나는 손톱을 물어뜯었다.

그렇게 영원할 것만 같았던 4분이 끝났다. 강민희는 동작을 유지한 채로 눈동자만 움직여 내게 말을 걸었다.

"어땠어, 선주야?"

겨우 여섯 글자가 날 강하게 옥죄었다. 그녀의 질문은 일종의 시험이었다. 내 대답에 따라 그녀가 날 버릴 수도 있다는 걸 본능적으로 알아차렸다. 화장실에 딱 한 번 초대됐다고 내가 그녀의 친구가 된 것이 아니란 건 말고 있었다. 나는 침을 꼴깍 삼켰다.

"좋았어. 좋은데, 2% 부족한 느낌?"

"역시 그렇지?" 강민희가 다시 자세를 바로 했다.

"아무래도 파트 분배를 다시 해야 할 것 같아."

"꼭 그럴 필요까지 있어? 지금 상태가 부족해 보이는 건 연습 부족 때문일 거야. 방금 이어서야 맞춰 본 거잖아. 몇 번 더 연습하면 괜찮아질 거야."

강민희의 말에 김소정이 반대하고 나섰다. 그녀는 겨우 정한 파트 분배를 어떻게 다시 정하냐며 말을 덧붙였다. 강민희는 당돌한 태도를 마음에 들지 않아 하는 듯했다. 그녀의 얼굴은 분명 웃고 있었지만, 입꼬리 끝이 파르르 떨리고 있었다. 억지로 웃는 바람에 경련이 난 듯했다. 그녀는 덜덜 떨리는 얼굴로 말했다.

"우리가 연습할 수 있는 시간이 그렇게 길지가 않아. 우린 효율적으로 파트를 분배해야 해. 잘하는 애를 앞에, 못하는 애는 뒤에 배치해야 한다는 거지. 그런데 내가 보기엔 말이야," 강민희가 입술을 검지로 톡톡 쳤다.

"소정이 너는 몇몇 동작들이 좀 딱딱하던데."

"뭐?"

강민희의 지적에 김소정이 발끈했다. 그녀의 새하얀 얼굴이 분노로 붉어졌다. 그녀는 주먹을 불끈 쥐었다.

"내 동작이 딱딱하다고? 웃기지 마. 네 동작이 지나치게 흐물거리는 거야. 네가 상처받을까 봐 일부러 말 안 하고 있었는데 어떻게 네가 나한테 뭐라 할 수 있어?"

"내 말이 틀렸다고 생각해? 그럼 선주한테 물어보면 되지. 선주야, 네가 보기엔 어땠어?"

강민희가 나를 돌아보았다. 날 향한 그녀의 얼굴을 활짝 웃고 있었다. 그건 승리를 확신한 미소였다. 난 그녀의 그 미소를 지킬 의무가 있었다. 난 필사적으로 머리를 굴려서 대답했다.

"내가 보기엔 둘이 별로 다르진 않았어. 다만, 민희의 팔다리가 길어서 더 유연해 보였어. 그리고 이 춤은 동작을 크게 크게 하는 게 중요한데, 민희가 더 키가 크다 보니 더 잘하는 것처럼 보였어."

나는 그렇게 말하면서 자기 자신에게 놀랐다. 전문가라도 된 양, 냉철한 눈을 가지기라도 한 양 말을 내뱉었다. 그들의 춤을 보면서 내내 딴생각을 한 주제에 말은 번드르르하게 잘했다. 나는 말을 마친 후, 강민희의 얼굴을 살폈다. 그녀의 얼굴은 오묘했다. 딱히 기뻐하지도, 화난 것 같지도 않았다. 모든 감정의 경계에 속해 있는 표정이었다.

"들었지?" 강민희가 어깨를 으쓱해 보였다.

"하이라이트 부분엔 소정이가 뒤로 가는 게 좋을 거 같아."

"무슨 소리를 하는 거야? 선주는 내 동작이 틀렸다곤 안 했잖아."

"그걸 말로 해야 아는 거야? 다른 애들 추는 거 못 봤어? 너 말곤 그렇게 안 춰. 이런 상황일 땐 다수가 하는 대로 따라야 하지 않을까?"

강민희와 김소정 사이에 치열한 기 싸움이 벌어졌다. 두 사람 모두 웃고 있었지만, 말속엔 칼이 있었다. 자칫하다간 나까지 그 칼날에 베어 버릴 것만 같아 나서기가 쉽지 않았다. 그러나 강민희의 기사들은 강민희의 곁에서 그녀의 편을 들었다. 칼날에 찔리는 것쯤은 대수롭지 않게 여기는 듯했다. 저 정도 용기는 있어야 강민희의 최측근이 될 수 있는 거구나, 싶었다.

강민희와 김소정의 싸움은 불꽃 튀던 처음과 달리 시시하게 끝났다. 제아무리 김소정이라고 하더라도 다대일에선 밀릴 수밖에 없었다. 결국, 김소정은 고개를 숙이고 강민희의 말에 수긍했다. 그들은 파트를 재분배하고 다시 노래에 맞춰 동선을 맞췄다. 나도 그들의 춤을 보며 같잖은 조언을 던졌다. 그러다 눈이 마주치고 말았다. 맨 뒷줄에서 춤을 추던 김소정과. 그녀는 열정적으로 팔을 흔들었다. 하지만 그녀의 눈은 얼음처럼 싸늘하게 식어있었다.

장기 자랑 준비를 한 지 이틀째가 되던 날이었다. 우리 일곱 사람 말곤 아무도 없는 교실에서 노랫소리만 교실에 울렸다. Oh 넌 항상 Love is game 쉽게 즐기는 가벼움일 뿐이라고 뭐 이렇게 못된 얘기로 자꾸 피해 가려고만 하니 왜….

그때였다. 큰소리와 함께 교실 문이 벌컥 열렸다. 갑작스러운 소리에 나는 몸을 움찔했다. 문을 연 사람은 평소 김소정과 자주 어울리고 다니던 같은 반 남자애였다. 그는 교실 안으로 성큼성큼 걸어가 내 앞에 섰다. 내가 뭐라 반응하기도 전에 그는 쇠뚜껑처럼 큰 손으로 내 왼쪽 뺨을 후려갈겼다.

짝!

그 충격으로 인해 고개가 절로 돌아갔다. 그 후에서야 통증이 밀려왔다. 왼쪽 뺨이 얼얼했다. 내 뺨이 터져버린 것은 아닌지 의심이 됐다. 귀에선 날카롭게 '삐'하는 소리만 울렸다. 이명 외엔 아무 소리도 들리지 않았다. 난데없는 상황에 내 몸은 얼음처럼 딱딱하게 굳었다. 난 뺨을 손으로 감싸는 건 외엔 어떤 행동도 보일 수 없었다. 그에게 이게 무슨 짓이냐고 따질 수도 없었다. 머릿속이 백지장처럼 하얘져서 어떤 판단도 내릴 수가 없었다. 눈에선 눈물이 흘러 따가운 뺨을 타고 흘렀다. 눈물이 턱 끝까지 다다라서야 다른 소리를 식별할 수 있었다. 나 대신 그에게 따지는 강민희와 희미하게 들리는 노랫소리. 마지막 남은 순간까지 내게 맡기게 될 거야 넌, 달콤한 너의 러시안룰렛….

"갑자기 들이닥쳐선 이게 뭐 하는 짓이야? 왜 아무 잘못 없는 애를 때려?"

"아무 잘못이 없어?" 그는 오히려 황당하다는 듯 말했다.

"김소정한테 다 들었어. 너희가 짜고 김소정 따돌린다며? 왜 회의해서 정한 파트를 너희 마음대로 바꿔? 여자들끼리는 친하게 지내는 게 그렇게 어렵냐? 왜 서로를 못 헐뜯어서 난리야? 평화롭게 지내면 어디 덧나?"

그의 말에 강민희는 뚜껑이 완전히 열린 듯했다. 그녀는 웃으려는 시도도 하지 않았다. 그녀는 목청 좋게 외쳤다.

"평화 운운하는 애가 여자앨 때려? 일단 넌 나가. 폭력주의자 여자들끼리 할 이야기가 있으니까."

강민희의 기사들은 그를 교실 밖으로 떠밀곤 문을 아예 잠가버렸다. 그가 교실 문을 두드리며 뭐라 뭐라 고함쳤지만, 그 누구도 신경 쓰지 않았다. 강민희는 나를 품에 안고 괜찮냐고 물었다. 나는 멍한 머리로 그렇다고 연신 대답했다. 내 대답에 강민희는 경멸 어린 시선으로 김소정을 응시했다.

"너도 참 너다. 왜 우리끼리의 문제에 외부인을 끌어들여? 불만 있었으면 우리한테 말해.

음침하게 남자애들하고 뒷담까지 말고."

"나도 이럴 줄은 몰랐어." 김소정이 울먹이며 말했다.

"나도 걔가 선주를 냅다 때릴 줄은 몰랐어. 나는 그냥 답답하니까 걔한테 털어놨을 뿐이야."

김소정의 말은 갈수록 힘이 없었다. 그녀는 손가락을 꼼지락대다가 내게 다가와 울면서 말했다.

"미안해, 정말로 미안해 선주야."

그녀는 내게 손을 뻗었고, 나는 반사적으로 그 손을 쳐냈다. 그 행동에 김소정은 상처받은 듯했다. 그녀는 닭똥 같은 눈물을 뚝뚝 흘렸다. 누가 봐도 그녀는 애처롭게 보였지만, 내 눈에 비친 그녀는 남자에 미친 위선자였다. 그녀의 사과를 받아들이고 싶은 마음은 추호도 없었다.

나를 사이에 두고 강민희와 김소정은 또다시 언쟁을 벌였다. 나는 그 현장을 도망치듯 빠져나왔다.

다음날 학교에 가니, 장기 자랑 계획은 모두 무산되었다고 했다. 나는 조심스럽게 강민희 옆에 앉았다.

"미안해, 민희야. 나 때문에 장기 자랑도 무산되고…."

강민희는 말없이 나를 바라보다가 나를 끌어안았다.

"됐어. 선주 네가 무슨 잘못이 있겠어. 나쁜 건 김소정 그년이지."

그 말을 들은 순간, 내 마음속엔 안도감이 들었다. 다행이다. 아직 민희에게 버림받지 않았어. 아직 기회는 남아있어.

그날 내가 했던 생각은 멍청하기 짝이 없는 것이었다. 그 후로 나는 강민희에게 초대되지 않았다. 그녀는 항상 내게 상냥하게 대해 줬지만, 그게 다였다. 그녀는 다신 나를 자기 옆으로 두지 않았다. 그녀와 나 사이엔 보이지 않는 벽이 있었다. 그 벽은 너무 높아서 감히 오르거나 뛰어넘을 생각조차 들지 않았다.

　그 후의 나날들은 평소와 같았다. 강민희와 어울려 다닌 일들이 한여름 밤의 꿈처럼 느껴졌다. 그래, 친구 없이 공책에 낙서나 하는 게 나한테 어울리지. 강민희라니, 내 주제에 무슨. 그렇게 합리화하면서도 가슴 한구석이 뚫린 것처럼 공허했다. 강민희는 달콤한 사탕 같은 존재였다. 너무 달아서 금방 중독되고 마는 사탕. 한 번도 먹지 않은 사람은 있어도, 한 번만 먹은 사람은 없는 사탕. 눈을 감으면 입안 가득 사탕의 맛이 생생하게 떠올라서 사람을 미치게 만드는 사탕. 짝꿍인 그녀는 숨소리도 들릴 정도로 가까이 있었지만, 손끝 하나 닿을 수 없을 만큼 멀었다. 나는 바보처럼 화장실로 가는 그녀의 뒷모습을 보는 수밖에 없었다.

　그러다 문득 나는 이상한 점을 발견하게 되었다. 최근 들어 부쩍 강민희가 화장실로 가는 횟수가 는 것이다. 그녀는 하루 중 모든 쉬는 시간을 화장실에서 보냈다. 그녀가 화장실을 아지트로 쓰는 것쯤은 진작 알고 있었지만, 이건 좀 과하지 않나 싶었다. 내 직감이 말했다. 강민희에게, 무언가 큰 사건이 찾아왔노라고. 그리고 그건 결코 좋은 일이 아닐 거란 예감이 들었다. 교실에서 대놓고 말하지 못하는 비밀이 생겼을 것이 분명했다. 그러고 보니 그녀의 얼굴도 어쩐지 수척해 보였고, 기운도 없어 보였다. 거기까지 생각이 미치자 그녀가 걱정됐다. 내가 누굴 동정할 처지는 아니지만, 그냥 그랬다. 하루 벌어 하루 먹는 농부가 국왕의 건강을 걱정하는 꼴이었다. 나는 내 머리카락 사이로 그녀를 힐끔힐끔 보았다. 깐 달걀 같던 그녀의 피부가 푸석푸석해 보였다. 야윈 그녀의 모습을 본 나는 결심했다.

"강민희, 우리 진지하게 이야기해 보자."

나는 화장실 가장 바깥쪽 칸에서 그들의 목소리를 들었다. 귀를 벽에 대고 최대한 집중해서 단어 하나도 놓치지 않도록 주의를 기울였다. 목소리로 추측했을 때, 이야기하고 있는 사람은 총 다섯 명. 강민희, 진수인, 윤다영, 고혜윤, 신유민이었다. 그들의 어조는 차갑기 그지없었다. 서로 없으면 안 될 것처럼 굴던 다섯 사람 사이에는 냉기가 감돌았다. 그런데 가만 대화를 들어보니 강한 이질감이 들었다. 그들은 싸우는 것이 아니었다. 일방적으로 한 사람을 타박하고 있었다. 그리고 그 대상은 다름 아닌 강민희였다.

"민희야, 내가 너한테 제일 실망한 게 뭔 줄 알아? 네가 자꾸만 개인감정만 앞세워 행동한다는 거야."

"그래, 이번 일만 해도 그래. 장기 자랑 같은 거, 눈 한번 딱 감고 하면 되잖아. 아무리 소정이가 싫어도 그렇지, 네가 행동은 과했어."

"우리 장기 자랑 파투 난 거엔 네 책임도 있는 거 알지?"

네 아이가 차례대로 강민희에게 한 마디씩 던졌다. 강민희는 대꾸하지 않았다. 그녀는 입을 꾹 다물었다. 아무 말도 하지 않는 그녀는 마치 폭풍이 들이닥치기 전의 고요함 같았다. 아이들이 저마다의 말을 모두 쏟아낸 후, 그녀의 목소리가 화장실 전체에 나지막이 퍼졌다.

"할 말은 그게 다야? 아무튼, 너희가 하고 싶은 말은 전부 내가 잘못했단 거 아냐. 웃겨, 정말. 마음에 손을 얹고 말해 봐. 너희는 진심으로 이 일이 나만의 잘못이라고 생각해? 아니잖아. 너희 모두 동조한 일이잖아. 그런데 왜 나한테만 이러는데?"

강민희 목소리엔 울분이 섞여 있었다. 그녀를 직접 보지 않아도 그녀가 필사적으로 화를 억누르며 말하고 있는 걸 알 수 있었다. 그녀의 말이 끝나자 화장실은 적막함으로 뒤덮였다. 누구도 입을 열지 않았다. 화장실의 공기는 빠르게 식어갔다. 그 불편한 정적은 영원할 것처럼 끝나지 않았다.

"그게 무슨 소리야, 민희야."

신유민이 말하기 전까지는 말이다.

"우리가 언제 너한테 동조했어? 하나부터 열까지, 전부 네가 한 일이잖아. 왜 엄한 사람한테 누명을 씌우고 그래. 나 억울하다, 민희야. 인정할 건 인정해야지. 난 네가 이렇게 추한 사람인 줄은 몰랐어."

신유민의 목소리는 다정한 동시에 서늘했다. 조금은 과장된 어투. 자신은 아무것도 모른다는 듯한 태연한 태도. 그 뻔뻔한 태도를 다른 아이들은 단번에 학습해 냈다.

"유민이 말이 맞아. 애초에 소정이 파트를 뺏어야 한다는 것도 네 의견이었잖아."

"홍선주를 데려온 것도 네가 한 일이었어."

신유민의 주도로 아이들은 강민희에게 비난의 창을 던졌다. 강민희가 간간이 반박하긴 했지만, 그녀의 의견은 모조리 묵살당했다. 그들은 몇 마디를 더 주고받았고, 점심시간의 끝이 다가왔음을 알리는 예비종이 치자 화장실을 떠났다. 나는 그녀들이 떠난 것을 확인하고 나도 밖으로 나왔다. 저 멀리서 강민희의 뒤통수가 보였다. 그녀의 쓸쓸한 뒷모습이 김소정의 뒷모습과 겹쳐 보였다.

그 후로 강민희는 자신의 호위 기사들에게 버림받은 듯했다. 그녀는 그들과 어울리지 않았다. 주로 혼자 있거나 종종 내게 말을 걸기도 했다. 어떨 땐 그녀의 눈가가 붉게 물들어 있기도 했다. 그녀는 병든 왕처럼 보였다. 살날이 얼마 남지 않은 그녀의 자리를 간신들이 호시탐탐 노리는 걸 알면서도, 어찌할 수 없는 왕. 한때는 동경했던 그녀가 밑바닥까지 추락한 모습은 눈 뜨고 보기 힘들 정도였다. 나는 그녀의 귀에 대고 속삭였다.

"우리, 화장실 가자."

그녀는 내 말을 순순히 따랐다. 그건 내가 좋아서라든가 그런 이유가 아니었다. 단지 불필요한 대화를 하지 않기 위해서였다. 그녀는 화장실 벽에 기댄 그녀의 눈은 텅 비어있었다. 여기까지 불러서 할 이야기가 대체 뭔데, 하는 표정이었다.

"민희야. 난 장기 자랑을 준비하던 짧은 시간 동안 네게 많은 것을 배웠어. 그중에 가장 큰 교훈은 이거야. 사람 하나 병신 만드는 게 참 쉽다는 거."

"하고 싶은 말이 뭐야?"

"우리, 소정이한테 사과하자."

내 말에 강민희는 두 눈을 부릅떴다. 그녀는 몸을 바들바들 떨었다.

"그게 무슨 말이야?"

"나는 너랑 놀 때 정말 즐거웠어. 난 네가 기뻐했으면 했어. 그래서 소정이를 병신 만드는 데도 일조했지."

"너도 내가 잘못했다고 생각해?"

"응."

나는 단호하게 대답했다. 강민희는 잠시 벙쪘다가 "감히 네가, 감히 홍선주가 나한테…."하고 중얼거렸다. 나는 말을 이었다.

"그리고 나도, 진수인도, 윤다영도, 고혜윤도, 신유민도 모두 잘못했다고 생각해. 우리가 짜고 소정이 하나 병신 만든 거 맞잖아. 너랑 어울렸을 땐 그게 그냥 재밌는 장난이라고 생각했어. 그런데 아니더라. 저번에 너랑 다른 애들이 하는 말 들었어. 이번 차례는 누구였어? 김소정 다음 병신은 누구였냐는 말이야. 이게 얼마나 잔인하고 치졸한 행동인지는 너도 잘 알거야. 그래서 나는 소정이한테 사과하려고 해. 너도 함께했으면 좋겠어."

나는 거기까지 말한 뒤, 숨을 골랐다. 그리고 진심을 담아서, 한 글자 한 글자 정성 들여 발음했다.

"난 널 존경했어. 하지만 이건 아니야."

바로 다음 순간, 강민희는 눈물을 쏟아냈다. 눈물이 폭포처럼 흘렀다. 그녀는 끊임없이 울었다. 다리도 풀렸는지 화장실 구석에 주저앉았다.

"나도 내가 한참을 잘못 걸어왔다는 건 알아. 그런데 인제 와서 나보고 어떡하라는 거야. 내 편은 한 명도 없어. 이런 하루하루가 고통스러워서 죽고 싶어. 그런데 김소정도 이런 삶을 살았을 거란 생각을 하니까 죄책감 때문에 돌아버리겠어. 하지만 나는 사과하는 법도 모르는 멍청이야. 난 이제 어떡하면 좋아?"

나는 눈물로 강을 이루는 그녀에게 휴지를 건넸다.

"나도 사과하는 법 같은 거, 잘 몰라. 그래도 둘이라면 어떻게서든 할 수 있을 거야."

강민희는 휴지를 받아들고 계속해서 울었다.

그리하여, 현재. 화장실에는 나와 강민희, 둘 뿐이다. 강민희는 거의 실신할 정도로 울다가 겨우 정신을 차렸다. 나는 그녀를 부축해서 일으켜 세웠다.

"이번 주말에 확실하게 사과하자."

"그래, 그러자."

작은 목소리로 대답하는 그녀는 한없이 초라했다. 우리 두 사람은 서로에 기대어 반으로 향했다.

결전의 그날이 밝았다. 내 앞엔 김소정이 앉아 있다. 그녀 곁에는 딸기 셰이크가 단아하게

서 있다. 김소정은 빨대로 셰이크를 몇 번 휘저었다.

"음료수 사줘서 고맙긴 한데, 무슨 이유로 부른 거야?"

그녀의 동그란 두 눈이 호기심으로 빛났다. 고개를 갸웃하는 그녀를 보며 마른침을 삼켰다. 핸드폰을 힐끗 보니 약속한 시각에서 10분가량 흘렀다. 강민희는 버스를 놓쳐서 조금 늦을 거 같다는 카톡을 끝으로 아무런 말이 없었다. 나는 초조함에 목이 탔다. 나는 애써 태연한 척하며 내 앞에 있는 레몬에이드를 한 모금 마셨다. 아무래도 슬슬 본론을 꺼내야 할 것 같았다. 아무것도 모르고 생글생글 웃는 김소정을 보니 목이 꽉 막힌 듯 목소리가 잘 나오지 않았다. 나는 레몬에이드가 담긴 잔을 완전히 비워내고 나서야 말을 꺼낼 수 있었다.

"내가 널 부른 이유는 네게 사과하기 위해서야."

"사과?"

"이번에 수학여행 장기 자랑 준비하기로 했잖아. 그 부분에 대해서 사과할 점이 있어."

내 말에 김소정은 의외라는 표정을 지었다. 맞은 건 넌데 왜 네가 사과하냐는 듯했다. 그녀가 저런 표정을 지을수록 말하기가 더 힘들었다. 하지만 꼭 말해야 하는 일임은 잘 알고 있다. 나는 눈을 감고 말했다.

"아마 장기 자랑 준비하면서 네 의견은 하나도 반영 안 되는 느낌을 받았을 거야. 사실 노래 선정부터 파트 분배까지 미리 다 계획되어 있었거든. 참가자 명단 만들기 전부터 나랑 강민희, 진수인, 윤다영, 고혜윤, 신유민이 준비해 뒀지. 네가 참여할 것이란 것도 예상했어. 우리는 네 파트를 줄이고 강민희 파트를 늘리자고 미리 상의했어."

가만히 내 말을 경청한 김소정은 반응이 그 어떤 반응도 보이지 않았다. 무슨 반응을 보여야 하는지 고민하는 것처럼 보이기도 했다. 그녀의 얼굴에 미묘한 표정들이 스쳐 지나갔다. 그녀가 무슨 생각을 하는지 나로선 도통 알 수가 없었다. 그 사실이 나를 더 두렵게 했다. 몇 초 뒤면 그녀가 입을 열 것만 같았다. 그 말을 들은 이후엔 나 자신이 더 초라하게 느껴질 것만 같아서 나는 빠른 속도로 다시 사과했다.

"미안해, 소정아. 이 말 하려고 부른 거야."

반복되는 내 사과에 김소정은 느릿하게 딸기 셰이크를 한 모금 마셨다.

"걔들이 날 따돌리려는 건 알고 있었지만, 너까지 거기에 동조할 줄은 몰랐다. 솔직히 말하면 실망했어."

나는 고개를 들 수가 없었다. 부끄러움 때문에 얼굴이 화끈거렸다. 얼굴 쪽 피부 아래서 심장 뛰는 소리가 들렸다. 혈관이 팽창한 것이 느껴질 정도였다. 나는 그녀의 말을 들으며 입술을 깨물었다. 움츠러든 내 어깨를 향해 김소정은 말했다.

"그래도 사과해 줘서 고마워. 너도 그때 뺨 맞았으니까 이 부분에 대해선 더 왈가왈부하지 않을게. 네가 한 짓은 괘씸하지만, 네가 맞은 일엔 내 책임도 있으니까. 우리 화해하자. 모든 일을 털어버리자."

나는 고개를 들었다. 김소정은 온화하게 웃고 있었다. 마치 인자한 성모 마리아의 초상화와도 같은 모습에 난 입을 다물 수가 없었다. 그녀는 내게 턱이 빠지겠다며 놀렸다.

"우리, 친구 할래? 죄책감이나 불편한 감정은 없는, 평범한 친구 말이야."

김소정의 제안은 고마운 걸 넘어서 황당할 정도였다. 친구라니? 검은 속내를 가지고 자신을 갖고 논 사람에게 친구 하자고 손 내밀 수 있는 사람이 몇이나 될까. 범인인 나로선 그녀의 행동이 도저히 이해가 되지 않았다. 김소정은 논리정연하게 말했다.

"내가 보기엔 너와 강민희와의 관계는 뭐랄까, 친구라기보단 주종관계였어. 네가 사사건건 강민희 눈치를 보는 게 좀 이상하다 싶었지. 한쪽만 무조건 맞춰주는 게 뭐가 친구야? 그건 부하, 그 이상 그 이하도 아니야. 그러니 이번엔 진정한 우정을 배워나가자. 나랑 같이."

김소정은 딸기 셰이크 위를 떠다니는 딸기를 건져 먹곤 말을 이었다.

"사람 하나 병신 만드는 거 쉽지. 그런데 병신이 안 되는 방법도 쉬워. 그저 친구 한 명, 불온한 무리의 함정에서 끌어 올려 줄 친구 한 명이면 충분해."

나는 떨리는 손으로 그녀의 손을 잡았다. 작고 보드라운 손이었다. 좀 전까지 음료수를 들고 있어 손바닥은 차가웠지만, 기분 나쁘진 않았다. 뜨거운 여름의 열을 식혀주는 얼음처럼 느껴졌다. 우린 계속 손을 잡았다. 누구 한 사람 손을 떼지 않았다. 우린 맞잡은 손의 맥박을 느꼈다. 쿵쿵쿵. 경쾌한 고동이 피부를 타고 전해졌다.

"그런데 강민희도 온다고 하지 않았어?" 김소정이 눈을 게슴츠레하게 뜨며 말했다.

"약속 시각이 30분은 더 지났는데."

뒤집어 놨던 핸드폰을 켜보니 그녀의 말대로였다. 강민희는 변명 어린 문자마저 보내지 않았다. 그것이 불필요한 일인 것인 양.

김소정은 30분만 더 그녀를 기다리자고 제안했다. 그러나 시간이 아무리 흘러도 강민희는 나타나지 않았다. 김소정은 조그맣게 "그럼 그렇지."하고 중얼거렸다.

우리는 손을 꼭 잡고 카페 밖으로 나왔다. 봄나무들의 향기가 코끝을 간지럽혔다. 다음 주면 수학여행을 간다는 것이 실감 났다. 오월의 포근한 바람이 김소정의 머리카락을 빗어넘겼다. 게양대에 걸린 깃발처럼 펄럭이는 서로의 머리카락을 보며 우린 웃었다. 이렇게 순수하게 웃는 것도 참 오랜만이었다.

그 순간 우리 앞을 몇몇 여학생 무리가 가로질러 갔다. 그녀들은 모두 아는 사람이었다. 진수인, 윤다영, 고혜윤, 신유민. 그리고 저 멀대같이 큰 강민희. 그녀를 알아본 우리는 얼떨떨하게 서로를 바라보았다. 그때 핸드폰을 넣은 바지 주머니가 진동했다. 그녀도 우릴 알아봤는지, 그녀의 문자가 와 있었다.

'그래, 김소정하고 잘 놀아라. 너와 내가 좋은 친구가 될 수 있을 거로 생각한 내가 바보였네. 잘 가, 배신자.'

강민희의 문자를 본 우리는 웃음을 터트렸다. 돌변한 그녀의 태도는 전혀 당혹스러운 것이 아니었다. 무의식적으로 짐작하고 있었을지도 모른다. 그녀가 자신의 마음이 시키는 대로가 아닌, 타인이 말하는 길로 갈 것이라는 걸. 그런데도 난 그녀를 믿어보려 했다. 결과는 배신이었지만, 그것이 크게 신경 쓰이진 않았다. 오늘 중에 있어서 가장 큰 사건은 내게 친구가 생겼다는 것이다. 강민희에게 신경 쓸 여유는 없었다.

우리는 그 무엇도 두렵지 않았다. 강민희의 악랄한 계략도 우스울 뿐이었다. 우리 둘은 서로를 든든하게 지켜주는 친구니까. 강민희가 친구랍시고 데리고 다니는 저들의 우정이 얼마나 얄팍한지 직접 봐서 잘 알고 있다. 가짜들을 개처럼 졸래졸래 따라가는 그녀. 그래, 그녀는 앞으로도 화장실의 여왕으로 군림할 것이다. 보잘것없는 화장실에서 왕 놀이나 하며 이 눈부신 중학생 생활을 허송세월 보낼 것이다. 간신들에게 눈먼 채로 불행을 끌어안은 불쌍한 여왕. 그녀는 화장실의 여왕이었다.

도그 어질러티

이 예 진
(경기 안양예술고등학교 3학년)

꼬맹이는 깊은 수로에서 울고 있었다. 깨갱거리는 소리가 멈추지 않고 이어졌다. 품종견이라서 입양했다가 넘치는 에너지를 감당하지 못하고 유기한 것 같았다. 꼬맹이는 구조하러 온 나와 사람들을 보자마자 수로의 끝으로 달려 나왔다. 다행이었다. 덕분에 구조 단체에서 가져온 구조용 덫이 쓸모가 없었다. 나는 혹시 모를 상황을 대비해 훈련용 보호 장갑을 낀 채 사다리를 타고 내려갔다. 수로의 악취가 콧속으로 밀려 들어왔다.

가까이서 본 꼬맹이는 어린데도 살집 하나 없을 정도로 말라 있었다. 하지만 그동안 버텼다는 것은 버려지고 시간이 얼마 지나지 않았음을 뜻했다. 나는 마음이 찡해지는 것을 느끼며 꼬맹이를 안아 들었다. 꼬맹이는 얌전히 내 손에 제 몸을 맡겼다. 꼬맹이의 머리를 토닥여 주면서 다시 올라가려고 위를 올려다보았다. 분명 내려올 때는 금방이었는데 왜인지 까마득해 보였다. 나는 한 번 심호흡한 뒤에 꼬맹이를 먼저 위에서 대기 중이던 구조대원에게 안겨 주었다. 구조대원은 젖어있는 꼬맹이를 수건으로 감싸서 안았다. 꼬맹이를 이동장에 넣으려고 했지만, 꼬맹이는 수로가 생각났는지 들어가지 않으려고 버텼다. 결국에는 동물병원까지 내가 꼬맹이를 안고 있었다. 그릇에 물을 주자 잘 마셨다. 그런 꼬맹이의 모습에 괜히 울컥했다.

꼬맹이는 한동안 동물 병원에 입원해서 영양제 주사와 각종 예방 주사들을 맞았다. 다행히 그렇게 지내는 동안에도 꼬맹이는 다른 개들이나 사람들과 함께 잘 지냈다. 그리고 퇴원하자 마자 나와 초코가 사는 집으로 왔다. 임시 보호를 하게 된 것이었다.

꼬맹이와 초코를 천천히 합사시켰다. 합사는 잘 되었는데, 초코가 꼬맹이의 넘치는 에너지를 감당하기 힘들어했다. 하루는 초코의 비명이 들려 요리하다가 헐레벌떡 달려갔다. 초코는 가만히 엎드려있었다. 그런데 꼬맹이가 초코에게 자꾸만 뛰어들어 초코를 깨물었다. 꼬맹이의 살랑거리며 흔들리는 꼬리나 가슴은 바닥에 붙이고 엉덩이는 높이 들어 올리는 모습을 보니 공격 의도가 없는 장난이었다. 개들끼리 흔히 하는 장난. 하지만 나이가 많은 초코는 매번 받아주는 것이 힘에 부쳤을 것이었다. 나는 초코를 애견용 포대기에 안은 채로 다시 요리를 시작했다.

꼬맹이의 산책 시간을 두 시간에서 세 시간으로 늘렸다. 하지만 꼬맹이를 만족시키지는 못했다. 무엇이 문제인지 선배 훈련사에게 물어보았다. 그러자 나와 함께 출근한 초코와 꼬맹이를 바라보다가 물었다.

"어질리티 시켜보는 건 어때? 에너지를 쏟을 게 더 필요한 것 같은데."

도그 어질리티는 개들이 참여하는 장애물 달리기였다. 나는 선배의 말에 동의했다. 퇴근 시간이 얼마 남지 않았을 때 대표님의 자리로 가서 최대한 조심스럽게 말을 꺼냈다. 꼬맹이의 사정과 선배에게 조언받은 내용을 전했다.

"그거야 상관없지. 훈련소에 직원이 셋뿐인데. 유명해져서 주인을 만나면 좋겠네." 무심한 말투였다.

구름다리를 건너 : 도그 워커&A-프레임

바로 꼬맹이의 훈련을 시작하기로 마음먹었다. 다행히 초코도 상태가 괜찮아서 기다려 줄 수 있을 것 같았다. 훈련장 구석에 초코의 파란색 애착 방석을 놓아주었다. 다행히 초코는 바로 방석으로 걸어가서 앉았다. 초코는 눈을 감고 해지기 직전의 햇살을 즐기는 것만 같았다. 나는 초코가 혹여 감기라도 들까 싶어서 내 무릎 담요를 덮어주었다. 선선한 바람에 무슨 냄새가 실려 오는지 초코의 검은 코가 쉴 새 없이 움직였다. 나는 사람과 다르게 개들은 나이가 들어도 호기심은 없어지지 않는 것 같다고 생각했다.

꼬맹이에게 간식 냄새를 맡게 해주고 도그워커로 올라가도록 유도했다. 도그워커는 낮은 사다리꼴 모양의 기구로, 빠르게 올라갔다가 내려와야 하는 장애물이었다. 길이는 3m 정도, 너비는 27cm 정도의 널빤지 3개가 연결되어 있었다. 중앙 널빤지는 지면에서 약 1m의 높이이며, 2개의 널빤지가 중앙 널빤지에서 위아래로 이어지는 경사로를 형성했다. 간단히 말하자면, 구름다리였다. 꼬맹이는 별다른 거부감을 느끼지 않았다. 도그워커에 빠르게 익숙해져서 잘 올라갔다가 내려왔다. 꼬맹이는 어느새 꼬리를 좌우로 흔들면서 도그워커를 올랐다가 내려왔다. 도그워커가 마음에 든 것인지, 아니면 도그워커를 지나면 간식을 먹는 게 좋았는지는 나도 알 수 없었다. 조금씩 빠르게 뛰어서 꼬맹이의 속도를 올렸다. 꼬맹이는 생각보다 쉽게 달리기 시작했다.

나는 이어서 A-프레임을 연습했다. 이름 그대로 A 모양의 기구를 하단의 터치 존을 발 하나로라도 밟고 올랐다가 내려가야 하는 장애물이었다. 폭이 2.7m이고 길이가 1m 정도의 경사판 두 개를 고정해 높이는 1m를 약간 넘었다. 도그워커보다 훨씬 가파른 오르막길과 내리막길은 힘들만도 했다. 하지만 꼬맹이는 몇 시간 만에 적응했다. 빠르게 뛰어서 매달리다시

피 하면 넘어갈 수 있다는 것을 스스로 알게 된 덕분이었다. 물론 터치 존을 모두 제대로 밟으려면 더 많은 연습이 필요할 것이었다. 그래도 아직 어린데도 에너지 넘치고 머리 좋은 꼬맹이가 보더콜리답다는 생각이 문득 들었다. 아무래도 개가 양치기를 하려면 똑똑해야 하니까.

초코는 성치도 않은 몸을 이끌고 꾸역꾸역 도그워커를 올라갔다가 내려왔다. 훈련을 하면서 계속 간식을 먹는 꼬맹이를 보며 저도 간식이 먹고 싶었던 모양이었다. 나는 웃으면서 초코에게도 간식을 주었다. 잘했어, 하고 칭찬하며 머리를 쓰다듬어 주는 것도 잊지 않았다. 초코는 기분이 좋은지 노화와 피부병으로 털이 거의 다 빠진 꼬리를 살랑거리며 내 손등을 핥았다.

꼬맹이와 초코에게 가슴줄을 채웠다. 꼬맹이는 가기가 아쉬운지 엎드려서 버티기 시작했다. 비장한 꼬맹이의 모습에 내 얼굴에 미소가 걸렸다. 초코는 꼬맹이에게 어서 오라고 말하는 것처럼 꼬맹이를 빤히 쳐다보았다.

"꼬맹아, 우리 산책 갈 건데? 산책 싫어?"

꼬맹이는 그제야 밝게 웃으며 일어나서 나를 따라나섰다. 초코도 발걸음이 한결 가벼워진 것 같았다. 나는 그 둘을 보자 차에 억지로 태울 수가 없었다. 어차피 산책하기는 해야 하니까, 그렇게 생각하며 한 시간 거리의 퇴근길을 걷기 시작했다. 열심히 산책 훈련을 한 덕분인지 꼬맹이도, 초코도 나보다 앞서가지 않았다. 천천히 걸으면서 길 주변의 풀이나 나무, 전봇대 같은 것들의 냄새를 맡았다. 다음날에는 걸어서 출근해야겠지만 둘의 평화로운 모습을 보고 있노라면 걱정이 되지 않았다.

주머니에서 진동이 울린 탓에 평화가 깨졌다. 아빠에게서 걸려 오는 전화였다. 밝게 빛나는 핸드폰을 물끄러미 바라보다가 전화를 끊어버렸다. 나는 다시 전화를 걸거나 문자를 남기지 않았다. 연락하고 지낼 만큼 가까운 사이가 아니었으니까. 아주 어릴 때부터.

내가 초등학교를 입학하기 전 부모님은 이혼했다. 나는 엄마가 미리 알려준 대로 아빠와 살게 되었다. 초등학교를 입학하고부터 쳇바퀴 도는 생활을 하게 되었다.

매일 아침 일어나보면 아빠는 이미 출근하고 없었다. 대신 식탁에 만 원짜리 지폐 한 장이 놓여 있었다. 저녁을 사 먹으라는 것이었다. 나는 지갑을 열어보았다. 어제 쓰고 남은 돈이 칠천 원이나 있었다. 지갑을 가방에 넣고 만 원은 저금통에 넣었다. 달그락거리며 달걀 프라이를 해서 김치와 밥을 꺼내 먹었다. 집에서 유일한 소음은 내가 밥을 먹는 소리였다. 학교가 끝나면 공부방에 갔다가 수영 수업을 받았다. 수영 수업이 끝나면 항상 노을이 져 있었다. 집에 돌아오는 길목에 있는 작은 포장마차에서 떡볶이를 사 먹었다. 포장마차 아줌마는 어묵 국물을 몇 번이고 퍼주었다. 나는 집에서는 느낄 수 없는 그 따뜻함이 좋아서 한참 동안 앞에 서 있었다. 그러면 아줌마는 내게 말했다.

"아가야, 부모님이 걱정하실라. 이제 집에 가야지."

터벅터벅 집으로 돌아가면 나를 반기는 것은 어두운 집이었다. 한숨을 내쉬었다. 매일 거실에서 반겨주던 엄마가 그리웠다. 방에 들어가서 불을 켰다. 아침에 어질러놓은 그대로였다. 문을 닫지 않고 책상에 앉아 숙제했다. 내가 샤워하고서 침대에 앉아 엄마가 사둔 소설을 읽다 보면 아빠가 그제야 집에 들어왔다. 늘 술 취한 채였다. 아빠는 나에게 아는 체도 하지 않았다. 바로 자신의 방으로 들어가서 씻지도 않고 잠들었다. 처음에는 엄마를 떠나게 하고는 자신을 챙겨주지 않는 아빠를 원망했다. 그러다가 문득 아빠도 나처럼 엄마와 헤어지고 힘들어서 그렇겠지, 싶었다.

터널을 지나 : 터널&테이블

　힘들어하는 꼬맹이를 위해 나는 밤마다 무드 등을 켜주었다. 수로에 버려진 탓인지 어둠을 무서워했다. 이동장에 익숙해지는 교육을 할 때도 이동장 안에 무드 등을 넣어주었다. 그런데 도그 어질리티의 터널에서는 그럴 수가 없었다. 터널은 길이가 1~2m 정도, 지름이 60cm의 비닐 튜브로 그 안을 통과해야 하는 장애물이었다. 유연하고 신축성이 뛰어난 비닐과 철선으로 구성되어 있어 직선이나 다양한 곡선으로 경기에서 설정되었다. 나는 직선으로 펼쳐놓은 터널 안으로 간식을 던졌다. 예상대로 꼬맹이는 선뜻 들어가지 못했다. 내가 나오는 쪽에서 꼬맹이를 부르자 꼬맹이가 터널로 들어가지 않고 정현에게 달려갔다. 꼬맹이의 가벼운 발걸음에 나도 모르게 피식, 웃고 말았다. 나는 몇 번 더 시도하다가 선배에게 물어봐야겠다고 생각했다. 나는 아직 초보 훈련사일 뿐이었으니까.

　다음날 나는 퇴근하려는 선배를 붙잡았다. 잠깐이면 된다며 꼬맹이가 어떻게 해야 터널을 통과할 수 있을지 조언을 구했다. 꼬맹이에게 트라우마가 있다고도 설명했다. 선배는 너무나도 쉽게 답을 내놓았다.

　"원래 처음에는 다 그래. 트라우마가 있든 없든, 다 두려운 거야. 앞이 보이지 않으니까 끝이 없을 것 같거든. 근데 끝이 있다는 걸 알면 그 터널을 지나는 건 일도 아니야."

　분명 꼬맹이를 향한 말인데 왜인지 모르게 나에게 하는 말 같기도 했다. 어릴 적에 나는 늘 내가 불 하나 켜져 있지 않은 터널 속에 들어와 있다는 것 같다고 생각하고는 했으니까. 나는 학교에서 이혼가정의 아이라고 소문이 나는 바람에 타의인지 자의인지 애매한 상황에서 혼자가 되었다. 그래서 언젠가는 끝날 거라고 믿었다. 나는 친구가 없으니 엄마랑 한 달에 한 번 만나는 것이 유일한 즐거움이 될 줄 알았다. 그런데 아니었다. 엄마에게서는 연락이 오지 않았다. 내 휴대폰이 없어 아빠에게 연락해야 하는 것이 껄끄러운 모양이라고, 그렇게 생각하며 애써 엄마를 원망하지 않으려고 했다. 나는 그렇게 혼자서 전등 하나 켜져 있지 않은 깜깜한 터널 속으로 들어가게 되었다.

애써 그 생각을 머리에서 떨쳐내려고 화장실에서 차가운 물에 손을 씻으며 머리를 저었다. 나는 화장실에서 나오자마자 꼬맹이와 훈련을 시작했다. 꼬맹이는 여전히 터널에 들어가는 것을 무서워했다. 나는 끝이 있다는 걸 어떻게 알려줘야 할지 난감했다. 그 방법까지 선배에게 물어봐야 했었나. 후회되려던 찰나에 초코가 다가왔다. 노견답지 않게 발랄한 걸음이었다. 간식 냄새를 맡은 모양이었다. 초코는 바로 터널 안으로 들어갔다가 다른 구멍으로 나왔다. 꼬맹이가 망설이고 있다는 것을 알아채고 도와주려고 했나. 그런 말도 안 되는 생각이 들었다. 나는 얼른 초코에게 잘했다고 칭찬해 주었다. 그러자 꼬맹이가 다리를 떨며 발만 넣었다가 뒷걸음질 쳐서 나오더니 나에게 안겼다. 무언가에 놀라기라도 한 모양새였다. 겁에 질린 표정을 짓고 있었다. 몸이 조금씩 떨렸다. 하지만 시도했다는 게 중요했다. 나는 간식을 주며 연신 칭찬해 주었다. 그리고 꼬맹이의 떨림이 멈출 때까지 안아주었다.

그때, 내 주머니가 떨리기 시작했다. 요란한 진동 소리에 주머니에서 핸드폰을 꺼냈다. 또 아버지였다. 나도 모르게 한숨이 새어 나왔다. 요즘에 자꾸만 아버지에게서 전화가 왔다. 받기만 하는 건 괜찮지 않을까. 나는 문득 그런 생각이 들어 한참을 끊지도 받지도 않고 망설였다. 그러다가 전화가 끊겼다. 전화는 다시 걸려 오지 않았다. 나는 어쩔 수 없다고 스스로 되뇌면서 핸드폰을 도로 주머니에 넣었다.

꼬맹이가 이제는 괜찮다는 듯이 내 품을 벗어났다. 나는 계속 터널 훈련하는 것은 무리라고 판단해서 비교적 쉬운 테이블 훈련을 시작했다. 각 변이 1m인 정사각형의 단상에 올라가서 5초 동안 기다려야 했다. 테이블의 높이는 개의 키에 따라 달라졌다. 꼬맹이가 내 집에 오자마자 손, 앉아, 기다려 정도의 기본 훈련을 했었다. 나는 꼬맹이에게 도그워커와 A-프레임을 지나게 한 후 테이블에 올라가게 했다.

"기다려!"

꼬맹이는 어리둥절한 얼굴로 가만히 나를 바라보았다. 마음속으로 5초를 세었다. 꼬맹이에게는 그 5초가 상당히 길게 느껴질 터였다. 조금도 가만히 있지 못하고 앉았다가 엎드렸다가 일어났다가 하는 모습으로 알 수 있었다. 테이블 위의 자세가 특정 자세를 유지하지 않아도 괜찮아서 다행이었다.

"고!"

나와 꼬맹이는 다시 함께 달리기 시작했다.

한 걸음 한 걸음 : 허들 & 시소

허들 앞으로 꼬맹이를 데리고 왔다. 두 개의 수직 기둥에 수평으로 2~3개 정도의 수평 바를 세워두고서, 개가 뛰어넘어 가게 하는 것이었다. 높이는 개의 키에 따라서 달랐다. 수직 기둥은 단순한 지지대일 수도 있지만 모양과 크기가 다양했다. 손에 쥔 간식 냄새를 맡게 해주고 땅과 수평인 봉을 뛰어넘도록 유도했다. 허들은 사실 기본적인 장애물이었다. 그래서인지 꼬맹이는 허들을 쉽게 넘기 시작했다. 허들을 여러 개 놓고 연이어서 넘는 연습도 했다. 꼬맹이는 많이 달리는 것도, 보상으로 간식을 먹는 것도, 모두 마음에 들어 했다.

하지만 몇 번이고 허들 넘는 것을 반복하니 꼬맹이도 지쳐버렸다. 하긴, 시험 보는 게 한두 번은 열심히 공부하면 그만큼 점수가 나오지만 반복될수록 한 번 치르는 것이 더 힘들어지고 점수는 제자리인 것과 같겠지. 나는 애착 방석에 엎드려 있는 초코의 옆에 가서 앉았다. 꼬맹이를 부르자 꼬맹이가 달려오더니 내 무릎을 방석 삼아 앉았다. 나는 초코와 꼬맹이의 머리를 쓰다듬으며 그 순간이 영원했으면 좋겠다고 생각했다. 앉아서 쉰 지 얼마 지나지도 않았는데 꼬맹이가 다시 나에게 놀자고 보챘다.

그 순간을 깨는 것은 또 아버지의 전화였다. 나는 궁금증을 참지 못하고 전화를 받았다. 아버지는 한동안 말이 없었다. 내가 여보세요, 하고 나서야 아버지는 말을 시작했다.

"아, 이제야 받았구나. 오랜만이네."

"네."

"그게, 내가 간이 너무 안 좋아져서 입원했거든. 의사 말로는 그렇게까지 심각한 건 아니래. 그래도 혹시 병원에 와줄 수 있나 해서."

"제가 거길 왜 가요? 그냥 끊을게요."

나는 전화를 끊고도 멍하니 서 있었다. 걱정이 전혀 되지 않는 것은 아니었지만, 그렇다고 어색한 사이에 병원까지 가고 싶지도 않았다. 꼬맹이는 내 마음을 아는지 모르는지 자꾸만 내 신발을 살짝 깨물었다. 꼬맹이를 시소 앞으로 불렀다. 시소는 한쪽 면이 땅에 닿아있는 1개의 판으로 이루어져 있었다. 개들이 중심부를 지나면 반대편의 땅으로 착지하게 된다. 이때 반드시 노란색의 컨택트 존을 밟고 지나가야 하며, 판이 착지한 후에 내려와야 했다. 내가 선배에게 듣기로는 개들이 한 번 시소에서 발을 잘못 디뎌서 떨어지면 그 후로는 다시 올라가지 않는다고 했다. 그래서 일단은 천천히 올라가게 했다. 꼬맹이는 그저 빨리 가고 싶은 눈치였지만 그래도 내 속도에 맞추었다. 내려갈 수 있는 길이 없자 꼬맹이는 어리둥절한 표정으로 나를 쳐다보았다. 꼬맹이가 중심부를 지나자 시소가 천천히 기울어서 반대편 땅에 닿았다. 꼬맹이는 그제야 조심스럽게 시소에서 내려왔다. 컨택트 존도 모두 밟았다. 나는 잘했다며 꼬맹이에게 간식을 주었다.

몇 번이고 시소를 올라갔다가 내려오게 했다. 그러다가 문득 이제 간식 없이도 훈련을 해 보아야겠다는 생각이 들었다. 도그 어질리티 대회에서는 간식을 소지만 해도 실격되기 때문이었다. 나는 지금껏 훈련한 장애물로 나름의 코스를 만들었다. 대회 때는 코스가 당일에 나와서 여러 개의 코스로 연습해 보는 게 중요했다. 출발선에 서서 꼬맹이에게 기다리라고 했다. 꼬맹이는 간식이 없는데도 내 말을 따랐다.

"고!"

나와 꼬맹이는 함께 달렸다. 나는 꼬맹이가 뛰어야 하는 장애물을 향해 차례대로 꼬맹이를 이끌었다. 장애물의 이름을 같이 외쳐주었다. 꼬맹이가 대회에 나가서 어려운 코스를 만나게 되더라도 호흡을 맞추기 위해서였다. 복잡하면 내가 이끌어 주는 것만으로는 꼬맹이가 해내기가 어려웠다. 그렇다고 내가 꼬맹이만큼 빠르게 뛸 수도 없는 노릇이었다. 다행히 꼬맹이는 내가 이끄는 대로 잘 코스를 마쳤다.

"피니쉬!"

코스가 끝났다는 것을 알려주었다. 꼬맹이는 나에게 뛰어와 안겼다. 나는 꼬맹이의 등을 연신 쓰다듬었다. 꼬맹이가 숨을 거칠게 몰아쉬는 것이 느껴졌다. 초코는 그 모습에 샘이 났는지 어느샌가 달려와서 꼬맹이에게 으르렁거렸다. 나는 초코의 공격적인 모습에 놀라 잠시 숨을 멈추었다. 침착하려고 애쓰며 꼬맹이를 내려놓고 둘 사이를 자신의 몸으로 가로막았다. 초코는 다행히 금세 진정했다. 내가 안심하고 초코를 쓰다듬자, 초코가 다시 으르렁거렸다. 요즘 따라 초코가 자주 내 손길을 거부했다. 나는 자연스레 초코를 처음 본 날을 떠올리게 되었다.

나는 고등학생이 되자 외로움에 익숙해져 있었다. 혼자서 공부하고, 화장실을 가고, 밥을 먹고, 산책했다. 고등학생이 되면서 내 우선순위가 인간관계에서 성적으로 바뀌었다. 빨리 취직해서 알코올 중독자가 된 아버지를 벗어나기 위해서는 일단 좋은 대학에 가야 했으니까. 봉사 시간과 동아리 활동을 채우는 것이 도움이 된다는 담임선생님의 말에 나는 유기견 보호소에 주기적으로 봉사 가는 곳에 들어갔다. 처음에는 생활기록부를 풍부하게 하기 위한 활동이라고 생각했다. 하지만 유기견 보호소에 간 날부터 내 생각은 완전히 바뀌었다.

동아리 부원들과 내가 유기견 보호소에 도착하자 개들이 짖는 소리가 들려왔다. 나는 귀가 아파서 다시 집으로 돌아가고 싶었다. 그런데 막상 보호소 안으로 들어가자 보이는 개들이 예뻐 보이기만 했다. 털이 듬성듬성 남아있는 백구, 아직 앳된 얼굴의 레트리버, 나이가 많아 보이는 시츄와 요크셔테리어 등.

"이렇게 예쁜 애들을 왜 버리지."

나도 모르게 중얼거렸다. 그러자 동아리 부원 중 한 명이 대답했다.

"개를 물건으로 아는 거지. 생명이 아니라. 그런 사람들을 잘 처벌해야 하는 건데."

입을 꾹 다문 채 고개를 끄덕여 주었다. 그때 보호소장이 우리를 2인 1조로 나누고 견사를 배정한 다음, 청소 방법을 알려주었다.

나는 빗자루와 쓰레받기를 들고 견사로 들어갔다. 견사 하나에 여러 마리의 개들이 같이 살고 있었다. 개들은 사람이 무서운지 큰 개집에 들어갔다. 옹기종기 모여 고개만 내밀고 쳐다보는 모습이 귀여웠다. 나는 개똥을 쓰레받기에 쓸어 담았다. 부원은 견사에서 밥그릇과 물그릇을 들고 설거지를 해오겠다며 나갔다. 나는 혼자 있을 수 있어서 다행이었다. 개똥을 모두 치우고 나자, 개집 안의 방석과 담요를 빨아야 한다는 것이 뒤늦게 기억났다. 나는 개집에 들어가 있는 개들을 한 마리씩 밖으로 조심스럽게 꺼냈다.

개들은 견사의 구석으로 몰려가서 청소하는 나를 멀뚱히 쳐다보았다. 거기에 초코가 끼어 있었다. 부원이 어느새 돌아와서 밥그릇과 물그릇을 채워주고 있었다. 그날 나는 내가 있을 곳이 어디인지 확신하게 되었다.

자신의 속도로 : 위브

벌써 대회는 2주 후로 다가와 있었다. 나는 훈련 시작도 전에 한숨부터 나왔다. 위브는 일정한 간격으로 나란히 땅과 수직으로 고정된 폴 12개를 지그재그로 통과해야 하는 장애물이었다. 지그재그로 지나가게 하는 건 어떻게든 할 수도 있을 것 같았다. 하지만 첫 번째의 폴은 반드시 개의 왼쪽에 두고 지나야 한다는 규정을 꼬맹이가 어떻게 이해할 수 있을까. 나는 멍하니 고민하다가 쉬고 있는 초코를 바라보았다. 문득 아까 선배와 나누었던 대화를 떠올렸다.

선배는 요즘 들어 출장 훈련이 잦아서 오랜만에 훈련소로 출근했다. 선배가 퇴근하려고 걸어가다 말고 무언가 잊은 것이 있는지 발걸음을 멈추었다. 나에게 말을 걸었다.

"괜찮아? 요즘 넋이 나가 있어서."

"아, 사실 초코가 갑자기 공격성을 보여서요. 그럴 만한 일도 없었고, 성격 자체도 도망가면 도망갔지, 공격하려고 달려드는 성격이 아니잖아요."

"그치. 그럼 아픈 걸지도 몰라. 꼭 병원 데려가 봐."

나는 그제야 대학교 전공 시간에 비슷한 내용을 들었다는 사실을 기억해 냈다. 선배는 인사하고는 산책 가는 초코만큼이나 발랄한 걸음으로 훈련소를 벗어났다. 오늘은 시간이 늦었으니 내일 병원에 가봐야겠다고 다짐했다.

꼬맹이는 위브를 보고는 고개를 갸웃거렸다. 정답을 알려달라는 듯이 나를 쳐다보았다. 나는 간식을 손에 쥐고 꼬맹이가 따라올 수 있도록 했다. 처음에는 느리게 알려주었다. 꼬맹이는 천천히 따라왔다. 12개를 모두 지나고 손을 펴서 간식을 먹을 수 있게 해주었다. 개들을 훈련하다 보면 간식에도 잘 집중하지 못하는 개들이 있는데 꼬맹이는 아니어서 다행이었다. 나는 꼬맹이에게 기다리라고 하고 반대편으로 뛰어갔다. 꼬맹이가 그대로 앉아 있는 것을 확인하고는 외쳤다.

"꼬맹아, 위브!"

꼬맹이는 한동안 고개를 갸웃거리며 고민했다. 그러다가 처음 들어보는 이름이 자신이 방금 지나온 장애물이라는 것을 깨달은 모양이었다. 위브를 지그재그로 지나서 나에게 안겼다. 나는 파고드는 꼬맹이를 쓰다듬어 주었다. 첫 번째 폴을 오른쪽에 두고 지나기는 했지만, 처음이니까 괜찮았다.

운동장 바닥에 놓여있던 내 핸드폰이 짧게 진동했다. 아버지의 문자였다. 혹시 저번 일로 아직도 마음 상해있는 거라면 미안하다. 그 마음은 이해하지만, 병원 좀 와주면 안 되겠니. 이번에는 그런 게 아니야. 혹시 마음 바뀌면 찾아오렴. 주소 첨부할게. 나는 아버지의 문자를 읽고 약간은 미안한 마음이 들었다. 주소를 보니 생각보다 내 집과 가까웠던 까닭이었다.

아버지를 떠올리고 있는 나를 꼬맹이가 앞발로 툭툭 건드렸다. 나는 그제야 정신을 차렸다. 그리고 꼬맹이에게 한 번 더 직접 알려주었다. 꼬맹이가 무엇이 다른지 이해했을지는 의문이었다. 나는 다시 꼬맹이가 혼자서 지나도록 했다. 꼬맹이는 맞는 방향으로 위브를 지났다. 꼬맹이를 꽉 끌어안으며 잘했다고 칭찬해 주었다. 꼬맹이는 격한 칭찬에 오히려 어리둥절한 표정이었다. 그때 초코가 갑자기 뛰어왔다. 내 옷자락을 물고 당겼다. 저도 안아달라는 것이었다. 초코를 안고 바닥에 앉은 다음 내 무릎에 올려놓았다. 이번에는 초코가 으르렁거리지 않았다.

계속 꼬맹이가 혼자서 위브를 지나가게끔 했다. 나는 초코를 안은 채로 시간을 확인했다. 확실히 반복할수록 꼬맹이의 속도는 빨라졌다. 꼬맹이가 위브를 지나가는 것을 계속 보다 보니 자신이 어지러운 것 같다는 착각이 들었다. 위브는 이 정도면 됐다는 생각이 들었다. 꼬맹이는 그저 신나 보였다. 그 해맑은 얼굴에 나도 괜히 기분이 좋아졌다. 나는 또 꼬맹이와 함께 자신이 짠 코스대로 훈련소를 달리기 시작했다.

다음날, 나는 초코를 데리고 동물병원에 갔다. 하얀색 벽과 하얀색 대리석 바닥을 바라보며 남색의 대기용 의자에 앉았다. 초코는 대기가 길어지자 지쳤는지 이동장 안에서 잠들어 버렸다. 초코가 동물병원을 무서워하거나 싫어하지는 않아서 다행이었다. 초코의 이름이 불려 나는 초코의 이동장을 조심스럽게 들고 진료실로 들어갔다.

"갑자기 공격성을 보여서 혹시 아픈가 싶어서요."

방문 이유를 들은 수의사는 정밀 검사까지 해보겠다고 했다. 먼저 간단한 진료를 하려 초코를 이동장에서 나오게 했다. 그러자 초코는 잠이 덜 깬 채로 으르렁거렸다. 내가 얼른 작은 개껌을 내밀자 초코는 전처럼 얌전하게 진료를 받았다. 정밀 검사를 하러 안겨 가면서도 으르렁거리지 않았다. 수의사에게도 으르렁거릴까 싶어 걱정했던 나는 안도한 채 초코가 다시 나오기를 기다렸다.

초코의 몸에서 악성 종양이 발견되었다. 수의사는 아직 초기이기도 하고 초코가 나이가 있어서 약물치료만 하면 될 것 같다고 덤덤한 목소리로 전했다. 나는 초기라는 것에 안도하며 자신도 모르게 참고 있었던 숨을 길게 내뱉었다. 수의사는 약을 처방해 주고 초코가 편안함을 느낄 수 있게 도와달라고 했다. 나는 이동장에 얌전히 엎드려 있는 초코를 응시하면서 고개를 끄덕였다.

D-day

꼬맹이와 초코를 데리고 대회장에 도착했다. 원래는 초코를 집에서 혼자 쉬게 해주려고 했지만, 초코가 하도 울어서 같이 온 것이었다. 다행히 새로운 공간임에도 초코는 나와 꼬맹이가 익숙한 냄새를 풍겨서인지 편해 보였다. 대회장은 종합운동장의 중앙에 도그 어질리티 코스를 세팅해 놓은 것이었다. 가장자리 쪽에는 천막이 설치되어 있었다. 일찍 온 편이었는데도 이미 사람이 많았다. 도그 어질리티 대회장답게 많은 사람이 개들을 자신의 옆에 앉혀두었다. 처음 오는 장소라서 낯선지 꼬맹이는 잔뜩 겁을 먹었다. 꼬리를 다리 사이로 숨긴 채 나에게 안아달라고 자꾸만 보챘다. 내가 하는 수 없이 꼬맹이를 안아주자, 표정이 한결 풀어졌다. 이렇게까지 겁쟁이인 줄은 몰랐는데, 하고 중얼거렸다.

대회 관계자가 이제 한 시간 동안 보호자들의 연습 시간이라는 것을 알렸다. 나 혼자 코스를 익히고 어떻게 이끌어 주어야 할지 구상해야 했다. 나는 꼬맹이와 초코의 가슴 줄을 테이블에 묶었다. 옆에 둘의 이동장을 놓아주었다. 안정에 도움이 될까 싶어서였다. 초코는 새로운 장소를 싫어하지 않아서 다행이었다. 초코까지 불안해했다면 꼬맹이의 불안감이 더욱 커지기만 했을 게 뻔했으니까. 나는 둘이 있으니 마음을 놓고 연습을 하러 갔다. 혼자서 열심히 코스를 확인했다. 하지만 보기보다 코스가 복잡해서 헷갈렸다. 나는 몇 번이고 뛰어보았다. 내가 최소한으로 움직일 수 있는 동선을 파악하자마자 연습 시간이 끝났다. 나는 꼬맹이와 초코에게 돌아갔다. 둘은 꼬맹이의 이동장에 같이 들어가 있었다. 나는 둘의 턱을 양손으로 쓰다듬어 주었다.

한참을 기다린 끝에, 꼬맹이의 차례가 찾아왔다. 내가 가자고 하자 꼬맹이는 순순히 따라왔다. 시작 직전에 나는 꼬맹이의 가슴 줄을 풀면서 평소처럼만 하자고 말했다. 꼬맹이는 알았다는 듯이 꼬리를 살랑거렸다. 정말로 알아들었는지는 알 수 없었지만, 그래도 아까보다는 확실히 긴장이 풀린 듯했다.

"고!"

시작 신호를 주자 내가 이끄는 대로 꼬맹이가 달렸다. 허들 네 개를 넘고, 터널로 들어갔다. 연습과 다르게 꼬맹이는 주저하지 않았다. 터널에서 나온 꼬맹이는 다시 허들 하나를 넘고, 시소를 지나고, 허들 두 개를 넘고, 또 터널로 들어갔다. 이번에는 곡선 형태였다. 두 번이나 터널을 아무렇지 않게 통과하는 모습이 보기 좋았다. 사실 처음이었다. 터널을 완전히 통과한 것은. 꼬맹이는 터널에서 나와 도그워커를 빠르게 지났다. 나에게는 경기장에서 꼬맹이와 함께 달리는 순간이 꿈만 같았다. 분명 빠르게 뛰고 있는데도 모든 장면이 슬로우모션처럼 보였다. 이번 허들을 뒤로 가서 넘어야 했다.

"백! 점프!"

다행히 꼬맹이는 명령어를 잘 기억하고 있었다. 허들을 하나 더 넘고는 A-프레임을 올랐다가 내려왔다. 위브를 지그재그로 지나고 곡선의 터널로 들어갔다. 꼬맹이는 터널에 대한 두려움을 모두 떨쳐낸 것 같아 보였다. 꼬맹이를 도운 사람이 나라는 사실이 뿌듯했다. 나오자마자 꼬맹이는 구름다리를 건너 터널을 지나 한걸음, 한걸음 자신의 속도로 나아갔다. 코스가 끝이 났다. 나는 가슴 안에서 무언가가 벅차오르는 것을 느꼈다.

"피니쉬! 잘했어, 꼬맹아!"

꼬맹이에게 끝났다는 것을 알려주었다. 꼬맹이는 나에게 꼬리를 격하게 흔들며 달려와서 자신의 머리를 비볐다. 나는 꼬맹이의 가슴 줄을 다시 채우고 초코가 기다리고 있는 자리로 돌아갔다. 초코는 평소보다 더욱 꼬맹이와 나를 반겨주었다. 꼬맹이는 초코와 잠깐 인사를 나누더니 물그릇에 코를 박은 채 물을 마셨다. 꼬맹이를 보며 나도 물을 마셨다. 가방에서 간식을 꺼냈다. 그때 초코는 고생했다고 말하듯이 꼬맹이를 핥아주고 있었다. 나는 간식을 테이블에 올려놓고 바닥에 앉았다. 그리고 초코와 꼬맹이를 쓰다듬어 주었다. 나도 이제야 터널을 통과한 것 같았다.

꼬맹이는 도착한 시간이 조금 느려서 아쉽게 메달권에 들지 못했다. 나는 상관없었다. 대회를 준비하면서 꼬맹이와 더욱 가까워진 듯한 느낌이 좋았다. 초코와 꼬맹이 덕에 누군가 옆에 있다는 사실만으로도 가슴이 따스해지는 기분을 느낄 수 있다는 것을 알게 되었다. 이제는 누군가가 트라우마를 극복하는 모습을 지켜보는 마음을 이해할 수 있었다. 꼬맹이는 아프다는 말조차 할 수 없는데도 괜히 내가 아픈 것만 같은 착각이 들 때도 있었다. 꼬맹이와 초코를 데리고 내 차에 태웠다.

앞으로도 내 자동차 뒷좌석은 초코와 꼬맹이의 차지일 것이다. 지난 몇달 간 그래왔듯이, 서로의 부족함을 채워주며. 초코에게는 시간이 얼마 남지 않았지만, 그 시간을 가까운 곳으로 여행을 떠나기도 하고 같이 침대에서 쉬기도 하면서 보내면 되었다. 그러면 후회가 남지는 않을 테니까. 나는 수의사가 일러준 대로 마음의 준비를 시작했다. 물론 방식은 조금 달랐다.

나는 꼬맹이와 초코를 한참 바라보았다. 심호흡을 한 번 한 뒤 내비게이션에 집 주소를 입력하는 대신 아버지가 보내준 주소를 검색했다.

고시원 파브르

윤 지 원
(경기 진성고등학교 3학년)

- 지금 갑니다.

메시지를 남기고 장비를 챙겨 집 밖을 나왔다. 중고 거래 어플인 당근마켓에는 다양한 게시글이 올라왔다. 10년 된 자전거, 쓰다만 향수, 냉면 그릇 따위의 물건들이었다. 게다가 막힌 배수관을 뚫어주거나 분리수거를 대신 해주는 자기 노동력을 팔기도 했다. 내가 하는 벌레를 잡아주는 일도 이곳에 포함되었다. 벌레를 잡는 일에는 별다른 학력이나 자격증은 필요 없었다. 그저 벌레를 무서워하지만 않으면 되는 정도였기에 나에게 제격인 일이었다. 내가 올려둔 '벌레 잡아드립니다. 바퀴, 돈벌레 가능' 게시글은 오랜 시간이 흘렀어도 매일 채팅이 왔다.

벌레를 잡으러 의뢰인의 집으로 향할 때면 나는 그 집에 사는 나를 상상했다. 이 집은 햇빛이 잘 안 들어서 빨래 널기는 힘들겠다. 그래도 지하철역이 가까우니 출근할 때 교통은 편하겠네. 이번 의뢰인의 집은 1층에 소갈비 구이집이 있었다. 의뢰인의 집인 2층까지 올라오는 갈비 냄새에 배가 고동쳤다. 집 아래에 바로 고깃집이 있다면 일이 끝나고 가게에서 고기를 포장해 오는 것도 나쁘지 않을 것 같았다. 고기 냄새와 술에 취한 주정뱅이들이 거슬리기야 하겠지만 그 정도는 내가 사는 동대문 시장에서는 늘 있는 일이었다. 의뢰인의 집 현관문을 올라왔을 때 현관문 앞에서 누군가 서성이고 있었다.

의뢰인은 장롱 밑을 가리킨 뒤, 방을 뛰쳐나왔다. 나는 익숙하게 가방에서 약을 꺼내 분사했다. 에프킬라, 살충제, 붕소 따위의 약품들을 섞어서 만든 나만의 약이었다. "10분 정도 걸려요" 벌레가 장롱 밑에서 나오기 전까지 나는 의뢰인의 집을 둘러봤다. 그래봤자 방 한 칸과 화장실이 전부였기에 둘러보는 데는 그리 오랜 시간이 걸리지 않았다. 약을 뿌리고 얼마 지나지 않아 바퀴벌레는 비틀거리며 장롱 밖으로 모습을 비췄다. 가게 배수관을 타고 올라오는 바퀴벌레는 바퀴와는 차원이 다른 크기였다. 휴지로 바퀴를 집어 들자 등 뒤에서 의뢰인의 탄식 소리가 들렸다. "죽은 거 맞죠?" 나는 의뢰인의 말에 대답하지 않았다.

벌레는 몸통이 뒤집힌 채 포획 통 속에서 꿈틀거렸다. 의뢰인의 집을 나오며 근처에 있는 하수구를 찾았다. 그리고 포획 통문을 열었다. 벌레는 하수구로 빠르게 사라졌다. 사람들은 내가 벌레를 잡고 알아서 처리했다고 생각했겠지만 나는 여태까지 잡은 벌레들을 모두 풀어주었다. 벌레는 잡아도 잡아도 어디선가 계속 기어 나왔다. 벌레를 없앤다는 것은 불가능한 일이었다. 그래서 나는 벌레와 공존하는 것을 선택했다. 나에게 피해만 끼치지 않는다면 그만이었다. 애초에 그 작은 녀석들이 손해를 끼쳐 봐야 얼마나 끼치는 건가 싶었다. 나는 벌레들이 사라진 하수구를 잠시 바라보다가 고시원으로 발걸음을 옮겼다.

밍크 고시원은 동대문 시장 초입에 있는 만둣가게 옆 골목을 지나서 위치해 있었다. 내가 여기를 선택한 이유는 오롯이 가격 때문이었다. 최대한 싼 곳보다 더 싸게. 어차피 평생 살 공간도 아니었으니 쾌적한 공간이 아닌 것 정도는 각오했다. 20년 전에는 여관이었다는 말이 사실인 건지 방마다 빈약한 화장실이 있었다. 가끔 새벽 장사를 하는 상인들끼리 방 하나를 빌려서 휴게실처럼 쓰기도 했다. 방의 벽들은 아주 얇은 벽으로만 나뉘어 있어서 침대에 누워만 있어도 옆방에서 무슨 일이 일어나는지 알 수 있었다. 분명 분리된 공간이었음에도 한 방에서 생활하는 것 같았다. 옆방에서 무슨 일이 일어나는지 무슨 대화를 하고 있는지 알고 싶지 않아도 알게 되었다. 결국 고시원도 나만의 공간을 가질 수 있는 곳은 아니었다. 그래서 나는 빨리 이곳을 떠나기를 다짐하며 돈을 모았다. 평일에는 여행사의 경리 일을 하면서도 틈틈이 벌레잡이 일을 하는 것도 이 때문이었다.

벌레잡이를 하면서 받는 돈은 많지는 않았지만 적어도 며칠간의 식비는 해결할 수 있었다. 동대문 시장에는 백반집이 많았다. 내가 자주 가는 곳은 밍크 고시원 옆 건물에 있었다. 그곳으로 향하던 도중에 익숙한 모습의 여자가 눈에 들어왔다. 밍크 고시원의 유령 제시카였다. 제시카는 점심시간이 되면 언제나 머리에 백반이 가득 담긴 쟁반을 겹겹이 쌓아 올리고 동대문 시장을 활보하고 다녔다. 혹시 저러다가 넘어지기라도 하면 어쩌지 싶어도 능숙하게 균형을 잘 잡아 쓰러지는 일이 없었다. 시장 사람들은 그녀를 제시카라고 불렀다. 제시카가 왜 제시카가 되었는지 정확히 아는 사람은 없었다.

누군가는 제시카라는 이름이 제시카가 외국에서 살다 왔기 때문이라고 했다. 제시카는 오늘같이 백반집에서 배달을 하거나 가끔은 도매시장에서 옷을 팔기도 하는 등 다양한 일을 했다. 그런 제시카는 내가 살고 있는 고시원 바로 옆방에 살았다. 고시원 주인의 말에 의하면 제시카는 이 밍크 고시원에서 가장 오래된 터줏대감이라고 했다. 밍크 고시원이 여관이었던 시절부터 살았으니 이 고시원을 제시카만큼 잘 아는 사람은 없었다. "내가 없으면 제시카가 여기 주인이나 다름없지" 고시원 주인은 웃으며 말했다.

고시원에서 유일하게 제시카와 대화를 하는 사람은 고시원 사장이 유일했다. 나는 제시카가 그 외의 사람과 대화하는 것을 본 적이 없었다. 애초에 남들에게 관심이 없었기에 당연한 것일지도 몰랐지만 이상하게도 동대문에는 항상 제시카의 소문이 떠돌았다. 동대문 사람들은 항상 제시카의 이름을 입에 올렸다. 외국인 남편을 떠나보내고 잊지 못해서 동대문에 머물고 있다거나 동대문에 잃어버린 애가 있다는 등의 소문이었다. 무엇보다 제시카는 동대문에서 안 해본 일이 없을 정도로 일을 열심히 했다. 밤낮을 가리지 않고 일하는 제시카는 분명 모아둔 돈도 많았을 터였다. 그런데 아직까지 이런 낡아빠진 고시원에 사는 이유가 제시카에게 있는 젊은 남자애인 때문이라고 했다. 제시카는 항상 저녁이 되면 동대문 상가 쪽에 있는 노래방으로 들어갔는데 아마 그곳에서 일하는 애인을 보러 가는 게 분명하다는 소문은 서서히 커져 갔다. 노래방 도우미로 일하는 젊은 남자한테 빠져 돈을 쏟아붓고 있다며 동대문 사람들은 혀를 찼다.

　그러나 적어도 내가 보는 제시카는 그런 소문과 어울리지 않았다. 제시카는 옆방에 정말 살고 있는 건지 모를 정도로 언제나 적막했고, 발소리도 나지 않았다. 그녀는 언제나 벌레처럼 조용히 나타났다가 조용히 사라졌다. 고시원에서 그녀와 마주친 적은 손에 꼽을 정도였다. 어쩌다 마주치기라도 하는 날에는 그저 짧은 목례만을 주고받을 뿐이었다. 나는 제시카의 방문 앞을 지날 때면 항상 걸음이 느려졌다. 고시원에는 다양한 사람들이 살았다. 나처럼 몇 개월 정도 머물다가 다른 곳을 찾거나 혹은 제시카처럼 고시원에 자리를 잡고 몇 년간 머물러 지내는 사람도 있었다. 나는 그런 이들을 보면 항상 의구심이 들었다. 어째서 그들은 고시원을 떠나지 않으려는 걸까. 고시원은 집이라고 하기에는 턱없이 부족한 공간이었다. 분명 벽으로 나뉘어져 있었지만 한 방에 사는 것과 다름이 없었다. 방 안에 대자로 드러누웠다. 성인이 방에 누우면 꽉 찰 정도의 크기였다. 천장에 깜빡이는 전등이 눈에 들어왔다. 빛을 보고 몰려든 벌레들의 사체가 쌓여있었다. 내 방에는 살아있는 벌레보다는 죽은 벌레들이 더 많았다. 여태까지 풀어 준 벌레들이 복수라도 하기 위해 찾아오는 것인가 싶었다. 형광등을 태양이라고 착각하는 벌레들은 스스로 날아들어 전구 안에서 죽었다. 빛에 눈이 먼 벌레들의 모습은 어딘가 바보 같았다. 애초에 벌레에게 지능 따위가 존재할 리는 없었지만 그래도 벌레에게 빛은 어떤 존재일지 궁금했다.

내가 벌레잡이 일을 시작한 건 고등학교를 졸업하고 나서부터였다. 나는 어렸을 때부터 보육원에서 살았다. 남들과 같은 공간과 같은 물건을 쓰며 나의 것이라는 걸 가져 본 적이 없었다. 그래서 고등학교를 졸업하자마자 찾은 곳이 고시원이었다. 처음에는 그 사실만으로도 좋았지만, 고시원은 집이라고 부르기에는 부족한 공간이었다. 그래서 나는 악착같이 돈을 모았다. 앞으로 내가 살아가고 머물 공간을 마련해야 했다. 그러다 보니 나 또한 제시키처럼 안 해본 일이 없었다. 경리 일을 하면서 편의점 알바를 병행하거나 상하차 일을 하다 허리를 다쳐 3일을 앓아누운 적도 있었다. 그래서 나는 그렇게 밤낮으로 일하는 제시카를 보며 어쩐지 동질감이 들기도 했다. 제시카가 이곳을 떠나지 않는 이유는 무엇일까. 새벽에 벌레잡이 일을 하기 위해 고시원을 나왔을 때 제시카와 마주쳤다. 지친 기색이 가득한 모습으로 눈이 마주치자 간단히 고개를 숙이며 인사를 하고 자신의 방으로 들어갔다. 분명 방 안에 사람이 있었음에도 제시카의 방에서는 어떠한 소리도 들리지 않았다.

고요한 방안에서 핸드폰 진동이 울렸다. 님의 글에 '좋아요'를 눌렀습니다. 얼마 지나지 않아 메시지가 왔다.

- 벌레 좀 잡아주세요.

기본 프로필에 이름도 사용자 5648로 신규 이용자였다. 주소 남겨 주세요, 라고 문자를 보내고 얼마 지나지 않아 바로 답장이 왔다. 그러나 나는 그가 보낸 주소를 보고 잠시 멈칫할 수밖에 없었다. '밍크 고시원 402호' 그가 보낸 주소는 다름 아닌 밍크 고시원이었다. 사용자의 프로필을 클릭했다. 매너 온도 36.5, 최근 거래내역 없음. 사용자 프로필에는 어떠한 정보도 나와 있지 않았다. 도대체 누구일까. 고시원 사람들이 머릿속을 하나둘 스쳐 지나갔다. 그렇게 몇 명이 머릿속을 맴돌던 사이에 제시카가 떠올랐다. 나는 제시카의 방이 있는 벽 쪽에 귀를 댔다. 어떠한 소리도 들리지 않았다. 방문을 열고 복도로 나와도 마찬가지였다. 복도는 이상하리만큼 고요했다. 이 시간대에는 모두 활발히 돈을 벌거나 나는 제시카의 방문 앞에 서서 노크하기를 망설이다 끝내 문을 두드렸다. 제시카가 밝은 대낮에 집 안에 있는 것을 본 적이 없었다. 아무 일도 일어나지 않자, 안도감이 들 무렵 벌컥 소리와 함께 제시카의 방문이 열렸다. '웬일로 제시카가 방 안에 있는 거지'라고 생각하기도 전에 제시카와 눈이 마주쳤다. 잠깐의 정적이 흐르고 이 정적은 깬 건 제시카였다. "401호 학생 아니에요?"

다른 이의 고시원 방에 들어온 것은 처음이었다. 그것도 말 한마디 나누어 본 적 없는 이웃과 한 공간에 있으니, 숨이 막혔다. 제시카의 방은 고시원에 몇 없는 창문이 달려있는 방이었다. 비록 한 뼘 정도의 틈만 열리는 창문이었지만 이 창문의 유무만으로도 방의 가격은 달라졌다. 내가 벌레가 어디 있냐 묻자 제시카는 화장실을 가리켰다. 나는 조심스럽게 화장실 문을 열었다. 그새 어딘가로 도망친 건지 벌레는 보이지 않았다. 하수구나 벌레들이 좋아하는 좁은 틈 사이사이에 약을 뿌렸다. 이제 벌레가 잡히기까지 기다리기만 하면 됐다. 제시카와 나는 방 한가운데에 멀뚱히 서 있었다. 보다 못한 제시카는 잠시만 기다리라며 고시원에 있는 공용 부엌으로 향했다. 나는 그 시간 동안 제시카의 방을 살폈다. 나의 방과는 다르게 이런저런 살림살이들이 가득했다. 방 한쪽 구석에는 잡동사니가 한쪽에 쌓여있었다. 분명히 나와 같은 방이었지만 방이 이렇게 작았나 싶은 생각이 들었다. 과거에 도매시장에서 일을 했다는 게 사실이었는지 한쪽에는 재봉틀과 옷감들이 쌓여 있었다. 그리고 어디에 쓰이는지 모를 여성용 금발 가발이 나뒹굴고 있어 어쩐지 섬뜩했다. 얼마 지나지 않아서 제시카는 반찬통을 하나 꺼내왔다. "별건 아니고 먹어요." 반찬통 안에 들어있는 것은 수박이었다. 제시카와 나는 방바닥에 앉아 함께 수박을 먹었다. 그렇게 방 안에는 수박을 먹는 소리만이 울려 퍼졌다.

"바로 옆방 학생이 이런 일을 하는 건 처음 알았네. 나는 제시카의 질문에 곰곰이 생각했다. 벌레를 잡는 게 과연 일이라고 말할 수 있는 건가 싶었다. 하지만 애초에 학생도 아니었으니 제시카의 말에 트집을 잡지는 않았다. 벌레를 잡은 후 제시카는 나에게 만 원짜리 한 장과 수박이 담긴 반찬통을 건넸다. 이웃끼리 돈을 주고받는 것이 어쩐지 꺼려져 거절하려 했지만 제시카는 꾸역꾸역 손에 돈을 쥐여 주었다. 그렇게 나는 반찬통을 받아 들고 방으로 돌아왔다. 제시카의 방에 있다 오니 왜인지 나의 방이 텅 비었다고 느껴졌다. 제시카가 준 수박을 손으로 집어 먹었다. 시원하고 달콤한 과즙이 입안을 가득 채웠다. 혼자 살면서 과일을 찾아 먹은 적이 없었다. 올여름에 처음 먹는 수박이었다.

제시카는 그 뒤로도 종종 나에게 벌레잡이 일을 부탁했다. 벌레를 잡고 나면 돈과 함께 가끔 자신이 일하는 백반집에서 얻어온 반찬을 함께 줬다. 제시카는 소문과 달랐다. 어쩌다가 그런 소문이 난 것인지 의아할 지경이었다. "나도 온갖 궂은일은 다하고 살았는데 벌레는 정말 못 잡겠더라." 제시카는 동대문에서 산 지 20년이 넘었다고 했다. 제시카는 그동안 동대문에서 안 해본 일이 없었다. 헌 옷 수거함에서 옷을 뒤져 구제시장에 내다 팔고 중국산 짝퉁 가방을 명품으로 속여서 시장에 내놓기도 했다. "다 먹고 살자고 하는 짓이었지" 나는 한동안 제시카가 한 말을 곱씹었다. 제시카에게 먹고 산다는 것은 무슨 의미일까. 제시카를 보면 가슴 속에 묘한 느낌이 피어났다. 고시원은 나에게 잠시 머물다 가는 공간이었다. 나의 거처를 마련하기 전까지 잠을 자는 공간이었기에 나는 그 이상의 의미를 가지지 않았다. 그래서 나의 방은 언제나 텅 비어있었다. 언제든지 바로 떠날 수 있도록 언제나 최소한의 짐만을 가졌다. 그래서 나는 제시카의 방을 봤을 때의 느낌을 잊을 수 없었다. 제시카의 방은 어쩐지 가정집과 같다는 생각이 들었다.

집은 따뜻했고 온기가 느껴졌다. 무엇보다 온전히 제시카의 공간이라는 것이 느껴졌다. 제시카의 방에는 이상하게도 벌레들이 자주 꼬였다. 나는 그게 제시카의 방에서는 사람이 사는 냄새가 났기 때문이라고 생각했다. 벌레는 안전하다고 생각되는 공간에서 알을 낳았다. 그래서 벌레들은 계속해서 사람이 있는 공간에 나타났다. 사람들이 사는 곳은 따뜻하고 먹을 것도 넘쳐났으니까. 벌레들이 삶을 꾸리기에 사람들의 집은 최적의 장소였다. 제시카의 방에는 창문이 있어서 환기를 시키기 위해 창문을 열며 그 틈새로 벌레들이 들어왔다. 특히 창문을 자주 열어 놓는 여름이었기에 제시카는 수시로 나를 찾아왔다. 그럴 때면 나는 포획 통을 들고 벌레를 잡았다.

"그런데 학생은 그 벌레들을 잡아서 어디다 쓰는 거야?" 제시카의 물음에 나는 어색하게 웃었다. 사실 벌레를 동정한다는 것은 우스운 일이었다. 벌레 따위를 동정하기에는 내 앞가림을 하기에도 바빴다. 다만 나는 벌레를 잡은 뒤 풀어 줄 때에 묘한 해방감을 느꼈다. 저 벌레들은 하수구를 타고 흘러 내려가 다시 어딘가에서 삶을 꾸릴 것이었다. 밑바닥의 삶에서도 살아갈 수 있다는 것. 더럽고 냄새나는 하수구에서도 누군가는 살았다. 나는 제시카에게 벌레를 잡고 난 뒤의 과정을 말했다. 말을 하면서도 제시카가 나를 미친 사람 취급을 하는 게 아닐까 하는 생각이 들었다. 하지만 제시카의 입에서 나온 말은 의외였다. "벌레들한테는 생명의 은인이네, 은인." 아주 파브르가 따로 없겠어, 제시카는 소리 내어 웃었다. 나는 그 웃음에 왠지 모를 안도감을 느꼈다.

고시원을 가기 위해서는 동대문 시장을 가로질러야 했는데 저녁때가 되면 여기저기서 풍겨오는 밥 냄새에 배가 고동쳤다. 아직 이른 저녁 시간이었음에도 불구하고 상인들은 점차 가게의 셔터를 내렸다. 과거에 비해서 동대문 시장은 많이 한적해진 편이었다. 이제는 주말이 되면 시장이 붐비지도 않았고 동대문을 찾아오는 사람은 그저 외국인 관광객들이 전부였다. 제시카는 종종 나에게 과거의 동대문 시장에 대해 이야기했다. 제시카가 동대문 도매시장에서 일했을 때, 자신이 월 매출 천을 찍기도 했다며 자랑스럽게 말했다. 제시카는 하루라도 허투루 보내는 일이 없었다. 언제나 바쁘게 움직였고 동대문에서 가장 부지런히 일했다. 그렇다면 분명 모아둔 돈도 많았을 터인데 아직까지 고시원을 벗어나지 않는 것이 이상했다. 동대문 사람들은 그 이유가 제시카가 젊은 남자에게 빠져 모아둔 돈을 모두 쏟아부었기 때문이라고 했다. 하지만 적어도 내가 생각하는 제시카는 그러지 않았다. 그런 소문과 제시카는 거리가 멀어 보였다. 제시카는 자신이 동대문에서 소문의 주인공이라는 것을 알까? 고시원 앞에 다다랐을 무렵 한 건물에서 빠져나오는 제시카를 발견했다. 제시카는 늘 이 시간이면 저 건물에서 나왔다. 사람들이 말한 애인이 정말 있는 것일까. 나는 제시카를 피해 고시원으로 들어갔다.

제시카는 나를 보면 자신의 20대 때 시절이 떠오른다고 말했다. 사회 초년생 시절의 제시카를 상상하자니 잘 그려지지 않았지만, 지금의 나와 비슷한 모습이 아니었을까 싶다. 제시카가 처음 동대문에서 일하게 되었을 때는 지금보다 사람이 훨씬 많은 사람이 동대문에 터전을 잡았다. 제시카도 그런 사람 중 한 명이었다. 낯선 타지에서 기댈 곳도 의지할 곳도 없이 살아야 한다는 것은 쉬운 일이 아니었다. 고시원 사장의 말로는 밍크 고시원이 생기기 전에 이 자리에는 숙박업소가 있었다고 했다. 제시카의 원래 집은 그곳이었다. 제시카는 동대문에서 이런저런 일을 하며 삶의 터전을 가꾸기 위해 돈을 모았다. 그렇게 제시카는 몇 년 정도 지나서 동대문을 떠났다. 하지만 제시카가 새롭게 찾은 터전은 그리 오래 가지 못했다. 제시카가 살기로 한 아파트는 얼마 못 가 화재가 발생했다. 제시카의 터전은 아무것도 남지 않은 새까만 재가 되어버렸다. 죽을 둥 살 둥해서 만들어 낸 터전을 하루아침에 잃은 상실을 누가 공감해 줄 수 있을까. 그렇게 제시카는 다시 동대문 시장으로 돌아왔다. 동대문으로 다시 돌아온 제시카는 말을 잃었다. 제시카의 눈은 웃고 있어도 지쳐 보였다. 나는 그 표정이 어딘가 익숙하다고도 느껴졌다. 동대문 사람들은 다시 돌아온 제시카에 대해서 하나둘씩 모여 입을 맞댔다. 하지만 제시카는 어떠한 말도 하지 않은 채 결국 동대문을 떠돌아다닐 뿐이었다.

　나는 제시카와 있을 때면 묘한 동질감을 느꼈다. 제시카도 나와 같은 밑바닥의 삶을 살고 있다고 생각하기 때문일 지도 몰랐다. 이상하게도 제시카의 앞에 있으면 나 자신을 숨길 필요가 없었다. 그래서 제시카와 함께 있으면 편안했다. 나는 제시카에게 함께 고시원을 나가는 것에 대해 어떻게 생각하냐고 물었다. 애초에 그녀가 고시원을 나갈 생각이 있긴 한 건지 궁금했다. 제시카는 나의 말에 고개를 저었다. "나 같이 갈 곳 없는 사람들은 이런데 살아야 해." 제시카의 표정은 쓸쓸해 보였다. 제시카가 말한 갈 곳 없는 사람들이란 누구일까. 그건 나와 제시카일까. 나는 제시카의 말을 무시했다. 제시카야 갈 곳이 없을지 몰라도 나는 갈 곳이 있었다. 없다면 만들어서라도 이곳을 벗어날 것이었다. 이전에 내가 풀어준 벌레들에 대해서 생각했다. 하수구 빠진 벌레들은 과연 어디에 도착할까. 물살에 휩쓸려 이곳저곳을 떠돌다 다른 곳에서 다시 살아가겠지. 어쩌면 쥐들의 먹이가 될지도 모르는 일이었다. 하지만 그런 삶이라도 좋았다. 어쩌면 벌레들은 나보다 더 나은 삶을 살고 있을지도 몰랐다. 나는 적어도 제시카와는 다른 삶을 살 것이었다. 나는 포획 통을 들었다.

　초인종을 누르고 얼마 지나지 않아 의뢰인이 나왔다. "왜 이렇게 늦게 와요?" 의뢰인은 인사를 하기도 전에 퉁명스러운 말투로 불만을 표시했다. 벌레가 옷 방에 있다며 서둘러 발걸음을 옮겼다. 그 와중에 발에 걸리는 옷가지들이 신경 쓰였다. 나는 의뢰인이 손가락 끝으로 가리킨 방향을 쳐다봤다. 집에서 나온 벌레치고는 커다란 크기의 바퀴벌레가 벽에 붙어있었다. 의뢰인 벌레가 너무 커다래서 못 잡겠다며 빨리 해결하라며 말했다. 아무리 벌레가 크더라도 인간만큼은 아닐 텐데 말이다. 벌레의 입장에서 본다면 우리가 더 무섭지 않을까 하는 생각이 들었다. 내가 조심스럽게 다가가서 약을 뿌리자, 벌레는 잠시 꿈틀거리더니 그대로 툭 하고 옷가지 위로 떨어졌다. 그러자 의뢰인은 "옷 위에 벌레를 떨어트리면 어떡하냐?"며 벌컥 소리를 질렀다. 나는 벌레를 주워 포획 통에 담았다. "아니 그걸 왜 거기다 담아요? 나중에 또 들어오면 어쩌려고, 그냥 여기서 죽여주세요." 벌레는 여전히 포획 통 안 속에서 꿈틀거렸다. 나는 포획 통 열기를 머뭇거렸다. 벌레잡이 일을 하며 여태까지 단 한 번도 벌레를 죽여본 적이 없었다. 나는 천천히 포획 통의 문을 열었다. 아직 숨이 붙어있는 벌레를 손으로 잡았다. 손바닥에서 꿈틀거리는 감각이 이상했다. 마치 살려 달라며 발악을 하고 있는 것 같았다. 그리고 눈을 감고 손에 힘을 주었다. 바스러지더니 손바닥 안에서의 움직임이 점차 사라졌다.

나는 벌레를 잡아 죽였던 손을 내려다보았다. 손끝에는 아직도 생생한 벌레의 감촉이 느껴졌다. 바스락거리고 끈적한 진액이 흘러나오던 벌레. 목뒤로 지네가 타고 오르는 듯한 소름이 느껴졌다. 휴대폰으로 알림이 왔다. 3만 원이 입금되었다는 알림이었다. 통장에는 어느새 목표했던 돈이 모아져 있었다. 이 정도의 돈이라면 작은 원룸 정도는 구할 수 있었다. 나는 이 소식을 제시카에게 전하려다 멈췄다. 제시카는 고시원을 떠날 생각이 없어 보였다. 나는 그녀의 방문 앞에서 서성거렸다. 그리고 방문에 귀를 댔다. 역시나 사람의 인기척은 느껴지지 않았다. 그 순간 나의 발밑으로 무언가가 빠르게 지나갔다. 돈벌레였다. 벌레는 순식간에 제시카의 방 안으로 들어갔다. 현관문의 틈새로 몸을 구기며 들어갔다. 나는 혹시 몰라 방문의 손잡이를 돌렸다. 손잡이는 무엇에도 걸리지 않고 부드럽게 돌려졌다. 제시카의 방에는 아무것도 남아있지 않았다. 태초에 이 방에 사람이 살았던 게 거짓말이었던 것처럼 방은 텅비어있었다. 벌레는 그새 어디로 간 것인지 보이지 않았다. 제시카의 방에 있던 온기와 특유의 냄새조차 사라졌다. 창문은 여전히 열려있었다. 창문 틈새로 바람이 들어왔다. 창문을 닫기 위해 발걸음을 옮기다 발밑에서 꿈틀거리는 감촉이 느껴졌다.

곱창구이

손 은 혜
(충북 의림여자중학교 3학년)

캄캄한 가게의 문을 열면 뽀얀 밀가루들이 흩날리며 나를 반긴다. 좁은 골목길 다닥다닥 붙은 가게의 간판에는 "곱창구이"라는 글자가 너도나도 줄지어 있다. 우리 가게도 그 골목 어디쯤인가 위치해 있다. 아빠는 오늘도 곱창을 씻기었다. 뽀얀 밀가루는 목욕 입욕제라도 된 듯 큰 양재기에 풀어져 있다. 아빠는 가느다란 곱창을 넣고 머리카락 감기듯 곱창을 목욕 씻기었다. 목욕을 다 한 곱창은 개운하기라도 한 듯 속살을 빛내며 소쿠리 위에 똬리를 튼 것처럼 감겨 있다. 저녁 장사 준비를 하는 아빠의 어깨엔 즐거움의 냄새를 풍긴다.

오후가 되면 아빠는 간판에 불을 켠다. 원조라고 쓴 간판에 불이 들어오기 시작하면 우리 골목은 원조 전쟁터로 바뀌게 된다. 그러나 우리 가게는 항상 예외였다. 나는 행주를 가져와 다시 한번 탁자를 닦는다. 혹사나 손님이 들어오실까 문을 열어놓지만, 야속한 파리만 들어올뿐 손님은 들어오지 않는다. 파리를 내쫓다 옆 가게를 본다. 옆집 곱창을 먹기 위해 길게 늘어선 손님들은 불판 곱창처럼 가지런히 줄 서 있다. 괜한 간판만 뚫어지게 쳐다본다.

"어서 오세요."

드디어 첫 손님이 들어오셨다. 얼마만의 손님인지 아빠의 얼굴엔 행복이 가득하다

"아휴 다리 아파 못 기다리겠어. 그냥 아무 데서나 먹자."

"여기 소 곱창 2인분 주세요."

나는 빨간 깍두기와 파룻한 부추 그리고 밑반찬을 담는다. 마지막 할머니 때부터 내려온 특제 소스를 재빨리 담는다. 곱창을 특제 소스에 찍어 맛본 손님들은 서로의 입과 귀를 맞대며 속삭이기 시작했다.

"옆집 원조 소스를 따라 한 것 같아. 옆집이 장사가 잘되니 따라 했나 봐. 이렇게 따라 하면 안 되는 거 아니야?"

나는 그 말에 가슴이 철렁 내려앉는다. 나는 황급히 고개를 돌려 아빠를 바라본다. 아빠의 얼굴엔 허탈함과 씁쓸함으로 가득하다. 우리 가게는 할머니가 이 골목에서 40년 동안 운영해 오신 가게이다. 할머니는 이 골목에서 처음으로 소 곱창구이를 팔며 이 골목을 지키셨다. 밀가루로 불순물을 제거하고 지푸라기로 초벌을 한 후 불맛을 내어 손님상에 올려 그 맛을 지켜오셨다. 할머니가 초벌을 하고 곱창을 팔기 시작하면 골목은 구수한 곱창 냄새로 손님들을 끌어 모으셨다. 마치 피리 부는 사나이처럼 할머니는 곱창을 굽는 할머니가 되셨고 그 뒤로 손님들이 뒤따라오기 시작했다고 한다. 할머니는 그렇게 골목을 지키시다 지난해 암으로 무지개다리를 건너게 되셨다. 할머니의 병을 어떻게든 고치려고 아빠는 이곳저곳 헤매고 다녔지만, 할머니의 병세는 악화될 뿐 좋아지지는 않았다. 효도 한 번 제대로 한 적 없다며 허탈해하는 아빠는 매일 술만 드셨고 그렇게 가게는 주인을 잃은 채 슬픔에 잠겨 잊히고 있었다. 할머니가 무지개다리를 건너기 전

"아들아 가게를 잘 부탁한다. 우리 아들 어깨에 짐만 올려놓는 것 같아 미안하구나!…."

하며 눈을 감으셨다.

그 후 아버지는 할머니가 올려놓은 짐의 무게를 느끼게 되었고 나와 아버지는 할머니의 가게에 새로운 주인이 되기로 했다. 아버지는 할머니가 바빴을 때 도와드린 적이 있었기에 할

머니의 손맛을 찾을 수 있었다. 할머니의 멋진 아들이 되기 위해 나에겐 훌륭한 아버지가 되기 위해 아빠는 쉴 틈 없이 일을 하기 시작했다. 그리고 아빠는 항상 마감 정리하며 할머니가 세워놓은 원조 소 곱창 간판을 닦으며 집으로 돌아오셨다.

그러던 어느 날 조용했던 골목은 순식간에 서커스장이 되어버렸다 고함과 욕이 오가는 가운데 무대의 주인공은 아빠와 옆집 아저씨였다.

"야 네가 어떻게 이럴 수가 있냐? 이러고도 네가 내 친구냐?"

"친구 좋아 하시네. 난 널 친구라고 생각해 본 적이 단 한 번도 없다 그동안 내가 돈이 없어 네 비위 맞추고 있었을 뿐 난 널 친구라고 생각한 적이 없다."

"너 밥 못 먹고 힘들 때 우리 엄니가 너 알바 시켜 주며 용돈 챙겨 주었던 거 기억 안 나냐? 네가 그러고도 인간이냐? 우리 엄니가 하늘에서 노하겠다."

"난 일하고 받은 돈이다. 뭘 얼마나 더 챙겨줬는데?"

"그리고 이 비법 소스는 우리 엄니가 만든 거잖아? 네가 만든 것도 아닌데 어떻게 네가 만든 것처럼 특허를 냈냐?"

그렇다 옆집 가게 아저씨는 아빠의 오래된 벗이다. 내가 태어나기도 전 우리 할머니와 앞집 아저씨, 엄마와는 서로 형님, 형님 하며 세상에 나온 여러 가지 삶의 무게를 덜어 내주는 친자매 같은 사이였다고 한다. 두 분 다 남편이 없다는 점과 아들을 홀로 키우고 있다는 공통점이 있어 서로 금방 친해지셨다고 한다. 그러나 아저씨의 엄마는 몸이 불편해 항상 집에만 계실 뿐 일을 하지는 못했다고 한다. 그래서 아저씨는 어렸을 적 무척 가난했다고 한다. 자존심이 무척 세 남들의 도움을 받으려 하지 않았다고 한다. 할머니는 그런 옆집 아저씨가 나중에 크면 큰 인물이 될 거라며 홀로 집에만 있는 옆집 아저씨의 엄마를 위로하며 삶의 희망을 주셨다고 한다. 공부도 해야 하고 몸이 불편한 엄마로 인해 살림도 해야 하는 옆집 아저씨의 사정을 할머니는 잘 알고 있어 아빠와 같이 주말에만 일을 하게 했고 그 대가로 많은 용돈을 주었다고 했다. 일이 끝날 때면 자존심 상하지 않게 음식이 남아 처치 곤란이니 싸가라며 음식을 새로 만들어 따뜻하게 싸 주셨다고 한다.

아빠와 옆집 아저씨는 할머니 가게에서 공부도 하고 서빙도 하며 우정을 쌓았다고 했다.

"야, 이 자식아 네가 그러면 안 되지 흑흑흑 우리 엄니가 네 식구한테 얼마나 잘했는데, 네가 이러면 안 되지… 엄니, 엄니, 죄송해요… 엄니의 가게를 지키지 못한 못난 이 자식을 용서해 주세요."

그렇게 아빠의 어깨엔 다시 옆집 아저씨가 올려놓은 삶의 무게로 통증을 느끼며 흐느껴 울기 시작했다. 난 그런 아빠를 바라보며 눈물을 닦는다. 그리고 주먹을 꼭 쥐었다.

"바보 같은 아빠."

아빠를 원망해 본다. 아니, 저 옆집 아저씨를 이 주먹으로 세게 내리치고 싶을 만큼 원망스럽고 고통스럽다. 떨어지는 눈물 사이로 아빠 어깨에 삶의 무게가 나에게 고스란히 전해져 내려온다.

다음 날 아침 우리는 아무 일 없었던 듯 다시 가게 문을 열었다. 아버지 어깨에 삶의 무게만 늘었을 뿐 세상은 하나도 변한 게 없었다. 똑같이 아침 해가 떴고 우리는 시장에 가서 장을 봤다. 그리고 오후가 돼서야 가게 문을 열었고 아빠는 먼저 나와 똑같이 밀가루를 풀며 곱창을 씻었다. 나 또한 원형 탁자를 닦았다. 원망스러운 어제와 아무 변화 없는 오늘이 그냥 짜증스럽다. 그때였다.

"어서 오세요."

50대쯤으로 되어 보이는 중년의 아저씨가 가게 문을 열고 들어온다. 가게를 한번 흝어 보신다. 그리고는 소주 한 병과 곱창 1인분을 주문하신다. 나는 평소와 마찬가지로 빨간 깍

두기와 파릇한 부추 밑반찬 등을 담고 비법 소스도 담는다.

"사장님, 이 가게 구석에는 뽀얀 무언가가 있는 거예요?"

"아~ 밀가루예요. 밀가루를 풀어 씻다 보니 밀가루가 흩날려 있다 가라앉은 거예요. 먼지 아닙니다. 밀가루로 씻어야 곱은 안 빠지고 불순물이 잘 빠져요. 누린내도 잡고요."

"아니 그런 비법을 그렇게 막 가르쳐주어도 되는 거예요?"

"뭐 이게 무슨 비법이라고. 비법은 이 소스예요. 특허는 옆집에서 냈지만. 하지만 옆집에선 따라 하지 못하는 우리 어머님 간장이 들어가 우리 맛을 따라 할 수 없어요.

"허허허"

아버지는 씁쓸한 얼굴 뒤로 해맑게 웃으신다. 손님은 아빠의 얼굴을 한번 보고 곱창을 드신다.

"곱이 참 곱네요."

"그렇지요? 우리 가게 곱창의 곱이 참 곱죠."

"그런데 사장님 마음도 참 곱네요."

"네?"

중년 아저씨의 농담에 아빠의 얼굴엔 어제의 일을 잊어버린 듯 미소를 지으신다. 중년의 아저씨는 아빠에게 이것저것을 물어보시고 소주 한 병을 다 드시고 가신다. 그리고 며칠 후 중년의 남성은 여러 대의 카메라와 손님들을 이끌고 가게에 들어왔다

"안녕하세요?"

"아니, 며칠 전 곱창과 소주를 드시고 가신 손님 아니신가요?"

"네, 맞습니다. 곱이 참 곱고 비빔 소스가 맛있어서 취재를 하러 왔습니다."

"아… 아니…."

"자, 일단 곱창 4인분 주시고요. 비법 소스도 같이 주세요."

"네, 아버지 빨리빨리 준비해요. 감사합니다. PD님 감사합니다."

나는 재빨리 움직이기 시작했다. 혹시나 PD님이 옆집 가게로 가실까 나는 아버지를 재촉하였다.

"자, 촬영 시작하겠습니다. 스탠바이 레디 큐."

그렇게 나는 아빠와 함께 우리 가게만의 곱창을 PD아저씨에게 소개를 했고 나 역시 어리둥절했지만, 이것이 마냥 행복하고 기뻤다. 아빠의 어깨엔 마음의 무게라고는 찾아볼 수 없을 정도로 행복한 미소를 지으신다. 나 역시 아버지의 미소와 행복에 춤이 절로 춰진다. 그렇게 아빠와 나는 행복한 미소를 지으며 촬영을 마쳤다.

"한 달 후면 '나만의 맛집'이란 프로그램에 방영될 겁니다."

"아, 네. 감사합니다. 감사합니다."

한 달 후 TV 프로그램에 우리 가게가 소개되었고 우리 가게는 할머니 때처럼 장사가 잘되기 시작했다. 아버지와 나는 환상의 짝꿍처럼 손발을 탁탁 맞춰 일하기 시작했다. 곱창의 길이가 길어질 만큼 우리 가게의 줄도 더더욱 길어졌다. 그렇게 행복한 나날을 보내고 있었다. 마감 정리를 할 때면 할머니께서 세워놓은 '원조 소 곱창' 간판을 깨끗이 닦으며 행복해하며 집으로 향했다

"그런데 아빠 '나만의 맛집' 이란 프로그램은 누군가 맛집이라고 제보를 해야 나올 수 있는 프로그램인데 누가 제보를 했을까요?"

"그러게. 참 고마운 분이지. 누가 제보를 했는지 아빠도 너무 궁금하다."

"우리 내일 방송국에 전화해 봐요."

"그래 내일 방송국에 전화해서 그분이 누구신지 물어보고 꼭 대접 한 번 하자."

다음날 우리는 방송국에 전화를 했다.

"한 달 전 촬영 나온 원조 소 곱창 가겐데요."

"아, 네~"

"우리 가게를 제보해 주신 고마우신 분을 알고 싶은데 어떻게 하면 알 수 있을까요?"

"잠시만요. 아~ 여기 있네요. 전화로 제보해 주신 분인데요, 나이가 많아 글도 잘 못 쓰고 몸이 불편해서 잘 움직이지 못한다고 하시며 여러 번 제보해 주셨어요. 비법 소스가 참 맛있다며 거기에 들어가는 간장이 우리네 옛 어머님 맛이라며 참 그립다고 제보해 주셨어요. 성함은 밝히시지는 않으셨어요. 아들이 알면 안 된다며."

"아… 네… 감사합니다."

옆집 아저씨의 엄마였다. 어쩌면 우리 할머니의 비법 소스로 특허를 낸 아들에 대한 미안한 마음과 죄책감의 무게를 덜어내고 싶어, 그렇게 제보했는지도 모른다.

MYQE

최 수 연
(경기 고양예술고등학교 3학년)

MYQE는 인체 인공 지능 개발이 확장되며 생겨난 신기술 '기억 큐알코드'였다. MYQE는 목뒤에 새겨지는 큐알코드와 MY 삽입 수술로 뇌에 심어지는 '기억 칩'이 연결되어 활성화되는 기술이었다. 큐알코드를 휴대전화로 인식하면 그 큐알코드를 인식한 휴대전화 파일에 그 사람의 모든 기억이 저장되며 기억 관리할 수 있었다. 그리고 이 기술이 개발되기 시작한 건 31년 전에 일어난 북한과 분단 전쟁 이후에 일이었다.

그때 사람들은 북한의 경고를 가십거리로 여겼다. 북한은 한 달에 걸쳐 전쟁 준비를 하고 있었고, 뒤늦게 그들의 움직임을 감지한 전문가들은 전쟁이 일어나기 하루 전날에 정부를 통해 대책 방안을 제시했다. 그들이 제시한 방안은 '인체 인공 지능'이었다. 인명 피해를 최소한으로 줄이기 위해 인체 로봇의 머리에 전쟁 환경 정보를 입력하고 지속적인 정보 관리 메커니즘을 활용해 공격력을 기반으로 한 인체 인공 지능을 만들자는 의견이었다. 정부는 전문가들의 의견을 적극적으로 반영해 실현했고, 그 결과 사람들은 전쟁 승리의 주된 원인인 인체 인공 지능을 조금 더 유용하게 개발해야 한다고 주장했다. 정부는 공식적으로 인체 인공 지능 개발 확장의 긍정적인 견해를 발표했으며 이 소식을 들은 세계 로봇 과학자들은 단체로 한국에 방문했다. 인체 인공 지능은 무서운 속도로 발달했다. 사람보다 뛰어난 지능과 시력,

그리고 인체까지. 빚이 많았던 정부는 다른 나라에 인체 인공 지능 로봇을 수출했다. 그리고 1년 후, 점차 이상한 일들이 벌어지기 시작했다. 로봇과 생활하고 있는 사람들이 언제부턴가, 이유도 모른 채 감정을 느끼지 못했다. 이 사건은 전 세계적으로 발생한 문제였다. 그러나 정부는 아무런 대책을 마련하지 않았다. 이를 해결하기 위해 세계 과학 기관은 수많은 과학자를 불러들여 해결 방안을 모색했다. 이것은 MYQE 개발의 시작이었다.

MYQE가 한국에 정식으로 활용되기 시작한 것은 2035년, 내가 한국에 도착하기 하루 전날이었다. 나는 대학교를 졸업하자마자 한국을 떠나 호주로 향했다. 내가 하는 연구에 비해서 한국은 뭐든 한정적이었기 때문이었다. 나는 대학교수님이 추천해 주셨던 세계 과학 기관에 취업했다. 나는 호주의 풍경을 감상하고 관광하는 일보다는 개발, 논문을 쓰는 일에 더 많은 시간을 쏟아부었다. 연구실에는 항상 코피 묻은 휴지가 뭉텅이로 굴러다녔다. 그래서 선배들은 나의 자리에 휴지가 없으면 불안하다고 농담 식으로 얘기를 흘리고 다니기도 했다. 나에게 호주는 떠나고 싶지 않은 제2의 고향 같은 곳이었다. 그러나 나는 아빠의 메시지를 읽자마자 한국행 항공권을 끊을 수밖에 없었다.

'미안해, 우리 딸.' 단 한 문장의 메시지였다. 나는 계속 아빠에게 전화를 걸었으나, 내게 들려오는 건 반복되는 기계음뿐이었다. 나는 바로 다음 날에 비행기를 타고 한국으로 향했다. 한국에 도착하자마자 휴대전화를 확인했다. 선배들로부터 수백 개의 연락이 남겨져 있었다. 나는 휴대전화의 전원을 껐다. 얼굴이 달아오르면서 어느새 나도 모르게 눈에 눈물이 고여 흘러내렸다. 나는 캐리어를 끌고 택시 정류장으로 달려갔다. 불안정하게 쥐고 있던 나의 휴대전화 뒷면에 끼워진 낡은 투명 케이스에는 호주로 가기 전 아빠와 같이 찍은 사진 하나가 끼워져 있었다.

내가 집에 도착하자마자 본 것은 아빠의 시체였다. 집 안에서는 피비린내가 진동했다. 나는 머리가 깨진 채 거실에 쓰러진 아빠의 손을 달려가 잡았다. 차가운 아빠의 손을 잡으니, 서서히 손이 떨려왔다. 그때 집에 초인종이 울렸다. 누군가가 문을 두어 번 두들겼다. 문밖에서는 익숙한 목소리가 들려왔다. 옆집 할머니였다.

"윤지 너 한국에 언제 들어왔어? 지금 상황이 말이 아닌데, 아, 이 할미가…."

할머니는 나의 뒤로 보이는 바닥에 피와 아빠의 시체를 보고 말을 잇지 못했다. 두 손으로 입을 막고 눈물을 흘렸다. 할머니는 내게 집으로 들어가 봐도 되겠냐고 물었고, 나는 고개를 끄덕였다. 집으로 들어가는 할머니의 뒷모습은 마치 아들을 되찾으러 가는 엄마의 뒷모습을 떠올리게 했다. 할머니의 목덜미에 큐알코드 모양이 새겨져 있었다. 그런데, 갑자기 큐알코드가 눈부신 빛을 내뿜더니, 할머니가 멈춰 섰다. 할머니는 내가 있는 방향으로 몸을 돌렸다. 무표정한 얼굴과 생기 없는 눈, 굳어진 몸. 할머니는 나에게 물었다. 한국에 언제 들어왔어?

나는 경찰에 신고한 후에 경찰들에게 아빠를 맡기고 복도에 앉아있었다. 집으로 들어가는 경찰들의 목덜미에도 큐알코드가 새겨져 있는 것을 발견했다. 나는 휴대전화 전원을 켰다. 선배들의 연락, 사무총장님의 연락, 친구들의 연락들이 끊임없이 오고 있었다. 연락을 봐야 하나 싶었으나, 그들에게 출근하지 않은 이유와 내가 한국에 온 이유를 구구절절하게 설명해야 했다. 나는 이러지도 저러지도 못해서 휴대전화의 옆면을 만지작거렸다. 호주에서의 기억이 아직 생생했다. 다시 돌아가고 싶었다. 나는 휴대전화를 두 손으로 고쳐 잡았다. 사무총장님한테 답장을 보냈다.

"서재현 씨 따님분 맞으시죠?"

조사를 끝낸 경찰은 나에게 물었다. 나는 그렇다고 대답했고, 경찰은 내게 태블릿으로 아빠가 찍힌 동영상을 보여줬다. 아빠의 목덜미에 새겨진 큐알코드가 끊임없이 빛을 뿜어내고 있었다. 아빠는 벽에 머리를 쉴 틈 없이 박고 있었다. 머리가 뭉개지고 있었다. 엄청난 양의 피가 벽을 타고 흘러내렸다. 갑자기 행동을 멈춘 아빠는 주변에 흥건한 피를 보고 소리를 지르며 급하게 휴대전화를 찾았다. 낡은 투명 케이스가 끼워진 휴대전화였다. 아빠는 나에게 연락을 보내고 있었다. 그 후에 힘없이 휴대전화를 떨궜다.

나는 사무총장님의 답장을 받고, 한국에 있는 연구소로 향했다. 아빠의 감정 변화에 이상함을 느꼈다. 나는 연구소로 향하는 길에 인터넷에 퍼진 기사들을 검색했다. '한국, MYQE 사용 활성화', '대한민국 국민 MY 삽입 수술 강제?' '시민들, 정부 비판 및 인권 강조' '로봇들과의 생활 부작용은 감정?' 부작용과 감정. 나는 떨리는 손으로 사무총장님한테 연락했다. 어딘가가 잘못됐다, 나는 MYQE에 대한 정확한 정보를 알아내야 했다. 아빠는 이유 없는 죽임을 당한 것이었다.

"2073년인 새로운 한 해 잘 맞이하고 계시는가요? 오늘은 2035년에 일어났던 MYQE 부작용 사건을 막는 데 큰 도움을 주신 서윤지 과학자님을 모시고 말씀 나눠보겠습니다, 잘 들리시나요?"

"네, 잘 들립니다."

"MYQE는 무슨 기술이었나요?"

나는 목을 가다듬고 커다란 눈처럼 보이는 카메라를 바라보며 입을 열었다.

"한 치의 오차도 없는 기술은 존재하지 않습니다. 그러나 MYQE는 오점투성이인 하나의 장난감에 불과했던 기술이었습니다. MYQE는 과거에 미련이 많이 남은 사람들에게는 해를 끼치는 기술이었습니다. 결국에는 수많은 사람이 MYQE에 세뇌되어 강제로 숨을 끊은 것이었죠. 이것의 부작용의 원인은 기억을 조종하는 시간과 기억을 담는 시간의 엇갈림에서 생긴 부작용이었습니다. 기억을 담을 때 사람이 느낀 최근의 감정이 사라지게 된 것이었습니다. 그러나 죽음이 가까워지면 뇌는 기억 칩을 관통하는 초능력적인 힘을 발휘하게 된다는 사실을 발견했습니다. 그 사람은 감정을 찾게 되며 기억 칩에 옮겨갔던 기억 정보들이 뇌로 전달되어 기억이 차례대로 상기되는 현상이 일어날 수 있으나, 결과가 달라지지는 않습니다."

스튜디오 안이 고요해졌다. 방송 사고에 당황한 듯한 앵커는 황급히 마지막 질문을 했다.

"말씀 잘 들었습니다, 마지막으로 하실 말씀 있으신가요?"

앞에 놓인 종이들을 모으며 말했다.

"기억에는 각자의 특성을 가진 감정이 존재합니다. 기억과 감정은 지구에 살아가는 모든 생물의 고유 특성이며 어떠한 것으로도 그것을 억압할 수 없습니다. 기억은 오로지 자신만이 감정을 담은 이야기입니다."

나는 한 손으로 목덜미를 매만졌다. 나의 목덜미에는 큐알코드가 새겨져 있지 않았으나, 투명한 큐알코드가 새겨진 듯했다. 커다란 눈, 나는 그것을 공허하게 바라보고 있을 수밖에 없었다.

불세례

이 소 윤
(경기 소하고등학교 3학년)

　도서관의 일 층에는 영상실이 있었다. 영화 감상을 위한 공간이었지만 정작 이곳에서 영화를 보는 사람은 아무도 없었다. 디브이디 플레이어와 헤드셋이 자리마다 있었지만 모두 십 년 이상 손보지 않은 거라고 들었다. 이곳에서의 일은 디브이디의 반납과 대출을 돕고 장기 미반납자에게 반납 요청 문자를 보내는 게 전부였다. 그래서 난 카운터에 앉아 있기보다는 그 뒤에 있는 창고에 들어가 시간을 더 많이 보내곤 했다. 창고에는 얼굴 하나가 들어갈 만한 크기의 창이 하나 있었다. 무척 예전에 생겼는지 아무리 닦아도 지워지지 않는 얼룩이 있는 창이었다. 작았지만 햇빛이 들어오면 내부를 꽤 밝혀주어서 낮에는 창고에 불을 켜지 않아도 됐다. 창밖으로는 상당한 수의 비닐하우스가 보였다. 삼 년 전에는 근처 공장에서 일하는 외국인 노동자들에게 숙소 목적으로 제공되었던 곳이었다. 그곳에서 누군가 가스에 중독되어서 죽은 뒤로는 모두 내쫓아 버렸다는 소문만 무성했다. 이후로 철거된다는 공지가 있었으나 여태 그 광경은 한 번도 변하지 않았다. 겨울이면 종종 눈이 쌓였고 장마철에는 땅이 조금 젖기는 했지만 그건 변화라기보단 어떤 이벤트에 가깝다고 여겼다. 난 그 공간이 내일 당장 사라지거나 혹은 영원히 사라지지 않을 것 같다고 생각했다.

　밖에서 누군가 악 지르는 소리가 들렸다. "아이 씨, 몰라. 끊어." 분명 하나의 목소리였다.

하나는 두 달 전부터 도서관에 나타나기 시작한 아이였다. 하나 때문에 민원이 들어오는 경우가 허다해서 도서관 직원 중 그 애의 이름을 모르는 사람은 없었다. 하나는 디브이디 진열장 사이에서 빠르게 걸어 나오고 있었다. 곧장 소파로 가더니 다리를 쭉 뻗고 앉았다. 하나는 늘 학교에 가 있어야 할 시간에 몸에 딱 맞게 줄여진 교복을 입고 와서는 항상 이런 식으로 시간을 보냈다. 소파에서 자다가 휴대전화를 보다가 거울을 보며 화장을 고치는 일을 반복했다. 마감 시간이 되어서는 항상 디브이디를 빌려 갔는데 항상 연체시켰다. 그래서 빌려줄 수 없다고 하면 하나는 어디선가 남의 대출증을 빌려와 기어코 빌려 갔다. 하나가 앉은 소파는 늘 얼룩덜룩했다. 바르다가 손에 묻은 틴트를 소파에 묻혀버리곤 했기 때문이다. 색이 비슷했는데 채도가 미묘하게 달라서 오히려 소파는 더 더러워 보였다. "맨날 저기 앉아 있는 여학생 주의 좀 주세요." 오후에는 결국 민원이 들어왔다. 민원인은 이미 참을 대로 참았다는 듯한 태도를 하고 있었다. 소란은 하나가 피웠는데 왜 날 노려보는지 알 수 없는 노릇이었다. "저거 봐요, 저거. 또 전화하네." 닥쳐, 어쩌라고, 나더러 어쩌라고. 하나가 내뱉기 시작했다.

전에도 주의를 준 적은 더러 있었다. 그럴 때마다 잠시 조용해지는 듯하더니 금세 원래대로 돌아오곤 했다. 오늘은 확실하게 결판을 내기로 했다. "잠시 나와 줄래." 하나에게 말을 걸었다. 하나는 아무 말 없이 소파에 누워서 날 올려다보고 있었다. 곧 자리에서 일어나 나를 앞서 출구로 향하기 시작했다. 여전히 입은 닫고 있었다. 난 하나를 뒤따랐다. 하나의 뒤통수를 멍하니 쳐다보다가 문득 목덜미 부분이 눈에 띄었다. 교복 와이셔츠가 오랫동안 빨지 않은 듯 노랗게 얼룩이 져 있었고 좀 해진 것 같기도 했다. 그게 신경 쓰여서 단호한 마음이 조금 사그라드는 듯했다. "아이스크림 먹을래?" 내가 묻자, 하나는 조용히 고개를 끄덕거렸다. 우리는 도서관의 매점으로 향했다. "나 콘 먹을 거예요." 하나는 가장 비싼 아이스크림을 가리키더니 웃으며 말했다.

결국 하나가 고른 아이스크림은 빠삐코였다. "난 항상 오래 가지고 있을 수 있는 게 좋아요." 묻지도 않았는데 하나는 말했다. 그렇게 말하면서 하나는 팔꿈치 안쪽에 아이스크림을 껴서 조금 녹였다. 오른쪽 왼쪽 번갈아서. 무더웠는데 습할 뿐이라서 어쩐지 모든 사물이 끈적하게 느껴졌다. "한 번만 더 민원 들어오면 페널티 줄 수밖에 없어." 난 이런저런 이유를 들어가며 경고를 했다. 하나는 이미 다 먹어서 껍질만 남은 빠삐코를 계속 빨아먹다가 대답했다. "언니 봐서, 앞으로 조용히 해볼게요." 언니. 난 갑작스러운 호칭에 당황해서 대답하지 못했다. '언제 봤다고 언니'라고 생각했다. 하나는 자리에서 일어났다. "가요, 언니." 먼저 들어가지 않고 내 앞에 서서 내가 일어서길 기다리고 있었다.

아이스크림을 사준 이후로 하나는 카운터 앞에 아예 자리를 잡고 앉아 있기 시작했다. 그러다가 나와 눈이 마주치면 말을 걸어왔다. 주로 나에 관한 걸 물었다. 남자친구는 있는지 좋아하는 아이돌이 있는지 하는 것들이었다. 지금껏 누구도 나를 그렇게 궁금해하지 않았다. 나는 이런 하나의 관심도 그저 그 나이 때 아이들의 변덕 같은 거라고 생각했다. 그래서 하나의 말에 모두 답해주긴 했지만, 대답에 정성을 들이지도 않았다. 그런데도 하나는 내게 말을 꾸준히 걸어왔다. 어느 순간부터는 말을 조금씩 놓기도 했다. 그런 하나의 모습은 마치 친언니와 이야기하는 것처럼 보였다. 나와 했던 약속을 금방 어길 거라는 생각과 다르게 하나는 정말 소란도 피우지 않았다. 간혹 영상실 밖에서 소리를 지르는 음성이 들려오기도 했지만 그걸 가지고 민원을 넣는 사람은 없었다.

창고에서 나오다가 하나와 마주치는 경우도 더러 있었다. 그게 몇 번 반복되었을 때 하나는 물었다. "저긴 뭐 하는 데예요? 맨날 언니 저기에 들어가 있던데." 하나의 관심은 얕으면서도 집요했다. "그냥 창고야. 곧 리모델링해서 치워야 해." 이렇게 답하자, 하나는 기다렸다는 듯 자신이 돕겠다고 나섰다. 어떤 데인지 궁금하다고 덧붙이기도 했다. 창고에 다른 사람은 들이는 일은 생각해 본 적이 없었다. 그래서 처음엔 끝까지 거절하겠다고 생각했지만 하나는 포기하지 않고 계속 창고에 관심을 보였다. 그래서 한 번 보여주고 말자 하는 마음으로 하나의 부탁을 들어 줬다. 창고 문을 열자마자 하나는 재빠르게 들어갔다. 창고 한가운데 서서 주위를 둘러보기 시작했다. "생각보다 별거 없지? 이제 됐지?" 난 하나를 그만 내보내기 위해 입을 열었다. 그때 하나는 창의 얼룩을 유심히 들여다보고 있었다.

하나는 다음에도 오고 싶다며 천천히 창고를 나갔다. 나는 문을 닫고 창 아래 놓인 낮은 선반을 의자 삼아 앉았다. 난 항상 그곳에서 점심을 먹었다. 구내식당이 있었지만 어쩐지 이 공간이 좋았기에 늘 도시락을 싸 왔다. 창을 등지고 앉아 천천히 주먹밥을 씹으면 등이 따뜻해졌다. 문득 도서관에 있다 보면 시간이 흐르지 않는 것 같은 느낌이 들었다. 그래서 좋았고 이 느낌은 나 혼자 이 공간에 있기에 생기는 거라고 생각했다. 햇빛을 받으며 부유하는 먼지들을 보고 있으면 아무런 문제도 생기지 않을 것 같았다. 그렇게 생각하고 있을 때 휴대전화 진동이 울렸다. 엄마에게서 문자가 왔다. "오십만 빌려줘. 다다음주에 갚을게." 엄마의 프로필 사진에는 나와 엄마가 함께 담겨있었다. 몇 년 전 엄마를 마지막으로 만났을 때 찍었던 사진이었다. "나만 자식 없는 엄마 같아." 엄마의 이 말 때문에 사진을 찍지 않을 수 없었다. 분명 억지로 지은 미소겠지만 사진 속 내 얼굴은 누구보다 밝아 보였다.

다음번을 기약하는 건 엄마의 특기였다. 내가 아주 어렸을 때부터 그랬다. "다음번에는 같이 지낼 수 있게 될 거야." 엄마는 내 얼굴을 보러 이 주에 한 번씩 보육원에 들렀다. 일이 바쁘고 가끔 이렇게 얼굴을 볼 수 있는 것도 그 바쁜 일을 하기에 가능한 거라고 엄마는 자주 말했다. 짧더라도 얼굴을 보러 오는 엄마가 있다는 건 좋은 일이었다. 그래서 난 엄마를 완전히 미워하지 않을 수 있었고 가끔은 자랑스럽기도 했다. 그러던 중 초등학교 졸업식 날 엄마와 함께 외출하게 되었다. 난 그때 처음으로 엄마랑 같이 오랜 시간을 보냈다. 우리는 함께 놀이공원에 갔다. 그날만큼은 다른 생각 없이 신나게 놀기만 했다. 그래서 난 엄마와의 외출은 좋은 거라고 생각하게 되었다. 이후로도 두 달에 한 번씩 난 엄마와 함께 외출하게 되었다. 그리고 좋은 외출에 대한 기대는 차츰 깨져갔다.

엄마의 차는 매번 바뀌었다. 다만 전부 구형이었고 어딘가 하나씩은 하자가 있었다. 가령 선팅이 제대로 안 되어서 내부가 훤히 들여다보였거나 범퍼가 조금 찌그러져 있다거나. 두 번째 외출 때 우리는 삼박 사일 정도를 같이 보냈다. 목적지는 저번에 갔던 놀이공원과는 분위기가 완전히 달랐다. 난 다른 곳에 가지 못하고 온종일 모텔 안에만 있었다. 엄마는 거의 잠자는 시간 외에는 나와 함께 있지 않았다. 이후로도 외출은 항상 똑같았다. 엄마는 새벽 늦게 도착하면 항상 오늘은 얼마를 땄다는 식의 이야기를 늘어놓았다. "다 널 위해서 이러는 거야. 알고 있지?" 엄마는 나를 남겨두고 떠날 때마다 그런 말을 했다. 어느 순간부터 나는 그 말은 나를 향해 있는 게 아니라 본인에게 하는 말인 것 같다고 생각했다. 일주일째 엄마가 방에 돌아오지 않은 적이 있었다. 그때 나는 처음으로 반항이라는 것이 하고 싶었는지도 모르겠다. 정신없이 버스비를 들고 모텔을 빠져나왔을 때 첫눈이 내리고 있었다. 나는 눈을 맞으며 보육원에 홀로 돌아왔다. 눈은 쌓이지 않고 닿는 족족이 맥없이 녹아버렸다.

엄마는 그로부터 몇 달이 지나서야 날 다시 보러 왔다. 누군가에게 억지로 잘린 건지 엉망이 된 머리를 하고서 내가 울기도 전에 울음을 터뜨렸다. 나는 우는 엄마의 등을 토닥였다. 그 이후로 난 엄마 앞에서 울어본 적이 없었다. 지금도 엄마는 변하지 않았다. 언제나 내 삶에 불쑥 나타나 자기 할 말만 하고 다시 사라졌다. 매 순간 엄마의 연락을 무시해 버리고 싶지만, 난 한 번도 그렇게 해본 적이 없었다. 엄마가 없는 삶에는 이미 익숙해져 있었다. 다만 엄마를 버리는 건 상상도 해본 적이 없었다. 그러니 그냥 매번 이렇게 넘기는 게 맞는 거라고 여겼다. "보냈어요." 난 엄마에게 문자를 보냈다. 금방 엄마에게서 답장이 돌아왔다. "고마워, 딸. 보고 싶어." 짧은 문자와 함께 내가 선물한 이모티콘이 보내져 왔다. 휴대전화를 끄고 멍하니 앉아 있었다. 손대지 않은 주먹밥이 몇 개 남아있었지만 먹고 싶은 생각이 전혀 들지 않았다.

하나가 창고에 자주 드나들게 되었다. 그때부터 하나로 인한 민원은 전혀 들어오지 않게 되었다. 어느 날은 그동안 연체되어 있던 디브이디를 책가방에 가득 담아서 들고 오기도 했다. "무거워서 죽는 줄 알았어요." 그날은 창고 대신 하나가 가져온 디브이디를 정리했다. 창고가 좁아서 둘만 있어도 몸이 자꾸 닿았다. 그래서 아무 말도 하지 않아도 어쩐지 소란스러운 분위기였다. 혼자 창고에 있었을 때는 이런 느낌을 받은 적이 없었다. 하나는 창고에서 나간 후에도 바로 집으로 가지는 않았다. 종일 소파에 누워 있다가 내 퇴근 시간에 맞춰 함께 도서관을 나가곤 했다. 그럴 때마다 하나는 지루해 죽겠다는 표정을 지었지만 날 기다리는 일을 그만두진 않았다.

창고에는 디브이디 여분보다 분실물이 더 많았다. 분실물을 주인이 다시 찾아간 경우는 거의 없었다. 여태 그걸 버린 적은 없었는데 이번에는 그걸 모두 버려도 좋다는 공고가 올라왔다. 하나는 분실물을 구경하다가 종종 내 허락을 맡고 가져가기도 했다. 언제는 꽤 낡은 손거울을 가져갔었다. 그러더니 원래 쓰던 손거울을 쓰레기통에 버렸다. 때가 탄 분홍색 거울이었다. 뒷면에는 스티커를 붙였었는지 떼어진 자국이 있어서 더 지저분해 보였다. 분실물 사이에서 주운 것보다 더 오래되었을지도 모르겠다고 생각했다. 하나는 내 전화번호를 물어봤었다. "심심하면 전화하게요." 이렇게 말했지만 정작 하나는 내게 한 번도 따로 전화를 걸어온 적이 없었다. 도서관에 오면 전화로 하려고 했던 말까지 몰아서 하는 듯 이야기를 쏟아냈다. 처음에는 하나만 그랬으나 어느 순간부터는 나도 덩달아 말이 많아졌다.

내가 지금까지 일하면서 들었던 가장 황당한 민원이 뭔지 알이? 앞머리를 기를지 자를지, 화장법을 바꾸는 게 나을지 물어보는 등 사사로운 이야기를 할 때가 대부분이었으나 어떤 대꾸를 해야 할지 모르게 되는 순간도 있었다. 하나에게 혹시 조퇴한 거냐고 물어본 적이 있었다. 매일 학교에 있어야 할 시간에 도서관에 왔기에 문득 묻고 싶어졌다. 그때 하나는 "그건 아니고, 애 때문에."라고 말하며 영상을 보여줬다. 하나가 고개를 푹 숙이고 있는 아이의 뺨을 하나가 때리고 있었다. "나 아예 학교 잘릴 수도 있어요." 하나는 덧붙여 말했다. 그 말 이후에 뭐라고 몇 마디 더 뇌까렸는데 난 그게 무슨 말이었는지보다 그때 하나의 천진한 표정이 더 기억에 남았다. "미안하지는 않니." 난 영상에서 눈을 떼고 말했다. 하나는 이상한 걸 묻는다는 얼굴로 대답했다. "원래 때리는 쪽이 더 힘들거든요."

이후로 하나를 볼 때면 불쑥 그 말이 생각나곤 했다. 그럴 때마다 난 하나의 눈을 피할 수밖에 없었다. 그러면서도 하나를 지속적으로 만났다. 때리는 쪽이 더 힘들다는 말을 처음 들었을 때 난 처음으로 하나를 이해할 수 있을 것 같다고 느꼈다. 언젠가 아주 오래전에 비슷한 생각을 했던 적이 있는 것 같았다. 그때는 엄마도 하나와 같은 마음이었을까 싶기도 했다. 그래서 난 하나가 그런 말들, 가령 학교 선생이나 동창생을 어떻게 해버리고 싶다 같은 이야기들을 할 때 말리지 않았다. "아, 나도 어른 되면 혼자 살고 싶다. 언니는 자취해요?" 언젠가 대화를 하다가 하나가 이렇게 물었던 적이 있었다. "아니, 난 엄마랑 살아." 무슨 생각으로 이렇게 대답했는지 모르겠다. 엄마와 살고 싶은 마음은 조금도 없었지만, 그때만큼은 하나와 완전히 다른 사람이고 싶었다. "엄마랑 사이가 좋나 보네." 하나는 혼잣말하듯 내뱉으며 창밖을 가만히 바라봤다. 무슨 생각을 하는 건지 읽을 수 없는 표정이었다. "우리 엄마는 결혼 네 번이나 했는데 대박이죠?" 하나는 이렇게 말하더니 갑자기 웃어버렸다. "장난인데."라고 이야기하더니 더 크게 웃었다. 난 따라 웃어야 할지 알 수 없어서 하나의 시선을 피하기만 했다. 하나가 처음이자 마지막으로 자기 가족 이야기를 했던 순간이었다.

그날 하나는 나를 비닐하우스가 있는 곳으로 데려갔다. 보기만 했지 직접 가보는 것은 처음이었다. 하나는 익숙하게 철망 구멍으로 기어가 비닐하우스의 문을 열었다. 그곳에는 정말 누가 머물기라도 한 듯 잡다한 살림 도구들이 있었다. "여기에 누구 데려온 거 처음이야." 하나는 이렇게 말하며 비닐하우스 안으로 날 이끌었다. 매트리스 위에는 누가 벗어놓은 듯한 체육복이 있었고 라면 봉지 같은 게 아무렇게나 버려져 있었다. 이곳에서 살던 누군가가 잠시 외출한 건가 싶을 정도로 구색이 갖춰진 곳이었다. 전기장판이 연결된 멀티탭은 철골에 아슬아슬하게 묶여 있었다. 닦는다고 닦이지 않을 묵은 먼지가 나앉아 있는 낡은 것이었다. 전선도 이곳저곳 해져 있어서 작동되어서는 안 되는 물건이라는 생각이 들었다. 가전제품이라기보다는 폭탄에 가깝게 느껴졌다. 비닐하우스에는 여기저기에는 구멍이 많았다. 벽이나 바닥이나 가릴 것 없이 제각각 다른 크기의 구멍이 나 있었다. 자세히 보니 구멍 테두리마다 불에 그을린 흔적이 있었다. 구멍 사이로 서늘한 바람이 들어와서 그곳이 더 삭막하게 느껴졌다.

"내가 재미있는 거 보여줄까요?" 하나가 말했다. 자기 외투 주머니에서 향수를 꺼내더니 그걸 바닥에 마구 뿌렸다. 바닥도 비닐이 깔려 있었는데 균일하지 않게 주름이 잔뜩 잡혀 있었다. 향수로 흥건해진 바닥에 하나는 라이터로 불을 붙였다. 순식간에 불꽃이 일었다. 불은 금세 비닐을 녹였다. 불꽃이 작아지자, 하나는 남은 불씨를 발로 밟아 끄면서 "짜잔."이라고 말했다. 불이 사라진 자리에는 그만한 구멍이 생겼다. 공간을 빠져나가지 못한 향수 냄새가 비닐하우스 전체를 채웠다. 내가 뭐 하는 거냐고 소리를 치자 하나는 표정을 하나도 바꾸지 않고 "왜요, 재미있잖아."라고 대답했다. 다시 향수를 비닐하우스 전체에 뿌리기 시작했다.

내가 그만하라고 다그치자, 하나는 자기만 쓰는 곳인데 뭐 어떠냐고 물었다. "어차피 여기 곧 없어진다면서요." 그러면 이래도 상관없지 않으냐고 덧붙이면서 하나는 날 빤히 쳐다봤다. 불을 피운 탓에 비닐하우스 안에 온기가 감돌았다. 그 따뜻한 기운은 이곳을 더 사람이 살 법한 공간으로 만들어줬다.

"여기 내가 다 불 질러 버릴 거예요. 남들 손에 없어질 바에야 내가 없애야 괜씸하지 라도 않지." 그 말에 하나를 쳐다보자 하나는 눈치를 보는 듯 입을 오므리더니 이윽고 웃었다. 그러면서 덧붙였다. "장난인데." 늘 하나는 자신의 말을 이렇게 수습하곤 했다. 난 어쩌면 그럴수록 하나의 진심이 담긴 거일지도 모르겠다고 생각했다. 꼭 나 같다고 생각했다. 어떤 생각을 하고 있는지 알 수 없게 만들려는 하나의 말이. "그런 식으로 거짓말하지 마." 더는 비닐하우스 안에 있고 싶지 않아서 뒷걸음으로 그곳을 나오며 말했다. 하나는 내 앞에 바짝 붙으며 대답했다. "그럼, 뭐 언니는 나한테 거짓말 한 번도 한 적 없어?" 난 대답하지 않고 비닐하우스 밖을 향해 고개를 돌렸다. 시원한 공기가 얼굴에 부딪혔다. 하나는 들리지 않을 정도로 작게 뭐라 중얼거리면서 비닐하우스를 빠져나갔다. 난 하나의 모습이 시야에서 완전히 없어질 때까지 그곳에 가만히 서 있었다.

하나는 다음날까지 도서관에 나타나지 않았다. 분명 어제의 일이 원인이었을 거라 생각했지만 딱히 걱정되지는 않았다. 하나라면 며칠 지나지 않아서 아무 일도 없었다는 듯 내게 붙어 언니, 언니, 하며 말을 걸어 올 테니까. 내가 아는 하나는 그럴 만한 애였다. 다만 하나는 내가 예상한 것과는 전혀 다른 걸 보여줬다. 비닐하우스에서 일이 있고 이틀이 지났을 때였다. 출근해서 창고에 들어갔는데 뭔가 낯설었다. 창밖의 풍경이 바뀌어 있었다. 정확히는 풍경을 이루던 것들이 사라져 있었다. 비닐하우스가 전소된 흔적만이 남아있었다. 그렇게 된 정확한 원인은 알 수 없었으나 난 하나의 소행이었을 거라고 왠지 확신하고 있었다. 어쩌면 이제 도서관을 찾아오지 않을 수도 있겠다고 생각했다. 차라리 그러면 다행이었을 것이다. 지금 상황에서 하나를 만난다면 어떤 표정으로 무슨 말을 해야 할지 알 수 없었으니까. 그런 내 은근한 기대는 금세 박살 나 버렸다. 다음 날 하나는 무슨 일이 있었냐는 듯 도서관에 찾아왔다.

　평소와 같은 모습이었다. 조금은 토라진 모습을 보일 줄 알았는데 하나는 전혀 그런 기색이 없었다. 카운터에 앉아서 몇 마디 말을 걸다가 창고로 들어왔다. 하나는 창을 등지고 앉았다. 비닐하우스에 대해 본격적으로 이야기를 하려는 줄 알았는데 그 일에 대해서는 아무 말도 하지 않았다. "어제는 오랜만에 학교 갔거든요, 이러다가 진짜 일 년 꿇을까 봐. 그래서 못 왔어요." 하나는 학교에서 뭘 했는지, 담임은 오랜만에 봐도 재수가 없었다든지 하는 말들을 했다. 난 맞장구치며 하나의 이야기를 들어주기만 했다. 진짜 학교에 갔던 게 맞느냐고 구태여 묻지 않았다. 쉼 없이 말을 하던 하나는 순간 말을 멈췄다. 숨이 모자란 듯 호흡을 가다듬었다. 그 덕에 창고는 온통 고요로 가득해졌다. "언니." 하나가 금방 입을 여는 덕에 정적은 오래가지 않았다. 창고를 나가려는 듯 일어서면서 말했다. "언니, 나 근데 생리를 안 해."

　삼 개월째라고 이야기했다. 난 아무 행동도 하지 않았다. 놀라는 반응도 같이 병원에 가보자는 오지랖도 부릴 수 없었다. 그때만큼은 하나의 입에서 장난인데, 라는 말이 나와도 그 이야기를 믿을 수 있었을 것이다. 다만 그런 일은 일어나지 않았고 창고 안은 한없이 고요해졌다. 거짓말인지 진실인지 알 수 없었으며 어느 쪽이라도 무섭다고 생각했다. 그래서 그저 하나를 계속 쳐다봤다. 하나는 금방 자리를 뜨지 않았다. 내가 계속 가만히만 있자 하나는 숨을 거칠게 쉬며 날 째려봤다. 온몸에 힘을 쥐고 있는지 미약한 진동이 보였다. 곧 창고를 나가버렸다. 문이 세게 닫히는 소리가 적막한 공간을 채웠다. 일순간 들려온 큰 소리에 혼자 남겨진 창고는 더 고요하게 느껴졌다. 난 한동안 가만히 앉아 있었다. 날 노려보던 하나의 표정을 계속 생각하면서 말이다. 난 한 번도 엄마에게 그런 솔직한 표정을 보인 적이 없었다. 엄마에게 보여주고 싶던 얼굴이었다.

난 계속 도서관에서 일했다. 비닐하우스가 있던 자리는 이젠 작은 흔적도 남아있지 않게 되었다. "솔직히 흉물이긴 했지." "그래, 속은 시원하다. 쇼핑몰이라도 저기 생겼으면 좋겠다." 같은 대화들이 도서관 직원들 사이에서 자주 오갔다. 하나는 그날 이후로 다시는 도서관에 나타나지 않았다. 소문도 전혀 남지 않았고 원래 없었던 사람인 것처럼 사라져 버렸다. 하나의 존재는 비닐하우스와 함께 어디론가 버려진 듯했다. 다만 이젠 바뀌어 버린 창밖의 광경을 보고 있을 적이면 하나가 어김없이 생각났다. 도대체 무슨 생각으로 저런 일을 한 걸까 싶었다. 하나에 대해 생각을 하다 보면 난 어느새 그 애의 정보를 찾고 있었다. 난 하나의 도서관 회원 정보를 조회했다. 하나가 적어놓은 주소지가 눈에 띄었다. 근처 공원에 있는 공중화장실의 주소였다. 그제야 알게 되었다. 이젠 하나에게 집이라 불릴 만한 장소가 없다는 것을. 하나가 날 자신의 아지트로 초대했던 때를 떠올렸다. 그때 난 하나에게 어떻게 말해줬어야 했을까. 적어도 왜 날 데려갔는지에 대해서는 이해했어야 했을까. 어떤 물음에도 확답을 내릴 수 없어서 그저 어쩔 수 없던 일이라고 결론지었다. 난 최선을 다했다고, 그렇게 생각해야 했다.

퇴근 후에 비닐하우스가 있던 자리에 찾아갔다. 이미 하나가 사라진 이후에야 난 하나의 공간을 찾아갈 수 있었다. 어쩌면 하나가 모습을 드러낼지도 모르겠다고 생각했다. 이곳이 아니고서야 하나에겐 머물 공간이 없다고 여겼다. 다만 그곳은 이제 더 이상 하나의 아지트도 집도 아니었다. 한때 낡은 비닐하우스가 있던 공터일 뿐 하나는커녕 다른 사람도 전혀 없었다. 탄내가 은은하게 남아있는 것 같았다. 난 그 냄새를 더 제대로 맡기 위해 숨을 크게 들이마셨다. 그럴수록 탄내가 진짜 잔혼인지 내 착각인지 더 알 수 없어졌다. 휴대전화가 울렸다. 엄마에게서 연락이 왔다. 비로소 현실로 돌아온 기분이었다. 장문의 문자에는 여러 내용이 담겨 있었지만, 결론적으로는 돈을 빌려달라는 이야기였다. 난 문자를 끝까지 읽지 않고 휴대전화를 껐다.

문득 시원한 공기를 마시고 싶었다. 이곳의 공기는 너무 따뜻해서 답답한 느낌이 들었다. 들이마실수록 머리가 더 무거워졌다. 내 어디선가 그 공기가 새는 것 같은 느낌이 들었다. 언젠가는 그 작은 구멍으로 내 모든 것이 쏟아져 나올 것이다. 왠지 그런 생각이 들었다. 나는 허공을 한동안 바라봤다. 비닐하우스 같은 건 애초부터 없었다는 듯 단단하고 건조한 땅 위에 하늘이 낮게 깔려 있었다. 다시 휴대전화를 켰다. 못 빌려줘, 연락하지 마, 같은 말들을 입력했다가 지우길 반복했다. 결국에는 어떠한 답변도 보내지 못하고 메시지를 나갔다. 대신 이전의 모든 문자 기록을 삭제했다. 이제 모든 게 사라졌다. 이렇게 생각하면서. 어쩌면 이제 저 땅에는 사람들 말대로 새로운 시설이 들어올지도 모르겠다. 평생 뿌리를 내리고 있을 것 같은 피조물이 이제는 없으니까. 영원하리라 생각되었던 것들도 결코 영원하지 못했다. 다시 바람이 스쳐왔다. 난 발걸음을 돌려 다시 내 자리로 돌아갔다.

푸른 하늘 은하수

권 예 영
(경기 안양외국어고등학교 3학년)

나의 회색빛 하늘은 유달리 작고 약했다. 낡아서 저어 쩍 갈라지는 몸뚱아리는 오늘처럼 장마가 한바탕 하늘을 휩쓸고 지나간 날이면 더욱 어두워진 모양새로 날 맞이했다.

한층 더 불쾌해진 특유의 향을 내뿜는 것은 덤이었다. 내 하늘에서 나는 케케묵은 향은 대다수가 묘사하는 맑은 하늘의 숨이 막힐 듯 시원한 그런 향과는 달랐다.

며칠은 안 빤 양말과 썩어가는 음식물쓰레기, 벌레가 꼬인 구정물을 양은 냄비에 꾹꾹 눌러 담은 듯한. 그래, 한마디로 삶의 비참함을 가득 담은 향이었다.

그 더럽고 악독한 향을 맡고 있자니 몸 안에서는 용암 같은 분노가 지독하게도 들끓었다. 이럴 때면, 더욱 간절히 허약해 빠진 내 하늘을 찢어버리고 싶은 충동에 휩싸였다. 하지만 나는 언제나처럼 그 분노를 분출하지 못했다.

"학교 안 가?"

턱 끝까지 차올랐던 내 분노를 흐물흐물하게 만들어 버리는 것은 언니의 투박한 한마디였다.

언니는 또래 나이에 어울리지 않는, 한껏 구겨진 회갈색 티를 입고 있었다. 그런 언니의 얼굴에는 본인이 입고 있는 무채색 티셔츠보다도 더 색감 없는 표정이 걸려있었다. 언니 뒤로 보이는 회색빛 하늘과 참 잘 어울리는 모양새였다.

"빗물 때문에 교복 다 젖었는데 뭘 입고 가라는 거야."

"가는 길에 세탁소 들러서 빨아 입고 가."

언니는 높낮이 없는 어조로 돈 몇 푼을 쥐어 주고 나를 밖으로 떠밀었다. 울컥하는 마음에 따지고도 싶었지만 그럴 수는 없었다. 하루아침에 부모를 잃고 어린 나를 떠맡게 된 사람에게 투정이라니. 그건 너무 양심 없는 짓이라는 걸 잘 알았으니까.

이를 악물고 향한 세탁소는 이미 나 같은 거지들의 집합소가 되어있었다. 나는 그들의 뒤에 구부정하게 어깨를 굽힌 채로 숨어들었다.

줄을 기다리는 1분 1초가 억겁의 시간처럼 느리게 흘러갔다. 등교하는 아이들의 시선이 뻥 뚫린 세탁소 유리 벽을 통해 나에게 닿았다. 뜨거워진 낯을 감추고 싶어 냄새나고 얼룩진 후드집업을 푹 뒤집어썼다.

탈탈 돌아가는 세탁기 속에 비친 내 얼굴은 먹구름이 가득 낀 하늘과 닮아서 바라보기 역했다. 고개를 숙인 채로 타일 바닥 무늬를 분석하다가 세탁이 끝났다는 소리를 듣자마자 허겁지겁 교복을 주워 담아 건물 안 화장실로 향했다.

빤 지 얼마 안 되어 다 구겨지고 축축한 교복에 엉성하게 팔다리를 끼워 넣었다. 옷을 말리고 다림질 따위를 할 여유는 없었다. 그냥 조금이라도 빨리 이 공간을 벗어나고 싶은 마음뿐이었다.

"아이 씨…."

분명 세탁을 했음에도 교복에서는 내 하늘에서 나던 지독한 향이 지워지지 않는 듯했다. 어쩌면 그 향은 교복이 아니라 내 몸에 가득히 배어있는 걸지도 모르겠다.

돼지에게서는 육수가 배어 나오는 것이 인지상정인 것처럼.

"민 지향?"

건물을 나오다가 오늘 같은 날 죽어도 만나고 싶지 않았던 얼굴을 정면으로 마주하고야 말았다. 나는 신명 나게 물기를 털던 손길을 멈추고 잠시 멍하니 그 얼굴을 바라보았다.

늘 푸름. 이런 거지같은 내 사정을 평생 몰라줬으면 했던 나의 옛 친구. 이 아이의 눈을 이렇게 마주보는 것이 얼마 만인지는 모르겠지만, 확실한 건 마지막에 보았던 것과 똑같이 푸르다는 것.

탁하고 부정한 것 따위에는 닿아본 적도 없다는 듯한 청량하고 깨끗한 눈망울. 한때 내 삶도 이 아이의 눈처럼 아름답기를 바란 적이 있었던가. 정확히는 이 아이가 좁고 더러운 내 하늘 대신, 날 보듬어 주는 진짜 하늘이 되어주기를 소망했던 적이 있었다.

하지만 어두운 나의 하늘이 되기에는 늘 푸름은 너무 푸르렀다. 이 아이가 내뿜는 빛이 너무도 환해서, 그래서 난 푸름을 포기했었다. 이 아이가 나의 어두운 면모는 몰랐으면 좋겠어서.

"지향이 맞지?"

"… 웅. 오랜만이다."

두 번째로 물어오는 늘 푸름의 질문을 무시할까 고민하다가 결국 알아본 체를 했다. 그렇게 피해놓고서는 오랜만이라는 구질구질한 멘트를 잘도 입 밖으로 내뱉었다.

"다른 동네로 이사 간 줄 알았는데 안녕고 다니나 보네."

"웅 그러는 너는 부영고?"

실용성이라고는 눈곱만큼도 없는 쓰잘머리 없는 대화가 길게도 이어졌다.

문득 과거 내가 늘 푸름에게서 도망쳤던 계기를 곱씹어 보았다. 그 계기 또한 빌어먹을 하늘 탓이었다. 그래, 질릴 정도로 내 하늘은 나의 기쁨을 몽땅 앗아갔다.

나는 내 하늘이, 내 세상이 공개되지 않기를 바랐다. 내가 이렇게 구질구질하게 사는 걸 아무도 모르기를 간절히 바랐다. 특히 내가 사랑하는 사람들에게는.

초등학교 때 딱 한 번 나의 사정을 털어놓은 적이 있었다. 가장 친했던 친구에게. 친구를 절대 의심하지 않았던 순진한 어린 시절. 그 단단했던 믿음은 배신으로 돌아왔다.

"뭐야, 여기가 민 지향네 집이야?"

"우와 완전 후지다!"

"아, 거지 냄새 나….."

"얘 이제부터 거지향으로 부르자!"

아직도 생생하다. 다짜고짜 집 앞에 찾아와서 나를 조롱하며 까르르 즐거워하던 아이들 가운데에서 똑같이 웃던, 가장 친했던 친구의 눈매와 입술이.

다른 아이들은 아무래도 괜찮았다. 하지만 내가 울면서 비밀을 말할 정도로 친했던 그 친구의 배신에는 머리가 멍해졌다.

뇌핏줄이 전부 터져버릴 듯 얼굴이 새빨개졌다. 통제되지 않는 심장박동 소리는 날 나락 끝까지 쿵 하고 처박는 기분이었다. 간신히 힘을 끌어모아 그 아이에게 물었다.

"너… 왜 그랬어? 나랑 친했잖아!"

"친했지. 네가 거지라는 거 알기 전까지."

나의 치부는 다음 날 영악했던 아이들에 의해 낱낱이 까발려졌다. 터진 상처에 고맙게도 창 하나씩을 더 꽂아 넣어주던 아이들의 친절함은 아직도 잊지 못한다.

이를 바득 갈며 다짐했었다. 다시는 나의 곪은 상처를 사랑하는 사람에게 들키지 않겠다고.

그래서였다. 내 눈앞에 서 있는 늘 푸름에게서 멀어진 것도. 점점 나를 더 알고 싶어 하던 푸름이가 정말 날 완전히 알게 된다면 돌변할까 봐 두려워서.

"지향아."

"… 왜."

"보고 싶었어."

아. 눈물이 날 것만 같아서 고개를 홱 돌렸다. 늘 푸름 앞에만 서면 보여주기 싫은 나의 추한 면모가 털리는 기분이 든다.

"이만 가볼게."

내 몸에 배어 있는 하늘 향이 혹여나 이 아이의 코에 스칠까 봐 겁을 먹으며 황급히 학교 방향으로 걸음을 옮기는데…. 기어이 내 어깨를 잡아 세우는 늘 푸름.

"뭐 하는 거야!"

화들짝 놀라서 몸을 비틀어 벗어나가 그 애는 머쓱한 표정으로 허공에 떠 있는 본인의 손을 수거하며 말했다.

"미안. 놀라게 하려던 건 아니고…."

"하고 싶은 말이 뭐야."

말이 곱게 나가지 않았다. 하지만 늘 푸름은 아랑곳하지 않고 내가 듣고 싶지 않았던 말을 내뱉었다.

"번호 좀 주라. 오랜만에 보니까 반가워서 앞으로 연락하고 싶어."

마음이 넓은 늘 푸름은 예전처럼 나를 포용하려는 모습이었다.

나라고 늘 푸름이 싫은 건 아니었다. 싫을 리가. 나를 웃는 낯으로 챙겨주는 사람은 이 애가 유일했는데. 언제나 고맙고 황송한 기분이었다.

하지만 문제는 늘 푸름이 날 챙겨주면 챙겨줄수록 푸름이에게 기대고 싶어지는 심리가 발동하는 것이었다. 그 마음이 얼마나 무서운 건지 나는 잘 알았다.

늘 푸름을 나의 구원으로 여기고 붙잡고 싶어지는 걸 억눌러야 했다. 푸름이는 나 외에도 챙겨야 할 사람이 많았다. 하지만 나에겐 늘 푸름밖에 없었다.

시간이 흐를수록 내가 이 애에게 집착하게 될 미래가 눈에 선했다. 그래서 도망친 거였다. 우리 관계가 서로에게 득이 되지 않을 관계인 것 같아서.

이번에도 똑같다. 나는 서로를 위해 도망을 택하기로 했다.

"우리가 연락할 정도로 친했었나."

옴짝달싹하지 않는 혀를 겨우 움직여 거절의 말을 뱉고 빠른 걸음으로 이동했다. 늘 푸름도 더 이상은 날 쫓지 않았다.

그게 왜 아픈지. 상처를 준 건 내 쪽인데 왜 눈물도 내 눈에 고이는 건지 알 수 없는 노릇이었다. 오늘은 최악의 날임이 틀림없었다.

학교에 도착하자 익숙한 무시가 이어졌다. 이럴 때마다 늘 푸름을 떠올리게 되는 건 중학교 때부터 이어진 나의 못된 버릇이었다.

내가 중학교 때 늘 푸름을 떠나고 나서부터 푸름이는 오늘날 다시 마주하기까지 나를 몇 번이나 떠올렸을까. 아예 잊고 살았을 가능성이 높다.

하지만 나는 달랐다. 살면서 나를 그리 다정하게 대해준 건 애 하나였으니까 자꾸만 생각이 날 수밖에 없었다. 그러면서도 만나고 싶진 않았던 건 나의 모순.

꾸역꾸역 끝까지 수업을 다 듣고 학교를 나서려는데 아침에 내 하늘을 온통 젖게 만들었던 장마가 또다시 축축하게 몰려오고 있었다.

"우산… 있을 리가 없지."

후드집업을 뒤집어쓰고 달리는데 어느 순간 온몸을 적시던 빗물이 잦아들었다. 당황해 위를 올려다보자, 물방울무늬 우산이 시야를 가리고 있었다. 그 우산 하나로 알 수 있었다. 지금 비를 막아주고 있는 게 늘 푸름이라는 걸.

아니나 다를까 늘 푸름은 나의 보폭에 맞추어 우산을 씌워준 채로 뛰고 있었다. 덕분에 늘 푸름의 교복도 잔뜩 젖어가고 있었다. 그런데도 뭐가 그리 즐거운지 한껏 웃는 푸름이.

"푸름아… 제발 이러지 말자."

"싫어."

아까 순순히 날 보내줬을 때 의심했어야 했는데. 늘 푸름이 집요한 성격이라는 걸 잊고 있었다. 그래도 설마 학교 앞으로 찾아올 줄이야.

'거지향! 냄새나니까 저리 가!'

한순간 내 몸에서 지긋지긋한 하늘 향이 날지도 모른다는 생각에 늘 푸름을 확 밀쳐냈다.

"따라오지 마!"

"아야…."

하지만 너무 세게 밀쳐버린 탓에 푸름이는 그대로 빗물 속으로 넘어져 버렸고 설상가상 그 애가 쓰고 온 우산까지 망가져 버렸다.

"아 미안…."

"일으켜 줘."

이 상태에서 비겁하게 도망칠 수도 없는 노릇이라 고분고분하게 늘 푸름의 요구를 들어주었다. 일어선 푸름이의 교복은 빗물에 잔뜩 젖어있었다.

"이걸로라도… 닦을래?"

마찬가지로 다 젖은 내 후드집업을 머뭇거리며 내밀자 늘 푸름은 손사래를 치며 거절했다.

"그건 괜찮고 너희 집에서 우산 하나만 빌려 갈 수 있을까?"

"미안, 그건 좀…."

당연히 안 될 노릇이다. 내가 그동안 이 애를 피한 이유가 뭐였는데. 그게 다 내 치부인 하늘을 들키고 싶지 않아서였다. 근데 집에 들르겠다고?

"그럼 나, 이대로 가라고?"

그 물음에 할 말이 없어지며 한 가지 생각이 머리를 스쳤다. 어차피 난 앞으로 늘 푸름과 친하게 지낼 생각이 없다. 그렇다면 이 기회에 푸름이도 쿨하게 날 포기할 수 있도록 내가 그동안 감춰왔던 것들을 드러내는 건 어떨까.

나는 또다시 초등학교 때와 같은, 어쩌면 그보다 더한 상처를 받겠지만 우리 둘을 위해서는 그게 나은 선택일 수도 있지 않을까?

"그래. 우리 집 들렀다가 가."

늘 푸름을 데리고 동네 구석에 있는 나의 하찮은 보금자리로 향했다. 구불구불한 골목길을 올라오는 사이 이미 비는 그쳤다. 반지하로 내려오는 동안 계속 상상했다. 내가 우리 집 문을 열면 늘 푸름이 어떤 표정을 지을지.

"여기가 우리 집이야."

숨을 크게 들이마시고 문을 열자 가장 먼저 눈에 들어오는 건 즐비한 벌레 시체들이었다.

모두를 받아들이는 내 하늘의 포용력 덕에 집구석은 늘 벌레가 들끓었다. 안타깝게도 나의 하늘은 포용력은 넓을지라도 능력은 없는 게 틀림없었다. 음식물 쓰레기 한 조각 얻어먹지 못한 벌레들이 이렇게 픽픽 죽어 나가는 걸 보면.

처참한 몰골의 하늘 덕에 한숨이 나오려는 걸 참고 늘 푸름의 표정을 살폈다. 당연히 역겹다는 표정을 하고 도망갈 준비를 할 것이라 생각했는데….

"뭐해, 안 들여보내 줘?"

"어, 응…."

당장 돌아갈 거라는 예상과 달리 늘 푸름은 표정 변화 없이 내 공간 속으로 침입했다.

"… 많이 더럽지? 장마 때문에 집이 다 잠겨서….."

"괜찮아. 근데 우산 얻어가기에는 글렀다 ㅎㅎ. 온 김에 정리나 도와주고 갈게."

너무 자연스럽게 빗자루를 꺼내 들어 청소하려는 늘 푸름이 경악스러웠다. 편견이 없어도 이렇게 없을 줄이야. 또 이렇게까지 착할 줄이야.

주책맞게 눈시울이 빨개졌다. 이러면 안 되는데… 분명 늘 푸름이 나에게서 멀어지게 하려고 나의 치부를 드러낸 건데. 이 애가 너무 다정해서 내가 쳐놓은 벽이 몽글몽글 녹아버리는 기분이었다.

신기했다. 분명 회색빛이었던 나의 하늘이 늘 푸름 존재 하나로 푸르게 보이는 게.

늘 푸름의 도움 덕에 언니가 도착하기 전 집 정리를 빠르게 마칠 수 있었다.

"고마워, 푸름아….."

늘 푸름은 대답 대신 오른손을 내밀어 보였다. 악수하자는 건가 싶어 손을 맞잡자 늘 푸름은 씩 웃더니 날 끌고 집 옥상으로 올라갔다.

"야 여기 함부로 올라가면 안 되는데….."

"안 걸리면 되지."

그 말에 홀린 듯이 따라 올라간 옥상. 난생처음 올라와 본 옥상에서는 동네 풍경이 모두 보였다. 놀라서 입을 벌리고 있자 늘 푸름이 따뜻한 목소리로 말을 건넸다.

"자, 봐. 지금은 네가 사는 곳이 제일 아래 같겠지만 사실 넌 가장 꼭대기에 살고 있어.

그 말이 어쩜 이리도 날 울컥하게 만드는지. 나도 몰랐던 내가 가장 듣고 싶었던 말을 해주는 늘 푸름이다.

그동안 나의 하늘은 이름답지 않게 어두운 지하였으며 내가 밟던 구름은 눅눅한 진흙이었다. 그래서 난 내 하늘을 혐오했었다.

하지만 푸름이 덕에 이제는 하늘을 미워하지 않을 수 있겠다는 느낌이 들었다. 이제는 작은 방해물들에 얽매이지 않고 날아오를 수 있으리라는, 꼭 그러고 말겠다는 꿈이 생겼다.

"지향아, 은하수다! 소원 빌어, 얼른."

타이밍 좋게 은하수가 눈앞으로 경이롭게 쏟아져 내렸다.

소원을 빌었다. 이 푸른 하늘 은하수가 부디 영원히 접히지 않기를.

표류

김 보 승
(인천 산곡고등학교 3학년)

낚싯줄에 매달아 놓은 작은 종이 조금씩 울리자, 잠깐 눈을 붙이고 있던 남자는 반사적으로 일어났다. 그는 조심스럽게 낚싯줄로 다가갔고 단지 파도가 줄을 건드리는지 아닌지를 유심히 쳐다보았다.

한번… 두 번… 셋, 넷! 그는 단숨에 넘어지듯이 낚싯줄로 뛰어가 줄을 잡고 연결된 실타래를 감기 시작했다. 그는 팔 근육이 녹아버릴 정도로 격하게 실타래를 감았고 낚싯줄은 심하게 요동쳤다. 하지만 얼마 지나지 않아 수면으로 미끼를 문 그것이 천천히 모습을 드러내었고 그가 낚싯줄을 감을 때마다 그것의 모습은 더더욱 선명해졌다.

"나와라! 나와! 모습을 드러내어라!" 비록 혼자였지만, 그는 코앞까지 올라온 그것을 보며 환희에 가득 차 외쳤다. 이내 그것이 수면 위로 튀어 올라왔고 그것은 잠깐 허공에서 퍼덕거렸지만, 이내 등의 날개를 활짝 폈다.

"안되지! 안 돼! 어딜 가려고!" 그는 그것이 문 낚싯줄을 놓치지 않으려고 애썼고 그것은 날개를 활짝 편 채 날아가기 위해 미친 듯이 움직였다. 그는 낚싯줄을 잡고 있던 왼손에 낚싯줄을 두 번 정도 휘감아 낚싯줄을 놓치지 않게 하는 한편 접이식 칼을 향해 오른손을 뻗었다.

조금만… 조금만 더…. 그의 왼손에 휘감긴 낚싯줄은 단단히 조여진 데다 미친 듯이 움직이는 그것 때문에 피가 날 정도로 아파졌지만, 그는 안간힘을 써서 간신히 칼을 잡는 데 성공했다. 그는 곧장 낚싯줄을 자기 쪽으로 당겼고 접이식 칼의 버튼을 눌러 매끈한 칼날이 튀어나오게 했다. 그것은 숨을 못 쉰 채 지친 듯 퍼덕거리는 날갯짓이 점차 줄어들었지만, 그는 그것이 힘을 다 쓰기 전에 등 쪽의 혹에 칼을 쑤셔 넣었다. 급소는 언제나 혹이었다. 그것은 축 늘어진 채 바다에 빠졌고 그는 왼손의 낚싯줄을 풀어 그것을 구명정 안으로 끌어왔다. 그는 칼을 한쪽에 놓고 구명정 한쪽에 있는 주머니로 다가가 집게와 검사 키트를 가져왔다.

능숙하게 집게로 입에 걸린 낚싯바늘을 뺀 다음, 검사 키트에서 작은 바늘을 꺼내 그것의 몸 깊숙이 찔렀고 바늘을 빼 바늘에 묻은 피와 살점을 키트 안에 집어넣었다. 그리고 키트가 그것을 검사하도록 잠깐 기다렸다.

"기생충… 없음, … 독성 … 11.31%, … 부패 진행 … 0.002% …." 그는 키트에 나타난 글자들을 그대로 읽었다. 뭐, 이 정도면 그냥 회로 먹어도 큰 문제는 없는 정도였다. 독이야 그렇게 치명적이지도 않았고, 단지 잘 손질하기만 하면 되는 문제였다. 그는 그것을 손으로 잡고 한껏 미소를 지으며 구명정에 붙여 놓은 만화책 표지에게 보여주었다.

"이것 봐! 내가 잡았어! 오늘은 그 망할 비상식으로 안 때워도 된다고! 알겠어? 회야! 회! 싱싱한 회!"

표지 속의 그녀는 아무 말도 하지 못했다. 그저 손도끼를 들고 나뭇가지들을 베고 있을 뿐이었다. 그는 밝게 띄고 있던 미소를 조금씩 구겼고 빳빳한 방수팩에 희미하게 자신의 얼굴이 비치자, 무표정한 얼굴로 돌아서서는 접이식 칼로 그것의 날개를 베어내었다.

"내 인생이 어쩌다가 이 지경이 되었을까…." 그는 그것을 손질하며 한숨을 푹 쉬었다.

"내 이름은 리처드 잭. 현재 위치는… 알 수 없다…. 만약 누군가가 이 기록을 발견한다면,

이 기록을 DSN(Deep Space Navigation. 심우주 항해) 지부에 전달해 주기를 바란다. 현재 날짜는 2324년… 현지 시각으로 8월 43일…오후 11시 34분이다. 4등급 펄스 폭풍으로 인해 '도버 호'가 전복되었고…. 화물 20개와 함께 표류 중이다. 무전기가 파손되어 그 어떠한 연락을 할 수도, 받을 수도 없다. 이 항해가 얼마나 더 길어질지는 모르겠지만… 만약 누군가가 이 기록을 발견했다면 현재 위치에서 북동쪽으로 표류 중이라는 것을 알기를 바람. 물론 언제든지 위치는 바뀔 수 있겠지만."

그는 아직 꿈틀거리는 회를 비타민 소금과 함께 우물거리며 구명정의 물품 리스트를 펜으로 확인했다. 비타민 소금 20g 200개 중… 지금까지 32개를 비상식과 함께… 아미노산 파우더는 물에 타서, 300개 중 68개…. 아마도 곧 있으면 DSN 공식 매뉴얼대로 식이조절을 해야 할 수도 있었다. 물은 증류기가 있어서 그렇게까지 문제 삼을 필요는 없었지만, 식량이 문제였다. 구명정을 배치할 때, 한번 뒤집히며 식량 구획에 구멍이 생긴 것이었다. 원래라면 하루에 두 개씩 350개가 있었어야 했지만, 그가 구멍을 발견했을 때는, 220개 정도가 바닷속으로 빠진 뒤였다.

방수 캔버스와 알루미늄 접착제로 구멍을 수리하는 데는 성공했지만, 무전기가 강한 충격으로 인해 망가졌었고 지도는… 어디로 사라졌는지 알 방법이 없었다.

그는 고립되고, 혼자였다. 도버가 전복되어 가면서 그가 구명정으로 탈출할 때 그가 챙길 수 있었던 것은 단 하나. 그가 방금까지 보고 있었던 만화책 한 권뿐이었다.

원래 배달될 화물 중 일부는 자동으로 구명정에 탑재되도록 설계되었었다.

그는 한숨을 푹 쉬면서 물품 리스트를 다시 원래 있던 곳에 꽂아 넣었고 그것의 뼈와 내장을 바다에 던져버린 후 구명정의 문을 닫았다. 그는 어떻게든 플라스틱 상자 속 구식 육분의를 써보려고 했었지만, 별 소용은 없었다. 있는 별이라고는 딱 두 개뿐이었으니까.

'삐! - 삐!' 그는 고개를 홱 돌려 구명정의 천장에 고정된 시계를 빤히 바라보았고 한숨을 푹 쉬었다. 바깥은 흐리긴 하지만 아직 어두워지지는 않았다. 그렇지만, 이제 하루가 끝났다. 이곳에서의 하루는 참 기묘했다.

그는 구명정 벽에 고정된 침낭을 펼쳐 바닥에 고정하고는 일어서서는 구명정 안을 돌아다녔다. 고정되어 있지 않은 물건들은 모조리 고정시켰고 혹시 모를 상황을 대비해 산소 발생기까지 켜놓았다. 아직까지 뒤집혔던 경험은 딱 두 번뿐이었었지만, 어떻게 살아남는지는 그 두 번을 통해 다 배울 수 있었다.

그는 침낭 속에 들어가 버클을 채우고 벨트를 조였다.

'어쩌면? 아니…' 그는 힘겹게 눈을 감았다.

'쾅!'

그는 화들짝 놀라 잠에서 깨어났지만, 그를 묶고 있던 벨트 때문에 일어설 수는 없었다. 그는 놀랐지만, 천천히 자신을 묶고 있던 버클과 벨트를 풀고 자리에서 일어났다.

'뭐지? 암초?' 단순히 파도만으로는 그런 소리가 날 수 없었다. 하지만 만약 암초였었다면 탐지기가 먼저 발견해서 알려줬을 텐데…. 거기다 지금까지 암초는커녕 돌무더기 하나조차 볼 수도 없었다.

그는 구명정의 문으로 다가가 문을 열어보려고 했지만, 문득 자리에서 멈춰 설 수밖에 없었다.

그는 문의 자물쇠 부분을 손에 가져다 대기도 하고 구명정 이곳저곳을 안절부절 돌아다녔지만, 이내 주머니에서 접이식 칼을 주머니에 쑤셔 넣고 비상용 산소 호흡기를 등에 메었다.

그는 심호흡을 크게 하고 구명정의 문을 열었다.

"어. 뭐야?" 그는 무의식적으로 중얼거리며 칼을 잡고 있던 손의 힘을 뺐다. 하늘은 흐리긴 했지만, 여전히 맑은 상태였고 바다는 조금씩 일렁거리는 파도뿐이었다. '그러면 대체 뭐였지?' 그는 구명정 밖으로 고개를 내밀며 생각했다. '고래? 부유물? 그 정도 크기의 부유물이라면 탐지기가 가만히 있을 리도 없었을 텐데….' 그는 그렇게 생각하며 구명정 안의 탐지기로 다가갔다. 그는 곧장 탐지기를 켜서는 주요 상태 점검을 시작했다.

배터리… 89%, 초음파 센서… 손상 없음, 광역 수색기… 이상 없음. [점검종료. 문제없음.] '이젠 드디어 내가 미쳐 가는 건 ㄱ….'

'쾅!'

"우왁!" 그는 중심을 미처 잡을 새도 없이 그대로 구명정 바닥에 넘어져서 구명정이 흔들리는 것을 멈출 때까지 침낭을 잡고 거칠게 숨을 몰아쉬었다. 조금씩… 조금씩… 구명정의 흔들림은 줄어들어 갔고 그는 뻣뻣해진 고개를 돌려 열린 구명정의 문밖을 봤다. '멈춘 건가?… 아니야! 안 멈췄어!'

그때, 구명정은 다시 심하게 흔들렸고 그는 관자놀이에서까지 거친 맥박을 느낄 수 있었다.

'저게 뭐야? 저거 뭐냐고!'

마치 거대한 흑요석과 같이, 웅장한 검은색의 탑이 바닷속에서 올라오고 있었다. 그리고 그것과 함께 자신도 움직이고 있다는 것을 그는 금방 깨달을 수 있었다. 하지만 얼마 있지 않아 그것은 멈췄고 그는 자신이 해수면 위에 떠 있는 듯한 느낌을 받을 수 있었다.

그는 조심스럽게 구명정 바깥으로 몸을 내밀었고 이내 넓은 검은색 바닥이 보였다. 그는 천천히 자세를 낮추어 조심스럽게 손으로 흑요석과 같은 검은색 바닥을 손으로 만져보았다.

매끈거렸지만… 단단했고 바닷물이 다 흘러 내려가 건조한 느낌이 들었다.

그때.

흑요석 같은 거대한 탑의 꼭대기 부분에서 부드러운 쳇소리가 들려왔다. 해치가 열리는 소리였다. 그는 바짝 긴장한 채로 허겁지겁 주머니의 접이식 칼을 손으로 잡았지만, 해치가 완전히 열리자 전혀 뜻밖의 소리가 들려왔다.

"죄송해요! 오늘따라 밸러스트 탱크가 조금 말을 안 들어서요… 괜찮으세요?" 그는 칼을 손에서 놓고 멍하니 그녀의 목소리를 들었다. 그것도 아주 부드러운 여자의 목소리였다. '내가 드디어 미친 건가?' 그는 속으로 생각했지만, 다시 한번 조심스럽게 그것의 바닥을 만져보았다. 매끈했고 물 한 방울 남지 않아 건조했다. 다시 말하자면 진짜로 느껴졌다. 모든 것은 진짜였다.

"저기요, 괜찮으세요?" 그는 갑자기 들려온 그녀의 목소리에 고개를 들었고 그 바로 앞에 무릎을 반쯤 굽힌 그녀를 볼 수 있었다.

"저… 그게…." 그는 그녀에게 뭐라고 말을 하고는 싶었지만, 마치 목구멍에 주먹만 한 구슬이라도 걸린 것처럼 목소리가 나오지를 않았다.

발그레한 검은색의 몸체에 얼굴 부분은 매끈한 디스플레이가 그녀의 표정을 단순하게나마 나타내주고 있었다. 비록 실오라기 하나 걸치지 않은 몸이었지만, 자신이 선장이라는 것을 뽐내고 싶었는지, 머리에는 비스듬하게 닻 문양이 그려진 펠트 천 모자를 쓰고 있었다.

"당신… 진짜인가요?" 그는 간신히 마른침을 삼키며 그녀에게 떨리는 목소리로 물어보았다. 그러자 그녀는 잠깐 고개를 갸우뚱거렸지만, 손으로 입을 가린 채 웃으면서 말했다.

"아니요! 사실 저는 당신의 환각입니다!" 하지만 얼마 지나지 않아 그녀는 엎드려 있는 그에게 손을 내밀었다. 그는 숨을 헐떡거리며 조심스레 그녀의 손을 잡았고 그녀의 도움으로 자리에서 일어설 수 있었다. 그는 자기보다 머리 하나 정도 더 큰 그녀의 모습을 보며 흠칫했지만, 그녀의 손은 로봇이라고 믿을 수 없을 정도로 따뜻했고 부드러웠다.

"조심해요. 혹시나 미끄러울 수 있으니까." 그녀는 그에게 말하면서 그를 천천히 구명정 바깥으로 안내했다. 그는 혼란스럽기는 했지만, 그녀의 손을 단단히 잡으면서 천천히 구명정 바깥으로 첫발을 내디딜 수 있었다.

놀랍게도 고요하고, 믿기지 않을 정도로 평화로웠다. 그는 그동안 장애물로만 느껴졌었던 바닷바람이 이렇게나 부드럽고 시원한지를 처음 알 수 있었다.

그는 정말 오랜만에 숨을 크게 들이마시었다. 하지만 그는 고개를 돌려 그녀를 보았고 이번에는 뒤로 돌려 자신이 82일 동안 표류하고 있던 구명정을 번갈아 가며 보았다. '난 살았어. 죽은 것도 아니고… 아니, 이것 봐. 내가 죽었으면 이런 일도 안 일어났겠지.' 그는 머릿속으로 자신에게 벌어진 일들을 조금씩 정리해 나갈 수 있었다.

"여긴 어디죠?" 그는 멍하니 자신의 생각을 정리한 끝에 머뭇거리며 그녀에게 물어보았다. 그러자 그녀는 기다렸다는 듯 싱긋 웃는 말투로 말했다.

"아! 저희 둘이 서 있는 이곳은 제 잠수함입니다! '심해의 방랑자'에 탑승한 것을 진심으로 환영합니다!" 하지만 그녀는 그가 타고 있던 구명정을 바라보며 그에게 말했다.

"우선… 안으로 들어오실 건가요? 아니면, 저 구명정에서 가져오실 물건이 있으신가요?"

그는 그런 그녀의 말에 곰곰이 생각하다 말없이 구명정으로 돌아서서는 빈 플라스틱 봉지를 펼쳐 물건을 담기 시작했다.

"거기를 잡아요!" 그는 멀리 떨어진 곳에서도 쉽게 알아볼 수 있게 만들어진 진한 주황색의 방수복을 입은 채 그녀에게 외쳤다. 그녀는 능숙하게 두툼한 다이아몬드 밧줄을 구명정 바깥의 손잡이 부분에 단단히 묶고 풀리지 않도록 지지대를 가져와 고정시켰다. 그는 잠수함 바깥에 존재하는 윈치를 사용해 밧줄의 헐거운 부분을 팽팽하게 감았다. 그리고 그는 구명정의 문이 단단히 잠겼는지 문을 잡아 당겨보기도 하고 잠금장치를 꼼꼼하게 확인했다.

얼추 구명정이 다 고정되자, 그녀는 손목의 디스플레이를 사용해 잠수함 외곽 부분의 전자석을 가동시켜 구명정이 단단히 고정되도록 했다. 그는 숨을 헐떡거리며 그녀를 바라보았고 그녀는 한쪽 팔로 기지개를 쭉 켰다.

그는 그녀의 도움을 받아 해치의 사다리가 아닌 바닥 부분에서 올라온 엘리베이터에 자신의 짐을 싣고 올라탈 수 있었다.

'이런 게 있었나?' 그는 엘리베이터를 감탄하는 한편 어째서 자신이 여기에 있을 수 있는지 의구심이 들기도 했다. 그녀는 엘리베이터 가장자리에 있는 홀로그램 스크린을 조작했다. 얼마 지나지 않아 엘리베이터는 흔들림도 없이 천천히 밑을 향해 움직이기 시작했다. 그는 말 없이 엘리베이터에 몸을 기대어 벽을 바라보았다.

잠수함 위쪽의 덮개는 엘리베이터가 어느 정도 내려가자 '덜컥'하는 소리와 함께 빠르게 닫혔고 그는 그 소리에 고개를 흘긋 올려다보았다.

칙칙한 검푸른 벽이 이어졌고 그는 갑자기 몰려오는 피곤함을 참으며 멍하니 벽을 바라봤지만, 그의 피곤함은 오래 가지 않았다.

"저게… 다 뭐야?…." 그는 넋을 놓은 채 혼자 중얼거렸고 그녀는 그의 어깨에 손을 가볍게 올리고 엘리베이터 바깥으로 팔을 쭉 뻗으며, 활기찬 목소리로 말했다.

"리처드? 다시 한번 말하지만, 심해의 방랑자에 오신 것을 진심으로 환영합니다!"

마치 거대한 연회장과도 같이, 아니 그것보다는 마치… 거대한 궁전과도 같은 느낌이었다.

광활한 공간과 쭉 뻗은 길. 그 길을 따라 존재하는 셀 수 없이 많은 공간. 그는 이곳이 잠수함 안이라고는 도저히 믿을 수가 없었다.

엘리베이터는 마침내 끝에 도착했고 엘리베이터의 문이 열리자 그녀는 그의 짐을 대신 들어주며 말했다.

"어서 가죠. 아, 소개가 늦었네요." 그러면서 그녀는 그에게 손을 내밀었다.

"린드라고 불러주세요." 그는 그녀의 손을 잡았고 둘은 서로 가볍게 악수를 나누었다. 그녀는 엘리베이터 바깥으로 나가면서 활기찬 목소리로 말했다.

"이쪽으로 와 주세요! 방까지 안내해 드릴게요!" 그는 넋 놓고 주위를 둘러보다가 이내 그보다 훨씬 앞서서 가고 있던 그녀를 허겁지겁 따라갔다.

계단을 타고 위로, 그녀를 따라 앞으로, 그는 이 모든 상황을 그저 따라만 갈 수밖에 없었다. 그는 그녀가 가리키는 곳을 바라보며 잠수함의 곳곳을 보았고 그때마다 감탄과 함께 이 모든 것이 현실이 아닌 것 같아 말로는 설명할 수 없는 두려움이 느껴졌다.

"여기입니다. 아! 잠시만요." 그때, 그녀는 넓은 도로처럼 느껴지는 복도 한 곳에 멈춰서더니, 벽에 다가갔다. 복고풍의 고풍스러운 아르데코풍 벽 무늬가 눈을 사로잡았고 그는 주위를 둘러보았다. 그가 마침 좋아하던 느낌이었다. '도버도 이랬었는데…' 그는 눈을 지그시 감으며 희미하게나마 지워지지 않고 남은 도버의 기억을 되살려 보았다.

그녀는 조심스럽게 손을 펼쳐 벽에 가져다 대었고 벽은 마치 점성이 진한 액체처럼 일렁거렸다. 그녀는 마음속으로 그에게 해주고 싶은 것을 떠올리며 늘 하던 대로 벽을 만졌다. '철커덕' 소리가 벽 속에서 들려왔고 그녀는 벽 속에서 손을 빼었다. 그러자 벽은 물 한 방울이 떨어진 것처럼 일렁거리다가 어느 순간, 다시 원래 상태로 돌아갔다.

커튼이 열리는 것처럼 벽이 활짝 열렸고 그녀의 디스플레이는 분홍빛으로 물들어져 있었다. 그는 '차르륵' 열리는 소리에 고개를 뒤돌아보았고 그녀는 그런 그의 손을 잡아주었다. 그는 방금까지 벽이었었던 곳이 순식간에 바뀌어 버려 당황했지만, 그녀는 아랑곳하지 않고 그의 손을 잡아 방 안으로 이끌었다. 그러나 그는 당황함 중에서도 묘한 안정감을 느낄 수 있었다.

방은 사람 네다섯 명이 묵어도 남을 정도로 거대했고 벽은 아르데코풍이었지만, 푸른색의 천장은 해수면을 보듯 일렁거렸다. 그녀는 그녀가 들고 있던 그의 짐을 바닥에 내려놓았고 그는 황홀감에 빠져 정처 없이 방 안을 돌아다니며 방 곳곳을 살펴보기 시작했다. 그녀는 그런 그를 그저 바라볼 뿐이었다. 딱히 막을 마음도 없었다. 그녀는 벽에 몸을 살짝 기울인 채 방을 돌아보는 그를 지켜보았다.

그는 먼저 침실이라고 적힌 곳의 문을 잡고 열어 그 안에 들어갔다. 침실 안은 마치 집 한 채에 새로 들어온 것처럼 굉장히 넓었고 벽은 바깥의 아르데코풍이 아닌, 연한 분홍색과 푸른색의 그러데이션이 춤추듯이 어우러져 있었다. 하지만 그는 침실 벽에 딱 붙어 있는 침대를 보자 천천히 침대로 다가갔다. 커다랗고 넓적한 고정식 침대에, 겉으로 봐도 따뜻해 보이는 두툼한 이불이 침대에 꼭 맞는 크기로 덮어져 있었다. 그는 심장이 두근거리는 것을 느낄 수 있었다.

거친 파도와 수시로 찾아오는 폭풍 때문에 잠을 자기는커녕 구명복을 입고 가슴을 졸이며 뜬눈으로 날을 보내기 일쑤였다. 만약 폭풍이 찾아오거나 거친 파도라도 덮쳤으면, 정신없이 구명정의 파손 부위를 찾아 수리를 해야 했었고.

그나마 탐지기가 파도나 폭풍의 징조를 감지해 낼 수 있어 간신히 잠을 잘 수 있는 날들이 있기는 했지만, 그마저도 편히 잘 수는 없었다. 혹시 모를 상황을 대비해 늘 몸을 침낭에 묶어야 했기 때문이었다.

그는 충동적으로 침대에 누워 당장이라도 잠에 빠져들고 싶었지만, 깨끗한 구름처럼 하얀 침대를 보자 순간 자신이 얼마나 더러운지 깨달을 수 있었다. 그는 본능적으로 침대를 손으로 만지려다가 황급하게 뗐고 그는 침실의 다른 부분은 보지도 않은 채, 터덜터덜 침실 밖으로 걸어 나와 욕실을 찾기 시작했다.

　　더러웠다. 그는 자신의 몸에서 나오는 악취마저 방금 깨달은 참이었다. 사실 그 구명정에서 씻는 것은 거의 불가능했다. 소독 샴푸와 증류수로 사흘에 한 번씩 세수와 머리만 가볍게 감을 수 있을 뿐이었다. 그 이상으로 하려면 물이 더 필요했었다. 그는 힘없이 그녀에게로 다가가 쭈뼛거리며 조심스럽게 말했다.

　　"저기… 제가 좀 더러웠죠.… 그동안 씻는 게 힘들어서….'' 그는 그녀의 반응을 예상할 수 없어 망설임 속에서 간신히 몇 마디를 말할 수 있었지만, 그녀는 기다렸다는 듯 웃음기 가득한 말투로 그한테 말했다.

　　"후훗. 뭘 그런 걸 가지고 그러시나요? 안 그래도 언제 말씀하시려는지 기다리고 있었어요.'' 그녀는 그를 처음 만났을 때부터 진즉에 오염도가 상당하는 것을 알고 있었지만, 그에게 새로운 현실을 적응시켜 줄 필요성 때문에 굳이 말을 꺼내지는 않았다. 단지 기다렸었을 뿐이었다. 그녀는 마치 잡아달라는 듯 그에게 손을 부드럽게 내밀었고 그는 그녀의 손을 조심스럽게 잡았다.

　　"이쪽입니다. 많이 힘드셨죠? 따라오세요. 늘 보여드리고 싶었던 곳이 있으니까요.'' 그는 부드럽게 그의 손을 잡고 그가 옆에 오도록 잠깐 기다려 주고 그와 함께 바깥으로 나와 걷기 시작했다. 그녀의 손은 아직도 따뜻했다.

　　"저… 냄새는 안 나나요?'' 그는 그녀의 손을 잡는 것이 이제는 미안해질 정도였다. 하지만 그녀는 다른 손으로 입 부분을 가리더니, 부드러운 웃음소리를 내고는 그를 달래듯이 말했다.

"저는 걱정하시지 않으셔도 돼요. 저는 냄새를 맡는 게 아니라 감지하는 것뿐이에요. 뭐, 필요하다면 맡을 수도 있지만."

"아." 그는 조용히 중얼거렸다.

그는 그녀의 손을 잡고 노을 진 해변가의 풍경이 나타난 복도를 걸어갔지만, 파도가 진짜로 움직이는 것을 보고 움찔거렸다. 하지만 이내 그는 넓은 복도의 끝에 열린 엘리베이터를 보고 이번에는 과연 어디로 갈까 하는 궁금증이 생겼다. 그러나 이 모든 것에 대한 의구심은 수그러들었다.

이제는 어떻게 되어도, 그는 행복할 수 있을 것 같았다.

"이쪽입니다. 이것만 타면… 말씀해 드리죠." 그녀는 그의 손을 잡고 엘리베이터에 타며 그한테 말했다. 그들이 타자 엘리베이터의 문은 매끄럽게 닫혔고 그녀는 허공에 나타난 홀로그램을 손가락으로 조작했다. 엘리베이터는 살짝 흔들린 후 내려가기 시작했고 그녀는 그의 손을 살짝 놓았다.

"저기… 잠시만요…." 그녀는 그의 손을 놓고 자세를 숙이며 그한테 말했고 그는 어리둥절했지만, 그녀는 얼마 지나지 않아 그의 양손을 부드럽게 깍지를 꼈다. 그는 갑작스러운 이 상황에 살짝 당황했지만, 그녀는 아랑곳하지 않고 부드럽게 말했다.

"걱정 마세요. 금방 끝나니깐요." 그러면서 그녀는 그가 자세를 낮추도록 팔을 밑으로 살짝 내려 눈높이가 비슷해지도록 했다. 그런 다음, 그녀는 한쪽 손을 그의 뒷머리에 가져가 부드럽게 쓰다듬으며 이마를 서로 맞댈 수 있도록 조심스럽게 그의 머리를 눌렀다. 그는 당황한 나머지 무슨 일이 일어나는지 머리가 어지러워질 정도였지만, 자신의 이마와 그녀의 이마가 서로 맞대어지자, 그는 정말 오랜만에 느껴보는 기분 좋은 노곤함을 느낄 수 있었다.

그녀는 주위를 둘러보았고, 자신이 광활한 하얀색 위에 서 있다는 것을 알아차릴 수 있었다. 그녀의 맨발에서는 차가우면서도 부드러운 눈의 감촉이 선명하게 느껴졌고 그녀의 체온 때문에 녹은 눈이 촉촉하게 그녀의 발가락 사이를 적셨다.

그녀는 주위를 둘러보았고 이내 하늘에서 낙엽처럼 나풀거리며 떨어지는 눈송이를 손바닥을 펼쳐 받았다. 반짝거리는 각진 결정이 천천히 녹아 사라졌지만, 눈송이들이 하늘에서 떨어지기 시작했다. 그녀는 하얀 평원을 조심스럽게 걷기 시작했다. 소복하게 쌓인 눈을 맨발로 밟는 뽀드득 소리가 메아리치듯 경쾌하게 울려 퍼졌고 그녀는 자신도 모르게 웃음소리를 내었다.

그녀는 무심코 뒤를 돌아보았고 새하얀 발자국이 그대로 남아 있었다. 그녀가 걸어갈수록 저 멀리서 하얗게 눈이 덮인 소나무들과 작은 오두막들이 보여 왔고 그녀가 멈췄을 때, 그녀의 앞에는 부드럽고 폭신폭신한 침대가 있었다.

그녀는 충분히 이해할 수 있었고, 즐거움을 느낄 수 있었다.

'힘들었겠지… 그것도 아주….' 그녀는 침대 위에 걸터앉아 아직 깨끗한 침대보를 만지며 생각했다.

이제 거의 모든 것이 구현될 수 있었다. 향긋한 허브차의 냄새가 느껴졌고 그녀는 고개를 올려 자신한테 나풀거리며 떨어지는 눈송이를 조금 더 만끽했다.

그녀는 손을 들어 올리고 손가락을 튕겨 '딱' 소리를 내었다.

그는 갑자기 들려온 커다란 '딱' 소리에 놀라 정신을 차릴 수 있었다. 그는 약간의 혼란스러움을 느끼며 주위를 둘러보았지만, 아까 그 모습 그대로였고 그녀는 그를 바라보며 약간의 웃음이 나왔다. 그러나 그는 잠깐이나마 단잠을 잔 것 같은 기분이 들었다. 그녀는 자리에서 일어나 그를 일으켜 세워 주었고 부드럽게 그의 귀에 속삭였다.

"당신은 새하얀 평화를 꿈꾸는군요."

"네?" 그는 그녀의 말을 자신이 잘못 들었나 싶어 반사적으로 물어봤지만, 엘리베이터가 경쾌한 '띵' 소리를 내며 멈춰 섰고 매끄럽게 문이 열렸다.

엘리베이터의 문이 열리자, 그녀는 다시금 그의 손을 잡았다. 마치 넓은 곳에서 아이를 잃어버리지 않게 하려는 부모처럼. 그녀는 먼저 엘리베이터 바깥으로 나왔고 그가 따라 나오기를 기다렸다. 그는 천천히 엘리베이터 바깥으로 나왔고, 이내 온전히 자신만을 위해 만들어진 것 같은 느낌이 강하게 드는 작은 방에 들어왔다. 엘리베이터와는 고작 1m도 되지 않는 짧은 통로로 이어져 있었고 방에는 잠깐 몸을 누워 쉴 수 있는 작은 침대와 옷을 넣기에는 충분한 사물함이 있었다.

그는 가슴이 콩닥거리는 것을 느꼈고 그녀는 그런 그를 재촉하듯이 말했다.

"다 끝나면, 불러주세요. 저는 바깥에서 기다릴 테니깐요." 그녀가 그 말을 한 직후 그는 벽의 디스플레이가 '팟' 켜지는 것을 볼 수 있었다. 그녀는 그에게 가볍게 손을 흔들어 주었고 그도 그녀를 따라 손을 흔들었다.

엘리베이터 문이 닫히자, 그는 사물함에 다가가 옷을 벗고 잘 접어서, 차곡차곡 쌓아 놓았다. 그가 옷을 다 벗자, 사물함에 나타난 홀로그램 화면은 그의 옷을 천천히 스캔했고 잠깐의 시간 후에 세탁을 할 것이냐고 물었다. 그는 조심스럽게 손가락으로 '예' 버튼을 눌렀고 그의 옷은 순식간에 사물함 밑의 통로로 떨어져 어딘가로 이동되었다. '세탁실이 따로 있나?' 그는 이렇게 생각했지만, 사물함은 그한테 하얀색의 플라스틱 바구니를 건네주었다. 그는 사물함이 건네준 플라스틱 바구니를 들었고 사물함은 작은 '쾅' 소리와 함께 자동으로 닫혔다.

그는 바구니를 가지런히 덮고 있던 수건을 조심스럽게 집어 들어 하반신을 감쌌고 옆구리에 바구니를 끼었다. 그는 심호흡을 한 번 하고 그 앞의 문까지 터벅터벅 걸어가 손잡이를 잡고 당겼다.

손잡이를 잡고 당겨 문을 열자 가장 먼저 그를 맞이한 것은 거대한 안개였다. 수증기를 넘어선 안개에 그는 조금 당황했지만, 한편으로는 마음이 편안해졌다. 바다 위에서 느꼈던 소금기가 가득하고, 찝찝했던 습기가 아닌, 정말 오랜만에 느껴보는 포근한 습기였다.

문은 자동으로 닫혔고 그는 안개 속에서 깊게 숨을 들이마시었다. 차갑고도 상쾌한… 겨울의 냄새와 소나무의 맑은 냄새를 진하게 맡을 수 있었다. 그는 앞이 보이지 않아 조심스럽게, 그렇지만 본능이 이끄는 대로 걸어 나갔고 안개가 점점 옅어지는 것을 볼 수 있었다.

그는 더 거침없이 걸어 나갔고 하늘에서 무언가가 떨어지는 것을, 그는 그대로 느꼈다. 온도는 더 올라가 따뜻해졌고 그와 대조적으로 바람만큼은 겨울처럼 차가웠지만, 부드러웠다.

'여기는….' 그는 안개를 뚫고 나와 자신의 눈앞에 펼쳐진 광경을 부정했지만, 얼마 가지 못해 받아들일 수밖에 없었다.

온천.

그의 앞에는 넓은, 눈으로 뒤덮인 온천이 있었다. 광활했지만, 온천의 외곽 부분에는 그 경계를 나타내주는 편백나무 목재가 있었고, 돌로 만들어진 샘 사이에서 뜨거운 김이 피어오르는 온천수가 흘러나왔다. 하늘에선 눈송이가 떨어졌고 그는 바구니를 온천의 가장자리 부분에 넣은 다음, 천천히 온천 속으로 들어갔다.

처음에는 뜨거웠지만, 불과 몇 초 만에 그 뜨거움은 곧 온몸 구석구석을 마사지해 주는, 말로 표현할 수 없는 좋은 기분으로 바뀌었다. 그는 말없이 온몸을 온천수 속으로 집어넣었고 열기가 온몸을 데워줄 때까지 가만히 있었다.

'대체 얼마만의 목욕이지? 아니… 대체 얼마 만에 이런 기분을 느껴보는 거지?' 그는 온천

수 속에 몸을 담그며 끝없이 생각했다. 물 위에 떠서 물조차 아껴야 했었고, 그전에도 DSN의 샤워 캡슐로 만족해야 했었다. 그는 마침내 숨을 깊게 들이마시고 내쉬었다.

"우와 아아…." 상쾌하고도 향긋한 소나무의 냄새와 차갑고도 달콤한 겨울 눈밭의 냄새가 코끝을 간지럽혔고 하늘에서 떨어지는 눈송이는 그의 머리카락 위에 앉았다.

그때, 안개에 가려진 온천의 한 부분에서 무언가가 두둥실 떠내려오더니, 정확하게 그의 앞에서 멈추었다. 멋들어진 체리 빛의 나무로 만들어진 둥근 쟁반 위에 보온을 위한 것으로 보이는 두꺼운 철제 뚜껑이 덮인 모습이었다. 그는 살짝 놀라기도 했지만, 그것보다는 그 안에 든 것이 더 궁금해 그는 조심스럽게 뚜껑을 열었다.

그러자 순식간에 향긋한 차 냄새가 풍겨왔고 그는 진심에서 우러나온 미소를 지을 수 있었다.

천천히, 그는 향을 음미하며 따뜻한 차를 홀짝거렸고 차와 곁들여 나온 바삭거리는 스콘을 조금씩 베어 물어 먹었다. '얼마 만에 마셔보는 홍차이지? 스콘도 마찬가지인데… 세상에 나는 그동안 차라는 걸 완벽하게 잊어버리고 있었잖아….'

그는 차의 마지막 한 방울까지, 마지막 스콘의 부스러기까지 깨끗하게 먹었고 만족스러운 듯한 미소를 지었다. 그는 온천을 나가면서 치울 생각으로 조심스럽게 쟁반을 자기 옆으로 옮기고 그 위에 빈 머그잔과 스콘이 있던 접시를 올려, 뚜껑을 덮었지만, 뚜껑이 덮인 쟁반은 곧, 혼자 왔던 길을 두둥실 되돌아갔다.

쟁반이 사라지자, 이번에는 무언가가 조금씩 부글거렸고 그는 이상함을 느낄 새도 없이, 어느 순간부터 그의 몸을 마사지해 주는 거품 목욕을 즐기고 있었다.

거품이 몸 구석구석을 타고 터지며, 몸의 피로를 풀어주었고 그는 아무 생각도 할 수 없이 그저 가만히 온천에 몸을 맡길 뿐이었다.

바구니에 든 마지막 보습제를 꺼내 몸에 펴 바르고, 그는 미리 준비된 속옷을 입었다. 따뜻한 물로 샤워를 했고 열풍 건조기를 통해 물기를 다 말릴 수 있었다.

그는 온천 바깥으로 나왔고 목욕을 다 끝내고 난 후의 말로 설명하기는 힘든 약간의 쾌감마저 느낄 수 있었다. 그는 바깥으로 나와 사물함으로 향했고 그의 옷이 준비되었는지 확인하기 위해 사물함의 문을 열었다. 하지만 그의 옷은 보이지 않았고, 그 대신 비닐로 포장된 옷과 양말이 들어 있었다.

그는 포장을 뜯어 폭신폭신한 양말을 먼저 신었고 옷을 펼쳐 보았다. 그는 펼친 옷을 자기 앞에 가져와 크기를 비교했지만, 그의 크기에 꼭 맞았다. 그는 뽀송뽀송한 옷을 입고 같이 포장되어 있던 얇은 가운까지 몸에 걸쳤다. 이런 옷도 그한테 정말 오랜만이었다. 제대로 세탁도 못 하고 소금기와 습기로 눅눅해진 옷을 몇 날 며칠이고 입고 지내야 했었다.

'호출이라….' 그는 머리를 빗으며 그녀가 말했던 디스플레이에 나타난 '호출' 버튼을 지그시 바라보며 생각했다. 그는 이 버튼을 누르면 엘리베이터가 내려온다는 것 정도는 눈치채고 있었지만, 그다음은 아무것도 예측할 수 없었다. 하지만 말마따나, 그는 호출 버튼을 눌렀다.

몇 초 지나지도 않아 그가 예상한 대로 경쾌한 '띵' 소리를 내며 엘리베이터의 문이 열렸고 밝은 빛이 엘리베이터에서 나왔다. 준비되었다는 듯 비닐로 포장된 펠트 천 슬리퍼가 엘리베이터 안에 들어 있었고 그는 피식 웃으면서 포장 속 슬리퍼를 신었다.

그가 엘리베이터에 타자 엘리베이터의 문은 자동으로 닫혔고, 천천히 위로 올라가기 시작했다. 하지만 그가 처음 그녀와 함께 탔을 때는 보이지 않던 포스터가 어느샌가 생겨 있었다.

"그녀의 기술…." 그는 포스터에 쓰인 글귀를 우물거리듯 중얼거렸다. 포스터 자체는 간단한 구조였다. 그녀의 실루엣이 희미하게 포스터 중앙에 그려져 있었고… 벚꽃 잎 몇 장이 포스터 안에서 휘날리고 있었다. 하지만 그 덕분에 오히려 기대감이 부풀어 올랐다. '이번에 그녀는 과연 어떤 모습으로 나를 반겨줄까?' 그에게는 이제 묘한 기대감만이 있을 뿐이었다.

'띵!' 소리와 함께 엘리베이터의 문이 활짝 열렸지만, 정작 아무것도 보이는 것 없이 어둠뿐이었다. 그는 당황했고 엘리베이터가 밝혀주는 빛에 의존해 조심스럽게 엘리베이터 바깥으로 나왔지만, 엘리베이터의 문이 닫히지 않도록 한쪽 손으로는 엘리베이터의 문을 잡아놓았다.

"저…저기요?" 그는 조심스럽게 어둠 속에 물어보았다. 그 순간.

짝. 짝.

밝은 불이 '번쩍'하며 켜졌고 그는 반사적으로 눈을 손으로 가렸지만, 이내 눈을 가릴 만큼 밝은 것이 아니라는 것을 깨닫고 조심스럽게 눈을 가린 손을 치웠다.

"아! 오셨군요! 목욕은 어떠셨나요?" 그녀는 앞치마를 두른 채 주방에서 해맑게 말했다.

"어… 네…." 그는 주위를 둘러보며 아직 적응이 안 된 듯 말했지만, 무언가 친숙한 느낌이 드는 것을 알아차릴 수 있었다. 은은한 연노랑 빛 불빛이 공간을 가득 메웠고 너무 비좁지도, 넓지도 않은 공간이었다. 주방과 식탁이 서로 붙어 있었고 그는 어리둥절한 채 주위를 둘러보았다. 그녀는 그한테 앉아 달라는 듯, 손짓으로 의자 하나를 가리켰고 그는 의자로 다가갔다.

"여기는 대체… 어떻게?…." 그는 의자를 빼 앉으면서 그녀에게 물어봤다. 이곳은 그가 이곳에서 봐왔던 다른 곳보다 크지는 않았지만, 오히려 그런 점이 마음에 들었다. 그녀와 자신, 단둘만 있기에 너무 넓은 장소는 어울리지 않았었다.

그가 자리에 앉자, 그녀는 기다렸다는 듯 철판의 온도를 올리고 기름을 꺼내 철판 위에 뿌렸다.

"좋아하실 줄 알았는데, 아니었나요?" 그녀는 밥을 기름 두른 철판 위에 올리고, 볶으며 말했다. 그는 그녀의 말에 당황하면서도 고개를 흔들며 말했다.

"아, 아니요… 그냥… 뭔가 너무 친숙해서요. …" 그러자 그녀는 피식 웃으며 달걀 두 알을 밥 위에 까 넣고 주걱으로 볶았다.

"안 그래도 여러 가지 고민 좀 했었거든요. 보니깐, 좋아하시던 곳이…여러 곳 같으시던데." 그는 그녀의 말에 잠깐, 멍하니 있을 수밖에 없지만, 그녀의 말을 깨닫고는, 눈을 휘둥그레 뜨며 놀랄 수밖에 없었다. 그리고 그는 이곳이 왜 그렇게 친숙한 느낌이 났는지도, 기억해낼 수 있었다. 그녀도 그를 바라보고는 달콤하게 절인 매실을 살짝 다져 넣어 볶음밥을 완성하고 그 앞에 내려놓으며 말했다.

"감마 프록시마에서 늘 이걸 드셨다고 하셨죠?" 그는 그녀가 건네준 볶음밥을 잠시 보다가 옆의 수저통에서 구부러진 플라스틱 숟가락을 꺼내, 볶음밥을 한 숟가락 떠먹었다.

"간단하고 배부르게 먹을 수 있어서…좋아했었죠!…." 그는 볶음밥을 씹으며 넌지시 말했다.

'안나 야키' 그가 1년 전, 감마 프록시마에 발령 났었을 때 우연히 발견하고는 단골이 되어버린 그 식당이었다. '그때는 여기보단 좋았지….' 그는 볶음밥을 먹으며 감마 프록시마를 떠올렸었다. 그곳도 행성 대부분이 물로 뒤덮여 있기는 했었지만, 바다라기보다는 호수에 더 가까워 파도도 거의 없었고, 크기도 작아 배달을 금방 끝내고 쉴 수 있었다. 하지만 이곳으로 발령 난 후부터, 그는 제대로 쉴 겨를조차 없었다.

"사진 참 잘 찍으시던데, 어떻게 그렇게 잘 찍으시나요? 사실 저는 사진에 그렇게 소질 있지는 않아서요." 그러면서 그녀는 튀김기의 기름을 채우기 시작했다. 사실 그의 사진첩에는 이런 가게 말고도 여러 종류가 있었다. '미스터 론', '헬로 익스프레스'…. 하지만, 오늘의 그가 원하는 곳은 이런 곳일 것 같다. 사진첩 중 6할은 '안나 야키'에서 찍힌 사진이었으니깐.

그가 원한다면야, 사진첩에 있는 사진들 대부분을 현실로 구현해 줄 능력이 충분했지만, 이번에는 딱 두 장만 구현해 주기로 결심했다. 그녀에게는 그만한 이유가 더 있었다.

그녀는 밀가루 튀김옷을 얇게 채소에 발랐고 알맞은 온도로 기름이 끓어오르자, 튀김옷을 입힌 채소들을 하나씩 튀김기에 넣었다. 자글자글하는 소리와 함께 고소한 튀김의 냄새가 식당 전체에 퍼졌고 그는 은은하게 퍼지는 튀김 냄새를 맡았다.

"여기요. 최대한 비슷하게 해보려고 했는데, 입맛에 맞았으면 좋겠네요." 그녀는 그의 앞에 튀김이 담긴 접시를 내려놓으며 말했다. 튀김은 따뜻했고 그가 젓가락으로 튀김을 잡자 약하게 파삭거리는 소리가 들려왔다. 그는 망설임 없이 튀김을 먹었고 정신을 놓아버릴 만큼 허겁지겁 튀김을 먹었다.

'후우… 그동안 맛있다는 개념조차 잊어버리고 있었지….' 그는 튀김을 다 먹고 옆의 온수기에서 나온 따뜻한 차 한 잔을 홀짝거리며 홀로 생각했다. 지상이든 해상이든, 음식이라기보다는 음식 흉내를 낸 무언가에 더 가까웠던 물건들…. 특히 바다에 떠 있었던 시간 동안, 무언가를 입속에 넣어본 적이 거의 없었었다.

그녀는 그가 썼던 그릇과 접시들, 수저를 주워 물로 한번 씻고는 그대로 식기세척기에 넣었다. 그리고 앞치마를 벗으며 그한테 넌지시 물어보았다.

"그래서… 어땠나요? 누구한테 요리를 해준 게 참 오랜만이어서요." 그는 당황해하면서, 한편으로는 웃으면서 수줍게 말했다.

"아, 아니요! 맛있었어요! 뭐랄까… 그리워지는 맛이었어요. '제대로' 된 무언가를 먹어본 적이 진짜 오랜만이었는데." 그녀는 앞치마를 풀고 벽의 고리에 걸면서, 주방 밖으로 나왔다. 찌뿌드드했던 듯 그녀는 기지개를 쭉 켰고 서글서글한 목소리로 말했다.

"다행이네요. 아, 혹시 벌써 자러 가고 싶으신 건 아니겠죠?" 그는 그녀의 말에 잠깐 당황했지만, 솔직하게 말하자면 그녀 말대로, 아직 자러 가기에는 이 시간이 너무 아깝게 느껴졌다. 그는 그녀에게 고개를 끄덕였고, 그러자 그녀는 기쁜 듯 얼굴의 디스플레이 화면을 밝은 노란색으로 바꿨다.

그녀는 그의 손을 잡고 그가 의자에서 일어나도록 하고 그가 자리에서 일어나자, 그녀는 해맑은 목소리로 말했다.

"보니깐 마시는 것도 좋아하시던 것 같은데, 제가 이래 뵈도 자격증 여럿 있는 몸이랍니다!"

"예?" 그는 엘리베이터와 소리가 겹쳐 그녀의 목소리를 제대로 못 들었지만, 그녀는 상관없다는 듯 그와 함께 엘리베이터를 타고 버튼을 눌렀다.

그는 도저히 믿기지 않는 광경을 보며 멍하니 의자에 앉아 있었다.

에메랄드빛으로 빛나는 아쿠아리움이 물방울처럼 곳곳에 나타나 있었고 그 안에선, 수많은 생명이 헤엄치고 있었다. 그는 넋을 놓고 눈을 옮겨가며 보기에 바빴지만, 셰이커가 덜그럭거리는 소리에 문득 정신을 차리고 앞을 바라보았다.

"원래 설계에는 없던 것들이라, 만드는 데 애 좀 먹었죠." 그녀는 그의 잔에 잘 섞인 칵테일을 따라주며 우쭐해진 듯 말했다. 그리고 잔을 그 앞에 내려주며 말했다.

"주문하신 '발할라 스피릿' 나왔습니다. 뭐, 저는 '엔젤스 키스'라고 부르는 걸 더 좋아하지만."

그는 팔각형 모양의, 청록색의 칵테일로 채워진 잔을 들고 코밑에 가져가 은은하게 퍼지는 향을 맡았다. 얼음이 기분 좋게 달그락거리는 소리가 들려왔고 그는 조심스럽게 칵테일 한 모금을 입에 머금었다.

강한 민트향이 텁텁해졌던 입속을 상쾌하게 만들어 주었고 곧이어 부드러운 단맛이 그 텁텁함의 빈자리를 채워왔다.

"괜찮나요?" 짧은 하얀색 수건을 어깨에 걸친 채, 방금 사용했던 셰이커를 닦으며 그녀가 물어보았다. 그는 그녀의 말에 잠깐 아쿠아리움과 칵테일 잔을 물끄러미 바라보며 한 모금을 더 넘겼고 이내 아주 오랫동안, 물어볼 용기가 없었던 말을, 그녀한테 넌지시 물어보았다.

"저기… 당신은 대체 누구죠?" 그의 말에 그녀는 셰이커를 닦던 손을 잠깐 멈칫했지만, 이내 태연하게 셰이커를 마저 닦고 거꾸로 걸어놓았다. 그녀는 어깨의 수건을 테이블 위에 내려놓고 테이블에 기대며 말했다.

"사실, 언젠가는 궁금해하실 줄 알았죠." 그녀는 비스듬해진 머리띠를 다시 고정시키고 허리춤에 달고 있던 펠트 모자를 다시 쓰면서, 해맑게 말했다.

"저요? 저는 선장이죠!" 그 말과 동시에, 천장이 조금씩 움직이더니, 빛이 모두 꺼졌다. 그는 빈 잔을 바라보며 넋 놓고 주위를 둘러보았지만, 천장에서 조금씩, 영롱한 사파이어 같은 빛이 비추어지기 시작했다.

그녀는 바에서 나와 천장에서 비추어지는 사파이어 빛을 조명 삼아 천천히 그한테 다가오는가 싶더라도, 그를 지나치면서 말했다.

"심해의 방랑자이자 기계 선장, 가난한 떠돌이요, 이 행성의 순례자. 외롭고 주인 찾을 생각 없는 여자, 영원한 방랑자입니다." 천장은 푸른빛이 일렁거리며 마치 춤을 추는 듯했고 그 위를 거대한 무언가가 잠깐 가리기도 했지만, 오히려 그 덕분에 그한테 더 몽환적인 느낌을 주었다.

"이 모든 것… 진짜 꿈이 아닌가요?" 그는 자리에서 일어나 이제는 꿈속에 들어온 것 같은 느낌을 느끼며, 그녀한테 물어봤다.

"제가 정말로 이 아래에 있는 것이 맞나요?… 저 위에서 미친 게 아니라요?" 그는 천장에서 들어오는 밝은 사파이어 빛을 혼란스럽게 받으며 그녀한테 조심스럽게 물어봤지만, 그녀는 그런 그를 안심시키려는 듯 그에게 다가가 허리를 조금 숙여 그와 눈높이를 맞춰주었다.

"오, 안 믿어지시나요?" 그녀는 피식하며 웃었고 그를 조심스럽게 껴안아, 들어 올렸다.

"걱정 마세요. 최소한 저와 당신은 진짜라고 제가 장담해 드릴 수 있으니까요." 그는 알코올 때문일까, 아니면 잠을 대체 몇 시간 동안이나 못 잔 것인가, 생각하며 몽롱한 기분을 지울 수가 없었다.

그녀는 그를 들어 올린 채 허공에 손을 움직여 다시 천장을 닫고 그를 방으로 데려가 침대 위에 눕혀주기 위해 걷기 시작했다.

단단했던 아르데코풍의 벽이 커튼처럼 펼쳐지며 열렸고 그녀는 열린 커튼이 닫히기 전에 그와 함께 들어갔다. 그녀는 한 손으로 그를 들어서 안은 한편, 다른 한 손으로는 손가락을 튕겨 벽이 닫히게 했다. 벽은 '쫘르륵' 소리를 내며 닫혔고 원상태로 돌아갔다.

"다 왔어요. 아, 잠깐만요." 그녀는 침대의 이불을 걷어 조심스럽게 그를 눕혀주고는, 허공에 손을 움직였다. 그는 피곤한 몸을 조금씩 움직여 편한 자세를 잡고 이불을 다시 덮으려 했지만, 그 순간.

사파이어와 에메랄드가 조화롭게 뒤섞인 밝은 빛이 방안 전체를 밝혀왔고 거대한 해파리들이, 그 안에서 춤췄다. 그녀는 해파리 떼를 가까이서 보기 위해 투명해진 벽으로 다가갔지만, 그를 보고 다시 그한테 다가왔다. 그녀는 그와 가깝게, 침대 위에 걸터앉으며 아름답게 바깥에서 춤추는 해파리들을 보았다. 그는 자기가 벌써 잠에 빠져든 줄 알았다. 하지만 그녀는 몽환적인 분위기를 깨지 않으며, 부드러운 목소리로 말했다.

"사람들은 이곳이 위험한 곳이라고 말하죠. 끝을 모를 정도로 깊은 바다… 시도 때도 없이 찾아오는 온갖 폭풍들… 그런데 그들은 언제나 바깥만 보고 말하죠."

그녀는 그의 앞으로 손바닥을 펼쳐 보였고 그녀의 손바닥에서 물방울이 방울져서 허공으로 떠올랐다.

"이렇게나 아름다운 곳을… 그들은 완전 잘못 쓰고 있어요." 작은 해파리 한 마리가 그녀의 손바닥 위에서 헤엄치고 있었고 그는 천천히 손가락을 가져다 댔지만, 그녀는 순식간에 손을 뺐다.

"아, 물론 아름답다고 해서 독이 없다고는 안 했어요." 그녀는 서글서글한 목소리로 덧붙였다.

"아름다울수록 조심하란 말이 있잖아요, 안 그래요?" 하지만 그녀는 침대에서 일어나더니, 투명해진 벽으로 다가가며, 황홀함에 빠진 목소리로 말했다.

"저는 이곳을 사랑해요. 정말로! 제가 언제부터 이곳에서 살아왔는지 궁금해하지 마세요. 저는 영원한 방랑자로 남을 거니까요!" 그는 그녀의 목소리를 들으며 조금씩 잠에 빠져들었다. 어떻게든 버티고는 싶었지만, 그는 이곳에 도착한 후 줄곧 시계 하나 본 적이 없다는 것을 기억해 낼 수 있었다. 지금 당장 잠을 안 자면 버틸 수 없는… 극도의 피곤함을, 그는 느끼고 있었다. 그녀도 그러한 그의 상태를 안 것인지, 조심스럽게 그에게 다가오는 한 편, 허공에 손짓해 다시금 벽을 닫았다. 그녀는 그와 가깝게, 침대에 걸터앉으며 말했다.

"이 모든 것은 진짜랍니다. 설령 믿기지 않더라도, 사라지지 않아요." 그녀는 그의 이불을 조심스럽게 펼쳤고, 덮어주면서 말했다.

"잘 자요. 어쩌면, 내일은 다른 세상에서 깨어날 수도?" 그녀는 키득거렸다.

"저기요…." 그는 잠에 빠지기 직전, 그녀에게 말했다. 그녀는 고개를 돌려 그를 쳐다보았고 그는 약간의 수줍음마저 느낄 수 있었지만, 이내 그녀에게 말했다.

"언젠가는… 다시 만날 수 있을까요? 아니… 그냥 여기서 살고 싶어요… 당신과 함께." 그런 그의 말에 그녀는 피식하며 웃더니, 부드러운 목소리로 말했다.

"언젠가는요."

때때로, 그는 잠에 빠진 것과 잠에 빠지지 않는 것의 차이점을 느끼기 힘들 때가 있었다. '내가 방금 본 것은 무의식일까? 아니면 찰나에 만들어지는 꿈이었을까?' 그는 그럴 때마다 끊임없이 생각했다.

때때로, 그는 잠에 빠진 것과 잠에 빠지지 않는 것의 차이점을 느끼기 힘들 때가 있었다.

때때로….

"이름!" 그는 갑작스럽게 들리는 거친 목소리에 당황하며, 눈을 떴다. 그가 눈을 뜨자, 그는 진한 오렌지빛의 구조용 침대에 단단히 묶여 있는 것을 볼 수 있었고 그 옆에는, 줄에 매달린 응급구조사 둘이 있었다.

"당신, '리처드 잭' 맞소?" 그의 오른쪽에 있는 응급구조사 하나가 답답하다는 듯 거칠게 쏘아붙였고 그는 반사적으로 고개를 끄덕였다. 왼쪽의 응급구조사는 하늘에 떠 있는 호버젯을 향해 들어 올리라는 신호를 보냈다.

"DSN 장거리 배달부서 소속?"

"예!" 그는 힘겹게, 잠긴 목을 쥐어 짜내며 외쳤다. 그는 침대에 묶인 채로 천천히 하늘로 올라가기 시작했고 낑낑거리며 고개를 옆으로 돌려 최대한 밑을 바라보았다.

그가 방금까지 있었던 잠수함은 온데간데없이 사라진 상태였고 잠수함에 비해 초라하기 짝이 없는 구명정만이 쓸쓸하게 남아 있을 뿐이었다.

오른쪽의 응급구조사는 허리춤의 벨트에서 무언가 지시기 같은 것을 꺼내더니, 그의 목덜미에 가져다 대었고 고개를 끄덕였다.

"그동안 어떻게 버틴 거요? 우리는 그날 죽은 줄 알았는데!" 왼쪽의 응급구조사가 천박한 말투로 그한테 실실대며 말했다. 그는 이 모든 상황이 당황스러울 뿐이었다.

"조금 전까지만 해도… 나는 여기 없었는데… 잠수함 못 봤어요?" 그는 당황한 나머지 횡설수설했지만, 응급구조사 둘은 무슨 소린지 이해를 못 하겠다는 듯, 그를 물끄러미 바라볼 뿐이었다.

"블랙박스 기록을 보니깐, 당신은 줄곧 이 위에 떠 있었는데?" 오른쪽의 응급구조사가 아까보다 훨씬 누그러진 말투로 그한테 말했지만, 왼쪽의 응급구조사가 다시 촐싹대는 말투로 넌지시 말했다.

"이 인간, 꿈 한번 거하게 꾼 모양인데?" '아닌데… 대체 뭐지? 대체 무슨… 아니야… 아니야? 지금 여긴 어디지?' 그는 몸을 움직여 보려고 했지만, 그럴 겨를도 없이, 그는 호버젯에 도착했다. 응급구조사가 그의 침대에 묶인 줄을 풀어주고 그를 부축해 푹신한 의자에 앉게 해 준 다음, 알루미늄 담요를 덮어주었다.

"다 괜찮아질 겁니다. 법무팀이 준비되었으니, 자세한 건 도착해서, 요양 프로그램을 진행한 뒤에 말씀해 주시면 됩니다." 조종사인 것으로 보이는 남자가 그한테 설명해 주었고 응급구조사들은 장비를 벗었다. 호버젯은 고도를 높인 뒤, 움직이기 시작했다.

그는 어안이벙벙해져 알루미늄 담요를 덮지도, 벗지도 않은 채 허공을 뚫어져라 쳐다보았다. '그러면 대체 뭐였지? 정말 꿈? 아니야… 그러기에는… 사라지지 않았는데….' 그는 모든 것이 혼란스럽고, 당황스러웠다. 그 온천… 볶음밥과 튀김… 그녀가 만들어 주었던 칵테일… 그녀… 그래, 그녀…. '뭐라고 했었지? 믿기지 않더라도… 사라지지 않는다고 했던가?' 그는 그녀가 해준 말을 기억해 내려고 애를 썼지만, 조금씩 흐릿해지는 기억에 겁에 질렸다.

　그때.

　"응?" 그는 무언가가 주머니에서 만져지는 것을 느꼈다. '설마…?' 그는 망설여지는 한편, 입꼬리가 조금씩 위로 올라갔지만, 정작 이것도 본인의 착각일 가능성을 놓치지 못했다. 그는 조심스럽게 손을 바지 주머니에 집어넣었다. 무언가가 딱딱했고… 얇았지만… 묵직했다. 그는 눈을 질끈 감은 채 그 무언가를 손에 쥔 다음, 주머니에서 뺐고 눈앞까지 가져가 조금씩 눈을 떴다. 펜던트인가?

　그는 조심스레 미소를 지었고 그것을 소중하게 가슴으로 가져갔다.

　'그래… 언젠가는….' 그는 마음속으로 눈물을 흘렸지만, 겉으로는 웃으며 그 기억을 다시 한번 떠올렸다.

　"또 만나요!"

　그는 조심스럽게 그녀를 보고, 뒤편에 쓰인 글씨를 끝없이 읽었다.

　그녀는 조심스럽게 사진 한 장을 출력해 함교 벽에 가져다 붙이며 그의 얼굴을 쓰다듬었다. 그리고 조용히, 미소 지으며 말했다.

　"또 만나요."

동상

나는 너에게 안녕을 고한다

조 승 우
(서울 대광고등학교 2학년)

"알았어, 금방 갈게."

한 남자가 운전대에서 손을 뻗어 전화를 끊었다. 남자가 손을 다시 운전대로 가져가자, 외부 순환도로로 향한 검은색 제네시스 G80 세단이 속력을 올리기 시작했다. '강'의 차량이었다.

강은 별 볼 일 없는 성적으로 고등학교를 마쳤음에도 실기에서 좋은 점수를 받아 한예종 문예창작과에 들어간 강은 군에 입대한 순간부터 지금까지 총 6편의 장편 소설을 집필했다. 각각 한 편이 3권 분량인 소설이었다. 머릿속을 가득 채운 아이디어들이 키보드나 연필에 손을 가져다 대면 10분 만에 소설의 첫 장을 만들어 냈다. 그런 강의 작품들은 대중들에게 큰 관심을 끌었고 불과 24살, 아직 대학도 졸업하지 않은 나이의 강에게 고가형 중형 세단을 운전할 만큼 큰 부를 안겨주었다. 그런 그가 오전 수업을 불참하면서까지 이동하는 이유는 그의 오랜 지인이 어젯밤 사망했기 때문이다. 아니, 사실 지인이라기보단 친구에 가까운 사이임에도 강은 어째서인지 그를 '지인'이라며 선을 그었다.

1월 14일의 서울은 여전히 겨울임을 나타내듯 매서운 바람이 불고 있었다. 차창 밖으로 서울의 마천루들이 모습을 드러내고, 라디오에선 교통정보를 알리는 방송이 흘러나왔다. 아무런 소리도 없이 그저 앞만 보고 달리는 운전을 극도로 싫어하는 강에게 있어, 라디오는 신과도 같은 존재였다.

사실 강은 이 외출이 마음에 들지 않았다. 그 '지인'과의 연을 되도록 끊고 싶었기에 서울까지 올라왔음에도 다시금 '지인'을 보기 위해 돌아가야 한다는 사실을 받아들이고 싶지 않았다. 그럼에도 불구하고 강이 다시금 '지인'을 보기 위해 돌아가는 이유는 해당 소식을 전한 '심' 때문이었다. 심은 강이 고등학생 시절 좋아하던 동창이자 초등학생 때부터 함께 지내 온 소꿉친구였다. 함께 서울로 올라가자 말했지만 자신의 동네가 좋다며 남은 심을 다시 볼 수 있다는 생각이 그를 고향으로 돌아오게 만들었다.

서울 IC를 지나 어느새 강원도 저 안쪽으로 조금씩 들어가며 익숙한 풍경이 펼쳐졌다. 다시는 보고 싶지 않았던 모습들을 다시 보게 된 강은 심기가 불편해져 괜스레 라디오 소리를 키웠다. 저 멀리 보이는 학교가 바로 강이 나온 고등학교, 새빛 고등학교였다. 강이 서울로 올라가기로 마음먹게 된 이유이자 고향을 떠난 결정적 이유인 새빛 고등학교의 본관이 눈에 보이자 강은 운전대를 더욱 강하게 쥐었다.

새빛 고등학교 운동장에선 '지인'의 장례식이 진행되고 있었다. 장례식장이 아닌 고등학교 운동장에서 진행한 것은 '지인'의 유언에 쓰여 있었기 때문이라고 한다. 모두가 고요로서 애도를 표하던 그때, 갑작스레 정문을 지나치며 주차장에 멈춰 선 차량이 모두의 시선을 끊었다. 못마땅한 표정으로 운전석에서 내린 강을 쓰레기라도 본 것처럼 멸시하는 눈빛의 사람들이 강의 눈에 들어왔다. 강은 그들을 의식하여 오히려 차의 문을 세게 닫고선 코트 주머니에 양손을 찔러 넣은 채 불량한 모습으로 조문객들에게 걸어갔다.

"저 사람 갑자기 뭐야? 장례식 올 때는 좀 조용히 오지. 예절도 모르나?"

강은 다른 사람들은 신경 쓰지도 않고 그저 앞만 보고 걸었다. 장례식인 만큼 최소한의 예의라도 갖추기 위해 검은 정장에 코트를 입고 왔음에도 그의 걸음걸이와 행동거지에서 그가 예를 갖추고 싶은 마음이 전혀 없다는 것을 알 수 있을 정도였다.

강은 장례식이 진행되는 대강당으로 걸어갔다. 제법 쌀쌀한 날씨임에도 조문객들을 맞이하기 위해 문이 활짝 열려있는 상태였다. 강의 걸음걸이는 대강당 안에서도 이어졌다. 안에서 조문을 위해 방문한 사람들도 당당하게 아무 말도 없이 정중앙을 가로지르며 다가오는 그를 바라보았다.

"너도 왔구나?"

강이 그토록 듣고 싶었던 목소리, 심이었다.

"꽤 오랜만이네. 잘 지냈어?"

"응, 일단은."

심은 강은 반갑게 맞이했지만, 어딘가 불편해 보이는 기색이었다.

"왜? 무슨 안 좋은 일이라도 있어?"

"저기, 너 말이야…."

"나. 혹시 나한테 하고 싶은 말이라도?"

"아무리 그래도, 장례식장인데 너무 예의 없이 들어오는 거 같아서. 다름이 아니라 주혁이 장례식인데."

심의 입에서 '그 이름'이 나오자 강은 눈살을 찌푸렸다. 아니, 그럴 뻔했다. 아무리 그 이름이 듣기 싫고 거북할지라도 심의 앞에서까지 그 마음을 드러내고 싶지는 않았다.

"미안해. 아무래도 옛날 생각도 나고, 어제 잠도 제대로 못 자서 좀 예민했나 봐."

강은 고개를 살짝 떨구며 심에게 사과했다. 죽어도 '주혁'에게 사과하고 싶지 않아서였다. 사실 강에게 있어 그 상대가 아무리 심일지라도 고개를 떨구며 사과한다는 것 자체가 거북했다.

심이 주혁의 부모에게 강을 안내했다. 강은 부모에겐 적어도 진심으로 대했다. 아무리 주혁이 강의 인생을 망쳤을지언정, 그의 부모들에게 있어선 하나밖에 없는 자식의 장례식이기 때문이다.

"삼가 고인의 명복을 빕니다."

"그래. 네가, 그, 주혁이 친구 민우구나."

강은 이때 내심 분노했다. 자신을 '그따위 녀석'의 친구로 구분했다는 것이 그 이유였다. 그래도 강은 그 분노를 자연스레 흘려보냈다. 분노를 참고 흘려보내는 것이 인생에 있어 가장 도움이 된다는 것을 군대에서 뼈저리게 느꼈기 때문이다.

"아이고, 우리 주혁이! 왜 그렇게 먼저 가버리냐! 아이고, 아이고….."

"진정해요, 영감. 애들이 그래도 우리 주혁이 때문에 와줬잖아요."

"그래, 고맙다. 고마워! 우리 주혁이, 가는 길이라도 꼬옥! 행복하게 보내주자. 꼬옥."

주혁의 아버지는 두 번씩 강조하며 아들에 대한 사랑을 표현했다. 그 와중에 강은 주혁의 어머니가 한 발언 때문에 다시 한번 분노를 흘려보내야 했다.

호탕하게 웃고 있는 주혁의 영정사진. 강은 마음 같아선 그 면상에 가래침을 뱉고 뒤도 안 돌아보며, 그대로 이 자리를 떠나고 싶었다. 그래도 진심으로 슬퍼하는 주혁의 부모의 얼굴을 봐서라도 참았다. 두 번, 주혁의 아버지가 강조했던 것처럼 두 번 절하는 동안 얼마나 많은 양의 분노가 그를 거쳐 흘러갔는지, 다른 사람들은 모를 것이다.

심과 함께 자리에 앉아 다른 조문객들을 바라보았다. 대부분이 같은 학교, 즉 새빛 고등학교의 학생이었던 사람이었기에 익숙한 얼굴들이었다. 그리고 그들 역시 강을 알아보았다. 일부는 그와 초면임에도 그의 소설 때문에 알게 되었다며 악수를 청하는 이도 있었다. 강은 내심 기뻤다. 모든 이의 관심이 쏠려야 하는 장례식의 고인과 상주보다 자신에게 먼저 다가오는 이들이 많았기 때문이다. 자신이 주혁의 관심을 가로챘다는 생각에 강은 어깨를 으쓱거렸다.

"교통사고래. 주혁이 사망원인."

"교통사고? 걔 고3 때 무면허로 오토바이 타다가 적발 돼서 부모님이 운전면허 시험도 못 보게 한다고 하지 않았나?"

"응. 근데 어떻게 한 건지 2종 보통 면허는 땄더라. 아마 부모님이 나중에 오토바이 면허만 안 되는 걸로 바꾸신 것. 같더라고."

"하긴, 고3 때 무면허로 오토바이 타다 그대로 고꾸라져서 전치 3주 나온 놈인데. 그래도 어찌해서 면허는 땄네? 공부도 안 해서 애초에 잘살 수 있을지나 걱정이었는데."

강은 살짝 비꼬듯이 말을 이었다. 사실 잘살 수 있는지 걱정조차 되지 않았다. 차라리 그대로 어디 사람 없는 으슥한 산속에서 홀로 조용히 사라졌음, 하며 바라기도 했던 강이다. 절대로 주혁이 잘되는 꼴은 못 보겠다며 손사래를 친 그에게 있어 운전면허를 땄다는 것만으로도 이미 고까울 지경이었다.

"그러게. 그래도 일단 면허는 땄는데 맨날 공격적으로 운전해서 부모님이 걱정하셨대. 그날도, 술 마시고 세게 밟다가 다른 차량이랑 부딪혀서 사고 난 거래."

"잠깐. 그러니까 최주혁이 음주 운전하고 과속하다가 다른 차를 박아서 사고 난 거라고?"

심이 고개를 끄덕였다. 강은 그 자리에서 박장대소하려던 것을 간신히 참아냈다. 자기가 술 처먹고 운전하다 죽었다는 점에서 강은 지금껏 느껴왔던 분노가 싹 가셨다. 강은 속으로 '지 스스로 무덤 파고 죽었으니 뭐, 자연사구만?'라며 고인이 된 주혁을 조롱했다.

"상대 차량은? 음주 운전하다 사망할 정도라면 걔가 박은 차량도 꽤 위험했을 텐데."

"상대 차량도 부상이 심했지만, 구급차가 빨리 도착해서 다들 안전하다 그러더라. 이걸 다행이라고 해야 하나?"

"불행 중 다행인 건지. 혹여 그 사고로 사망자가 더 나왔으면 주혁이 부모님은 얼마나 힘드시겠어. 아무리 못난 놈이어도 하나뿐인 자식이 죽은 것도 모자라 마지막마저 살인자로 갔을 테니."

사실 이미 음주 상태로 운전했다는 사실부터 이미 사회에선 살인마로 취급받는 상황이다. 아무리 내가 잘 포장해 주고 부모님이 슬퍼해도 최주혁이 사실상 도로 위의 살인마였다는 것은 틀림없는 사실이다.

강은 솔직히 지금 이곳에 있는 것보다 상대 차량에 타고 있던 사람들의 병문안을 가는 것이 더 의미 있다고 생각했다. 마음씨 좋은 심은 아무리 못난 놈이었어도 진심으로 최주혁을 생각했다. 그래서 강이 최주혁은 비꼬듯이 말할 때마다 최주혁을 변호했다.

"걔는 고등학교 때부터 문제아였잖아. 들리는 소문에는 초등학교 때도 그랬다는데? 사실상 이미 예정된 미래였지. 그렇게 놀다가 정신 못 차리고 그대로 살다가 그대로 간 거지 뭐."

"아니야. 주혁이가 고등학교 때 좀 노는 애였지만, 그래도 어른이 돼서도 그 정도로 망나니 같은 애는 아니었어."

"아니, 전혀. 네가 아무리 최주혁은 감싸줘도 팩트는 팩트야. 최주혁은 망나니보다 더한 놈이었다고. 죽어도 혼자 곱게 죽지, 갈 때까지 사고만 치고 갔잖아? 사람 안 죽인 게 다행이지."

"말조심해! 아무리 주혁이가 싫어도 그렇지. 장례식장에 와서까지 그래야겠어? 적어도 친구로서…."

그 순간, 강의 마음속에서 무언가 요동쳤다. 비꼬는 듯한 표정과 조롱하던 태도는 온데간데없이 사라지고 그 어느 때보다 싸늘한 표정으로 멍하니 허공을 응시했다. 심도 자신의 실수를 깨닫고 뒤늦게서야 사과했다.

"미안, 그런 뜻이 아니라…."

"아니야. 됐어. 무슨 말인지 알아. 사과 안 해도 괜찮아."

그토록 만나고 싶었던 심의 말까지 끊으며 강이 대답했다. 초점 없는 눈의 시점은 여전히 허공에 고정되어 있었고, 앉아있는 자세는 아까와 같았으나 그 태도에서 나오는 분위기는 이전과 사뭇 달라져 있었다.

"미안해, 먼저 가봐야겠어. 급한 일이 있어서."

"잠깐만! 기다려 봐!"

자리에서 일어나 강당 밖으로 향하던 강을 심이 붙잡으며 말했다.

"내일, 학교 뒷산에 매장할 거래. 나랑 주혁이 부모님을 봐서라도 꼭 와 줘. 아주 잠깐이면 돼. 부탁할게."

심이 강의 등을 끌어안으며 말했다. 이때 강은 내심 기분이 좋아 심이 부탁하는 그 무엇이든 들어줄 의향이 있었다.

"너에게 있어 주혁이가 어떤 존재인지는 알지만, 그래도 부모님 입장에서는 하나뿐인 아들의 장례식이잖아. 얼마나 속상하시겠어. 제발, 이렇게 부탁할게."

'대체 그 자식이 뭐라도 되길래 이렇게나 감정적으로 부탁하는 거지?' 강은 최주혁을 감싸는 심의 태도가 마음에 들지 않았다.

'아무리 심의 심성이 착하다 하더라도 심 본인에게 있어서도 최주혁이 이리도 감쌀 만한 존재가 아닐 텐데?' 강은 가끔 심의 너무 착한 마음이 싫었다. 자신이 잘못한 것 하나 없는데도 먼저 나서서 사과하고, 자신에게 장난을 친 아이에게 먼저 다가가 용서하는, 그 모습은 심이 어렸을 때부터 지금까지 이어온 [선행의 마음]이었다. 남들은 그런 심을 천사라 부를지언정, 강에게 있어선 가장 걱정스럽고 달갑지 않은 행동이었다. 혹여 사기나 범죄 등에 피해를 입어도 자신은 괜찮다며 별일 아니라는 듯 넘길까 봐 걱정돼서였다.

"알았어. 내일 다시 올게. 널 봐서 다시 오는 거야."

"그래? 정말 고마워."

심은 강의 대답을 듣자 싱긋 웃어 보이며 강을 더욱 세게 끌어안았다. 운동도 안 해서 삐쩍 마르고 연약한 강은 그런 심의 선행을 받아들이기엔 너무 버거웠다.

"저기, 이제 가는 거니? 아직 온 지도 얼마 안 된 것 같은데."

최주혁의 어머니가 둘에게 걸어왔다. 어제오늘 너무 울어서인지 눈 주위가 부어있었다.

"네, 급히 해결해야 할 일이 생겨서요. 죄송합니다만, 지금 가봐야 할 것 같습니다."

"그래도 내일 다시 온대요."

"네. 내일 다시 내려올 생각입니다."

최주혁의 어머니는 강과 심의 말을 듣자 다시 눈물을 흘렸다. 슬픔에 울부짖으며 오열하던 최주혁의 어머니는 강의 양팔을 붙잡고 말했다.

"고맙다. 정말… 고마워. 우리 애, 우리 주혁이, 적어도 마지막에는… 친구들도 오고. 그래 도 잘 보내줘야지. 암, 그래야겠지. 우리 애기, 우리… 고맙다. 정말… 고마워."

그 뒤에도 최주혁의 어머니는 말을 이어갔으나 너무 심하게 울먹거려서 안타깝게도 강은 그 말을 이해하지 못했다. 최주혁의 아버지가 어느새 바닥에 주저앉아 울부짖는 최주혁의 어 머니를 데리고 돌아갔다.

"고맙다, 얘들아. 적어도 우리 주혁이, 마지막 인사라도 하고 보내야지."

최주혁의 아버지까지 떠나고, 강은 심의 양손을 잡으며 말했다.

"내일, 꼭 올 테니까. 걱정하지 말고, 나중에 봐."

"그래, 내일 다시 보자. 그땐 어디 가서 커피라도 한잔하자. 참 ! 너 커피는 안 마셨지."

"그럼 내가 밥이라도 살게. 내일 시간이 안 된다면 나중에라도."

"그 말 진짜지? 나중에 딴말하기 없기야. 그럼, 조금 기대하고 있을게."

"그래. 내일 봐."

강은 심에게 인사를 하고 강당을 나왔다. 아직도 겨울인지라 운동장 곳곳에 녹지 않은 눈이 쌓여있었다. '어렸을 때는 운동장에 눈 쌓이면 눈사람 만들고 그랬는데.' 강은 어릴 적, 심과의 추억에 잠기며 주변을 둘러보았다. 서울에 비하면 도시화가 덜 된 느낌이었지만 소도시 특유의 정겨운 느낌 덕분에 기분이 썩 나쁘지는 않았다.

다음날, 오늘은 오전 오후 모두 수업이 없기에 완전히 자유로웠던 강이 여유롭게 운동장에 들어섰다. 어제와는 달리 상당히 절제된 운전 실력으로 점잖게 문을 통과했다.

학교 뒷산의 이름은 새빛 산. 매일 아침 태양이 산 뒤에서 떠오르기 때문에 새빛이라는 이름이 붙었다. 산의 규모가 조금 있는 만큼 마을에서 죽은 사람들의 묘지가 군데군데 조성되어 있었다.

"오늘 우리는, 24살밖에 되지 않은 한 어린 청년의 죽음을 추모하기 위해 이곳에 모였습니다."

최주혁의 어머니가 추도사를 진행했다. 강은 그 추도사조차도 제대로 듣지 않았다. 심이 오늘은 시간이 안 돼서 식사 약속을 잡지 못한 데다 추도사에선 강의 어두운 뒷면을 숨기고 온갖 미화만 늘어놓았기 때문이다.

추도사가 끝나고, 모두가 조화와 선물을 비석 앞에 놓으며 최주혁에게 마지막 인사를 건넸다. 하지만 강은 그 무엇도 하지 않았다. 코트에 양손을 찔러 넣은 채 비석을 내려다보고 있을 뿐이었다.

"주혁이에게 하고 싶은 말이라도 있니?"

최주혁의 어머니가 강에게 다가와 물었다. 양 눈은 아직도 부어있었으며 목도 조금 쉰 것 같았다.

"네. 따로 전하고 싶었던 말이 있어서요."

"그래, 편하게 나누렴. 우린 먼저 내려가 보마. 여보 갑시다."

강의 대답을 들은 최주혁의 아버지가 최주혁의 어머니를 데리고 산 아래로 이끌었다. 산을 내려가면서도 최주혁의 어머니는 뒤를 돌아, 강에게 말했다.

"우리 주혁이, 마지막까지 같이 있어 줘서 고맙구나."

최주혁의 부모는 그 말을 끝으로 산 아래로 내려갔다. 둘의 형체가 저 아래에서 사라지자 억지로 웃어 보이던 강의 얼굴이 일그러지며 최주혁을 쳐다보았다.

"이대로 널 보낸다고?"

강은 주머니에 찔러 넣은 손을 꺼내 비석을 잡고서 버럭 소리를 질렀다.

"아니? 난 너를 이렇게 보낼 마음이 없어. 네가 나한테 한 일을 생각하면, 이렇게 쉽게 널 보낼 수는 없다고!"

"야? 너 돈 좀 있냐?"

최주혁은 소위 말하는 '일진'이었다.

"내가 돈 있냐고 묻잖아, 새끼야."

"있는데 뭐 어쩔 거지? 너한테 내놓으라는 건가?"

"잘 알고 있네. 그럼 빨리빨리 쳐 내놔야지 뭐 그리 말이 많아?"

'내가 남들과 다른 건가?' 강은 그렇게 생각했다. 보통의 학생들은 어떻게든 최주혁의 심기를 건드리지 않기 위해 스스로 바닥을 기는 듯한 행동을 취했다. 그가 부르는 대로 지갑에서 돈을 꺼내고, 꺼내지 않으면 맞을 뿐이었다. 강은 그런 그들이 안쓰러웠다. 최주혁과 당당히 맞서 싸웠을 때 자신의 패배가 확실시된 상황에서 그들이 어떤 행동을 취할 수 있겠는가?

강은 스스로 머리를 조아리는 그들과는 달랐다. 그는 최주혁의 말을 무시했고, 정면에서 대들었다. 강은 최주혁에게 맞을 공포보다 그가 자신을 때렸을 때 어떻게 대처할지를 생각하고 있었다. 그가 자신을 때린다면 영락없이 자신의 몸에 상처가 생길 것이 분명했다. 맞을 때와 치료할 때 고통스러울지언정 그 상처를 증거로 선생님과 경찰에 알려 최주혁을 처벌할 것을 머릿속에서 계산한 것이다.

강은 최주혁이 자신을 때리기만을 기다렸다. '자, 어서 날 때려! 네가 날 때리는 그 순간 너는 그걸 몇 배는 넘게 돌려받을 테니까!' 강은 속으로 최주혁에게 외쳤다.

그러나 최주혁은 강을 때리지 않았다. 오히려 아무 말도 없이 자리로 돌아갔다. 강은 자신이 최주혁을 이겼다고 생각했다. 하지만 곧 강은 깨달았다. 최주혁은 자신이 생각한 것보다 머리를 잘 굴렸으며, 그로 인해 앞으로 자신이 어떤 일을 겪을지. 강은 아직도 그 순간을 후회하고 있다.

그날 이후로 최주혁은 강에게 물리적인 폭력을 행사하는 일이 없었다. 애초에도 강에게 한 적은 없었지만 계속해서 짜증나게 말을 걸어 올 뿐, 강을 단 한 번도 건들지 않았다. 강이 선생님에게 그가 다른 급우들에게 폭력을 행사한다고 신고하자 최주혁의 학교 내 모든 물리적인 폭력이 사라졌다. 그러나 이것은 물리적인 폭력에만 국한될 뿐, 기존에 잔재하던 자신의 존재를 위시하며 금품을 갈취하는 건 이미 일상이었다. 뿐만 아니라, 학교를 벗어나면 주변의 시선으로부터 차단된 사각지대에서 폭행을 이어 나갔다. 물론 이때도 강은 제외였다.

최주혁의 폭력은 날이 갈수록 교묘해졌고, 많은 학생이 그 폭력에 신음했다. 하지만 신고

하는 그 순간 자신이 집중적으로 괴롭힘 당할 것을 알고 있던 그들은 그 누구에게도 이 사실을 알리지 않았다. 오로지 강만이 앞장서서 최주혁의 악행을 고발했다. 하지만 이미 공포에 잠식된 학생들은 오히려 그의 폭력을 부인했다. 오히려 강 때문에 최주혁의 폭력이 날로 거세졌다며 강에게 분노한 학생들의 수도 적지 않았다. 결국 강 주변의 학생들은 하나둘 그를 떠났고, 어느새 최주혁의 옆에 서 있었다.

최주혁은 어느새 자신만의 무리를 만들어 몰려다녔다. 그의 무리 중 일부는 그가 괴롭히던 애들도 포함되어 있었다. 어떻게 구워삶았는지는 몰라도 그들은 최주혁의 충실한 부하가 되어 강과 그 주변인들을 괴롭히기 시작했다. 그래도 강은 참았다. 그는 본래 참고 참다가 한번에 터뜨리는 성격이었기 때문이었다.

강은 참았다. 몇 번이고 최주혁의 무리가 걸어오는 시비를 흘려 넘겼다. 나중에 큰 한방으로 되돌려 주기 위해 기다리고 있던 어느 날, 최주혁은 심과 대화 중이던 강에게 다가왔다. 여전히 강에게는 그 어떤 물리적 폭력도 가하지 않은 채 근처에서 신경을 긁는 말만 해댔다. 이번에도 간단하게 넘기려던 강은 무언가 자신의 머리 위로 떨어졌다는 것을 알 수 있었다. 침. 최주혁은 강의 머리에 침을 뱉었다. 누런색 가래침이 강의 이마를 타고 흘러내렸다. 강은 지금껏 느껴보지 못한 대접에 사고회로가 정지된 상태로 그저 허공을 쳐다보았다. 바로 앞에서 대화하던 심도, 그 주변의 다른 아이들도, 그 누구도 강에게 위로의 한 마디나 최주혁에게 대항하지 못했다. 모두가 자신이 다음 목표가 될 것이란 공포에 아무 말 없이 쳐다볼 뿐이었다. 강은 그날 선생님께 말씀드려 학교를 조퇴했다. 서둘러 집에 간 강은 머리를 감고 거울 속 자신을 들여다보았다. 거울 속의 강은 초점 없는 눈으로 거울 밖의 강을 응시하고 있을 뿐이었다.

그날, 최주혁의 묘비 앞에서 분노한 이후, 강은 자신이 겪은 일들을 글로 써 내려갔다. 각

색보단 강렬한 표현으로 글에 사실감을 더하며 막힘없이 써 내려갔다. 자신이 최주혁에게 당한 일들을 단편 소설로 써 세간에 공개하려는 것이었다. 최주혁의 부모가 보는 앞에서 화내는 것보다 더 좋은, 강이 할 수 있는 최고의 복수였다.

쓰는 도중, 그날의 기억들이 떠올라 몇 번이고 분노하며 글 작성을 멈췄다. 강은 옆에 냉수를 2ℓ나 가져다 놓고 분노가 쌓일 때마다 물을 마셨다. 최다한 분노를 차분하게 가라앉히고 싶다는 그의 마음이 구체화 된 것이었다. 그마저도 부족했는지 자리에 앉은 지 1시간 15분 만에 2ℓ의 냉수가 바닥났다.

'내가 지금 하고 있는 게 맞나?' 강은 스스로에게 질문했다. 과연 지금 자신의 행동이 정녕 올바른 정답인 것인지, 내면의 자신에게 물었다. 화장실로 걸어가 세면대 위 거울을 응시했다. 거울 속의 강은 거울 밖의 강을 바라보고 있으나 그 행동은 정반대였다. 마치 이상의 시, [거울]이 생각나는 모습이었다.

"이게 과연 맞는 일일까? 잘 모르겠어. 왜 그날의 악몽을 다시 떠올려야 하는 거지? 왜? 이게 정답이야? 대답 좀 해 봐!"

자기 자신에게 분노한 강은 거울 속의 자신에게 소리쳤다. 거울 속의 강 역시 분노한 채 거울 밖의 자신을 바라보고 있었다. 두 세계의 강은 거울이라는 매개체를 통해 서로의 손을 맞대었다.

그때, 두 강은 자신의 아래에 보이는 물체로 시선을 옮겼다. 평범한 치약, 이미 여러 번 써서 주름지고 너덜너덜한 민트향 치약이었다. 하지만 그 주름진 치약에 쓰인 [매일, 세 번씩. 깨끗한 치아를 위한 해답이자 정답!]을 보고서, 강은 목욕탕에서 뛰쳐나오는 소크라테스처럼 무언가를 깨달으며 말했다.

"그래, 내게 필요한 건 정답이 아닌 해답이었어. 결과 따윈 중요하지 않아. 아니, 중요해.

그래, 중요한 건 맞아. 하지만 가장 중요한 건 어떻게 하느냐인거지. 그래, 그래, 그래! 그거 야!"

　강은 거울 속 자신을 보며 소리쳤다. 거울을 사이에 두고 서로 반대로 행동하던 두 강은 같은 모습, 같은 얼굴을 한 채로 웃기 시작했다. 행복해서도 기뻐서도 아닌, 드디어 답을 냈다는 그 성취감에 빠져 웃는 것이었다. 눈물 몇 방울이 흘러내릴 정도로 웃은 강은 다시 한번 거울을 바라보았다. 거울 속 강은 웃고 있었다. 거울 밖의 강도 웃고 있었다. 두 강은 다시 한번 거울에 손을 맞대었다. 거울 밖의 강이 씨익 웃어 보이자, 거울 속의 강도 입꼬리를 올려 웃어 보았다.

　드디어 답을 찾은 강은 화장실을 빠져나왔다. 다시 자리에 앉은 뒤 다시 글을 이어 나갔다. 그래, 최주혁이 강에게 침을 뱉은, 그날의 사건 이후로 돌아간다.

　강은 여전히 그날의 악몽 속에 잠겨있었다. 18년 인생, 그 누구도 강의 머리에 침을 뱉은 적이 없었다. 뿐만 아니라 자신의 머리에 침을 뱉고 그것을 다른 급우들을 대동하여 함께 조롱한다는 것은 강에게 있어, 상상조차 하지 못한 일이었다. 강은 새삼 자신이 얼마나 이상적인 삶을 살아왔는지 깨달았다.

　"내가 의미 없는 싸움을 하고 있었구나. 나는 무엇을 위해 이렇게 참고 있었던 거지 ? 인제 와서 큰 한 방을 때린다고 해서 달라지는 게 있을까?"

　강은 머리를 부여잡고 고민했다. 강의 고민은 의미 없는 대답을 내놓지 못한 채 그렇게 사라졌다. 강은 그날의 고민을 해결하지 못한 채 학교에 다시 나왔다. 이젠 오히려 두려워졌다. 최주혁이 이번엔 또 어떤 기이한 방법으로 자신을 괴롭힐지가 두려웠다. 자신이 분노하며 먼저 주먹을 가하면 최주혁과 그 무리는 자신을 폭력범으로 몰 것이 분명하다 생각한 강은 최대한 최주혁과 마주치지 않도록 그를 피해 다녔다. 같은 반인 만큼 필수적으로 만나게 되었지만, 전공이 달랐던 만큼 이동수업 시간에는 최주혁과 떨어질 수 있었다.

강은 그렇게 2년을 버텼다. 강은 그 악몽 같은 곳에서 살아남았다. 원하는 대학, 원하는 과, 원하는 미래를 꿈꾸며 살아갈 기회가 생긴 것이다. 강은 방학식이 끝나자 곧장 심에게 달려갔다.

"이번에 겨울방학이 끝나면 나와 서울로 올라가자. 거긴 최주혁도 없고 좋은 대학도 많아. 너도 이제 곧 수시 결과 나오잖아. 서울에 있는 대학 붙으면 나랑 함께 다니자."

하지만 돌아온 심의 답변은 강에게 있어 가히 충격적이었다.

"미안, 나는 여기 남으려고."

"왜? 서울에 있는 대학에 붙은 게 아니더라도, 여기보단 좋은 곳이잖아? 거긴 최주혁도 없을 거라고. 여기 있으면 언제든지 최주혁이랑 마주칠 수도 있는데 괜찮겠어? 너는 비교적 덜 괴롭힌 놈이지만, 이젠 우리 모두 어른이야. 만약 최주혁이 진짜로 너한테 해코지한다면 이젠 범죄라고."

"괜찮아. 주혁이 부모님께 들었는데, 주혁이도 이제 어른인 만큼 철들고 살 거래. 주혁이도 언제까지 어린애처럼 살 건 아닌가 봐."

심의 그 착한 성격은 아직도 최주혁을 변호하고 있었다. 결국 강은 심과 서울에 가겠다는 다짐을 접고 홀로 서울로 올라갔다.

강은 키보드에서 손을 뗐다. 모니터에는 조금 전 자신이 쓴 소설의 마지막을 알리는 [종극]이란 단어가 쓰여 있었다. 언젠가 본 만화의 마지막 화에서 나온 단어이자 강의 뇌리에 깊게 박힌 그 두 단어는 강의 모든 소설의 결말을 장식했다. 이로써, 강의 첫 단편 소설이자, 어쩌면 수필에 가까울지도 모르는 [나는 너에게 안녕을 고한다]가 결실을 맺었다.

강은 세수를 하며 거울 속의 자신을 바라보았다. 거울 속의 강은 웃고 있었다. 거울 밖의 강도 웃고 있었다. 그날, 강은 자신이 쓴 소설을 들고 출판사를 찾아갔다. 지금껏 강의 소설을 모두 출판했던 곳인 만큼 강이 들고 온 제본된 A4용지들은 며칠도 채 지나지 않아 한 권의 '책'이 되어 세상에 나왔다. 초판 중에서도 가장 처음에 나온 그 책을 들고 강은 집으로 돌아가 다음날 있을 피날레를 위해 일찍 잠에 들었다.

강은 차량을 몰아 새빛 고등학교로 향했다. 장례식 때 처음 주차했을 때처럼 빠른 속도로 교문을 통과해 주차장에 멈춰 섰다. 오른손엔 어제 막 출판한 강의 새 소설, [나는 너에게 안녕을 고한다.]를 들고서 강은 새빛 산을 올랐다. 몇 분 동안 아무 말도 없이 산을 오른 강은 마침내 최주혁의 묘비와 마주했다. 강은 최주혁의 묘비 앞에서 무릎을 꿇었다. 하지만 절대로 무릎은 땅에 닿지 않았다. 오히려 쭈그려 앉았다는 것이 더 알맞은 표현일 것이다. 강은 자신의 책을 최주혁의 묘비 앞에 내려놓았다. [나는 너에게 안녕을 고한다], 강은 최주혁에게 작별을 고하기 위해 이곳에 다시 찾아온 것이었다.

"너에 대한 기억을 잊고 싶어 안간힘을 썼어. 그 무엇을 해도 지워지지 않더라고. 너에게 있어서 그건 평범한 장난이었을지 몰라도, 나는 아니었어. 몇 번이고 말했어. 안 들은 건, 너야. 온전히 네 잘못이라고. 그래서 네가 싫었어. 네가 하는 모든 것, 네가 바라는 그 모든 것, 너에 대한 그 어떤 것이라도 최악이 되었으면 좋겠다고, 몇 번이고 빌었어. 너를 친구는커녕 상종하기 싫은 인간 말종으로 기억했지. 그래도, 이젠 받아들이려고."

강은 꿇었던 무릎을 피고 일어섰다. 태양을 등지고 선 그의 그림자가 주혁의 묘지 위로 드리웠다.

컥. 커걱. 카아악! 퉤!

강의 목 아래서부터 끓어오른 가래가 주혁의 묘비 위어 떨어졌다. 주혁은 아무런 말도 하지 못한 채 그저 비석을 타고 흘러내리는 침을 가만히 맞고 있을 뿐이었다.

"그래. 넌 내 친구야. 네가 그렇게 말한 것처럼, 나도 널 친구로 대할 거야. 더 이상 '지인'이 아닌 '친구 최주혁'으로 널 간주할 거야. 그리고 지금, 너와 친구로서 절교한다. 넌 더 이상 지인도 친구도 아니야. 내 인생에서 뭣도 안 되는, 그저 지나갈 뿐인 만남이었다."

최주혁은 아무 말도 하지 않았다. 바닥까지 흘러내린 가래침이 지면에 스며들고 있었다.

"개 같은 만남이었고, 개 같은 이별이었다. 앞으로 이곳에 오는 일이 있어도 널 찾는 일은 없을 거다. 네 묘비에 침을 뱉든, 쓰레기를 버리든, 비석을 깨부수든, 그 어떤 행동도 하지 않을 거야. 그저 널 완전히 기억 속에서 잊고 살아갈 거다. 그래. 이걸로 끝이야. 진짜로, 마지막, 최후의 이별이다."

그 말을 마지막으로 강은 뒤도 안 돌아보고 걸어갔다. 최주혁은 끝까지 아무 말도 하지 않았다. 흘러내린 가래침은 비석에 그 흔적만을 남긴 채로 이미 사라진 뒤였다.

강은 차에 올라타 시동을 걸고 즉시 악셀을 밟았다. 가속에 가속을 더해, 그 어느 때보다 빠른 속도로 도로를 질주했다. 속도 제한 알림이 울리자, 가속을 멈추긴 했지만 빠른 속도만큼은 여전했다. 강은 백미러에 새빛 고등학교 본관의 모습이 비치지 않는 그제야 속도를 줄이기 시작했다. 강은 아무 말 없이 그저 웃었다. 손뼉만 안 칠 뿐, 박장대소 그 이상을 넘어 숨이 넘어갈 정도로 웃었다. 실컷 웃은 강은 더 이상 보이지 않는 과거의 악몽을 향해 소리쳤다.

"이제야, 너에게 안녕을 고한다. 다시는 보지 말자! 이걸로 종결이다!"

검은색 제네시스 G80 세단은 빠른 속도로 서울을 향해 질주했다. 그리고 그 차마저 저 멀리 사라졌다.

무미의 시대

김 혜 인
(경기 의정부여자고등학교 1학년)

"물을 제외한 모든 음식물은 섭취가 금지됩니다. 소량의 섭취만으로도 치명적인 위험이 가해질 수 있으며 특히 어린이나 임산부, 노약자의 경우….."

거기까지만 듣고 뉴스 전원을 꺼버렸다. 집 안에 정적만이 흘렀다.

"오빠, 오늘 출근 안 해?"

방에서 정장 차림으로 헐레벌떡 뛰어나오던 동생이 문득 멈춰 서 물었다. 억지로 웃어 보이며 대꾸했다.

"몸이 좀 안 좋아서. 오늘만 쉬려고."

동생이 혀를 차며 집 밖을 나섰다. 뒤돌아보지 않은 채 "면접 잘 보고 와!"하고 외쳤다. 돌아오는 대답은 없었다.

나는 소파에서 내려와 평소 외출할 때 메는 배낭 안을 뒤적였다. 얼마 지나지 않아 작은 주사기가 손에 잡혔다.

주방으로 가 이번엔 식탁에 놓인 파우치 안을 뒤졌다. 작은 흰색 원통을 꺼내자, 그 안에 든 액체가 찰랑인다. 이젠 능숙해진 손놀림으로 뚜껑을 열어 주사기와 결합했다. 곧 주삿바늘이 내 허벅지에 꽂혀 들어온다.

　내가, 아니, 우리가 음식을 일절 먹지 못하게 된 것은 약 석 달 전부터.

　어느 날부턴가 전 세계적으로 원인 모를 이유에 급사하는 사람들이 늘어가기 시작했다. 사람들은 새로운 전염병이 생겨났다며 두려움에 떨었고, 의사와 과학자들은 사인을 밝혀내느라 한동안 세상이 아수라장으로 뒤섞여 있었다.

　마침내 밝혀진 원인은 다름 아닌 음식물. 그것들이 우리의 위에 들어서는 순간 위가 걷잡을 수 없이 빠른 속도로 팽창하여 사람들을 죽음에까지 이르게 한다는 것이었다.

　모두가 어이없어했고, 믿지 않는 사람들도 태반이었다. 전문가들이 드디어 헛소리를 시작하니 세상이 말세다, 라는 비난으로 한동안 인터넷 커뮤니티가 떠들썩했었다. 그러나 사망자들이 점점 늘어가고 주변 가까운 지인들로 하나둘 많은 사람이 사태를 실감하기 시작하며 현재로선 모두가 자포자기해 버린 상태가 되고 말았다.

　정부에선 모든 음식물 섭취를 일절 금지했고, 농사를 짓거나 가축을 기르는 행위도, 낚시를 하거나 채집을 하는 행위도 전부 제한해 버렸다. 불행 중 다행히도 물은 몸에 유해하지 않다는 연구 결과가 나오자 하루 만에 생수 매출이 눈에 띄게 올랐다.

　개발은 빠른 속도로 진행되었다. 우리는 음식물을 섭취하지 않고도 살아 숨 쉴 수 있는 영양액을 가족 구성원의 수만큼 적절한 양으로 부여받았다. 어린아이들조차 주삿바늘을 무서워하는 것 없이 아무렇지 않게 하루 세 번 자신의 허벅지에 찔러 넣을 수 있는 지경까지 오고 말았다.

　이 모든 게 고작 삼 개월 만에 벌어진 일이다.

"왔어? 종일 피곤했을 텐데 얼른 씻고 좀 쉬어."

동생은 하루 만에 면접을 세 탕이나 뛰고 밖이 컴컴해질 때에서야 집으로 돌아왔다.

"숨 막혀 죽는 줄 알았어. 이럴 줄 알았으면 청심환이라도 먹고 가는 건데."

동생이 말하다 멈칫하는 것이 느껴졌다.

"맞다, 이제 못 먹지."

잠깐 피곤함에 찌든 동생 얼굴에 착잡함이 스쳐 지나갔다.

"아빠 엄만 언제 오셔?"

동생의 물음에, 아침에 엄마로부터 온 문자 내용을 떠올렸다.

"11시쯤 오신댔어. 졸리면 먼저 자."

"11시면 얼마 안 남았네. 일단 씻고 나올게."

곧 안방 화장실 문이 닫히는 소리가 들렸다. 삶이 피폐한 직장인의 머릿속으로 어쩌면 당연한 생각이 스쳐 지나갔다.

'내일 출근하기 싫다.'

원래도 싫었지만, 최근 들어 유독 회사라는 공간이 끔찍하게만 느껴졌다. 그래도 가야지. 가야만 해. 스스로 최면을 걸다시피 하며 냉장고 쪽으로 발걸음을 옮겼다. 문을 열자 차갑게 식혀진 생수통이 정갈하게 나열되어 있었다. 하나를 꺼내 단숨에 들이켰다. 이런 상황에서는 물을 더욱 아껴 마셔야 한다는 사실을 잘 알고 있지만 공복감이 익숙해지지 않아 여간 힘든 게 아니었다. 체중계 위에 올라 찍힌 숫자를 확인해 보니 전날보다 1kg이 더 줄어있었다.

사람이 음식을 먹지 않고 정녕 살아갈 수 있는 것일까? 정신이 몽롱하고 예전보다 깜박하는 횟수가 잦아졌다는 게 느껴졌다. 동생은 짜증이 늘었고, 늘 가정에 헌신적이던 부모님은 왜인지 모르게 늦게 귀가하는 일이 잦아지셨다.

그 사이 씻고 나온 동생이 소파에 앉아 리모컨을 집어 들었다. 전원이 켜진 TV에서 뉴스가 흘러나왔다. 동생은 진절머리가 난다는 듯 신경질적으로 채널을 돌렸다.

"이렇게 늦게까지 안 자도 되겠어?"

내 물음에 동생이 내 쪽을 쳐다보지도 않고 대답했다.

"괜찮아. 내일 나갈 일 없어."

"그래도, 너 지금 꼴이 말이 아니야. 좀비나 강시라고 해도 믿을 몰골인데."

"괜찮다니까. 신경 끄라고."

동생의 냉랭한 반응에 더 이상 말을 이어갈 수 없었다. 동생과 나는 나이 차이가 많이 나는 만큼 늘 화목하게 지내곤 했었는데. 동생의 반응이 당황스러우면서도 무안해 헛기침을 몇 번 하곤 괜히 손톱을 만지작거렸다. 동생이 그런 내 심경을 눈치챘는지 조금 누그러진 투로 입을 열었다.

"미안. 면접 때문에 내가 좀 예민했나 봐."

동생의 형식적인 사과에도 당연히 내가 이해해 줘야 한다는 생각이 들어 밝게 웃어 보였다. 잠깐 동생의 얼굴에 귀찮다는 감정이 스쳐 지나갔다. 동생은 내 표정을 확인하곤 이제 됐다는 듯 다시 TV로 시선을 고정했다.

얼마 지나지 않아 도어락 소리가 들려 반사적으로 뒤를 돌아보았다.

"아, 오셨어요?"

"응. 좀 늦었지?"

"요즘 춥고 해도 일찍 져서 늦게까지 밖에 계시면 위험해요. 얼른 씻고 주무세요."

아빠가 들고 계신 엄마의 가방을 내가 옮겨 받았다. 가방이 평소보다 묵직했다.

"피곤해 죽겠다. 아주 그냥 개 팔자가 상팔자지."

아빠가 방석 위에서 졸고 있는 레이를 보며 넙다 한 마디 던졌다. 레이가 말을 알아듣기라도 한 듯 자리에서 일어나 기지개를 켰다. 본인 밥그릇에 가 사료를 우적거리는 모습을 보며 아빠 말이 맞을지도 모르겠다는 생각이 들었다.

"근데 왜 인간한테만 이런 일이 생긴 거야? 개 짜증 나."

동생의 불평에 괜스레 마음이 불편해져 대꾸했다.

"그래도 불행 중 다행이지. 레이까지 밥 못 먹고 보채는 모습 보고 있었으면 얼마나 속이 상했겠어? 죽을 거면 같이 죽자, 뭐 그런 물귀신 마인드야?"

"그건 아니지만…."

동생이 말끝을 흐리다가 고개를 돌려버렸다. 그 심정 잘 알기에 더욱 씁쓸했다. 며칠 사이에 집 분위기가 눈에 띄게 삭막해졌다.

방에 들어와 잠깐 컴퓨터 타자를 두드리는데 친구로부터 문자가 왔다. 초등학생 시절부터 지금까지 오랜 기간 알고 지내는, 그야말로 친형제 못지않은 친구다.

'우리 한번 만나야지! 못 본 지 너무 오래됐다 야.'

친구에게 '내일 볼까?' 하고 성급하게 물었다. 가족 외의 타인을 만나고 싶은 마음이 절실했다.

'나야 좋지. 근데 너 요즘 바쁘지 않냐?'

'괜찮아. 오늘도 출근 안 했어. 몸이 좀 안 좋아서.'

'몸 안 좋은데 봐도 괜찮은 거 맞아?'

'응. 내일 끝나고 연락할게.'

'그럼, 우리 집으로 와. 밖에서는 마땅히 만날 데도 없으니까.'

알겠다고 대답하곤 휴대폰 전원을 껐다. 12시가 훌쩍 넘어갔다. 내일 출근해야 한다는 사회인다운 생각을 하며 급히 잠자리에 들었다.

언제나처럼 휴대폰 알람 소리에 비척비척 몸을 일으켰다. 순간 기립성저혈압으로 인해 머리가 지끈거렸다.

속으로 욕지거리를 내뱉으며 침대 위에서 내려왔다. 창밖의 하늘이 유난히 화창했다.

"하리야!"

큰소리로 여동생의 이름을 불렀다. 들려오는 대답이 없다. 오늘 아무 일정도 없다고 했었으니 아직 자는 건가, 엄습해 오는 불안감을 억누르며 욕실로 향했다.

욕실 시계를 확인하자마자 진한 한숨이 터져 나왔다. 이럴 줄 알았지. 알고 있으면서도 일부러 모르는 척하고 있었다. 시계는 정확히 오전 9시 30분을 가리켰다. 헐레벌떡 준비해서 출발해도 지하철로만 1시간이다.

휴대폰을 확인할 새도 없이 간단히 세수와 양치질을 하곤 옷을 갈아입은 뒤 집 밖을 나섰다. 엘리베이터를 기다리며 확인한 휴대폰 알림에 부재중 전화 세 통이 찍혀있었다.

"죄송합니다. 제가 늦잠을 잤어요. 네네, 잘 알고 있습니다. 죄송합니다."

전화 너머로도 최대한의 진심이 전해질 수 있도록 몇 번이고 고개를 숙였다. 불호령같이 돌아오는 차분한 대답은 내 마음을 더욱 옥죄었다. 엘리베이터가 1층에 도착하고, 문이 열리자마자 지하철역까지 쉬지 않고 달렸다.

겨우 회사에 도착했을 때는 11시가 조금 안 됐을 때, 차라리 점심시간에 들어가 조금이라도 눈에 덜 띄어볼까 싶었지만 여기서 한 시간씩이나 더 늦을 순 없는 노릇이었다. 슬슬 눈치를 보며 최대한 조용한 발걸음으로 사무실에 들어섰다. 다들 각기 할 일을 하느라 바쁜 와중에 따가운 눈초리 몇몇이 나를 질책하는 소리가 들려왔다.

자리에 앉아 배낭을 내려놓자마자 잊고 있던 고단함이 밀려왔다. 큰소리를 내는 것조차 눈치가 보여 최대한 조용하게 하품을 했다.

"괜찮아요?"

옆에 앉은 박 팀장이 걱정스러운 눈길로 내게 물었다. 정말로 악의 없이 순수한 질문이라는 걸 깨닫자마자 고마움에 눈물이 다 날 뻔했다.

"괜찮아요. 고마워요."

번역기가 쓸 법한 말투로 건조하게 대답한 뒤 연신 손 부채질을 했다. 도저히 12월이라고는 믿기지 않을 날씨다. 가뜩이나 연말이라 할 일도 많은데, 급하게 컴퓨터를 켜고 한숨 돌리고 나서야 일을 시작할 수 있었다.

점심시간이 되자 다들 너나 할 것 없이 자리를 떴다. 나 역시 배낭 안을 뒤적여 주사기를 꺼내려 했다.

앞주머니를 확인한 순간, 또다시 한숨이 밀려왔다. 아침에 급하게 나오느라 영양액을 챙기지 않은 것이다. 다른 사람에게 빌려볼까 싶어 주변을 두리번거렸지만, 지각한 주제에 염치없이 도움을 청하기도 죄송할 따름이었다. 어쩔 수 없이 한 끼쯤 굶는다는 생각으로 스스로를 위안하며 다시 자리에 앉았다.

"계속 일하시게요? 안 쉬세요?"

박 팀장이 다시금 말을 걸어왔다. 나는 최대한 피곤하고 불쌍해 보이는 표정으로 "아니요. 그래도 좀 쉬긴 해야죠." 하고 대답한 뒤 안대를 썼다. 고작 한 시간 일한 게 다면서 이러는 꼴도 참 웃긴다고 생각했다. 하지만 옆에 앉은 순수한 팀장님은 내 말을 곧이곧대로 받아들였는지 "그럼요. 휴식은 중요하니까!" 하고 밝게 대답하며 탕비실 쪽으로 사라져 버렸다.

잠을 조금 청하려 했으나 도통 졸리지 않았다. 어쩔 수 없이 안대를 벗어 던지고 다시 일을 시작했다. 다른 사람들은 점심시간을 꽉꽉 채워 휴식할 생각인 듯했으나 나까지 그럴 수는 없었다. 처리해야 할 일이 산더미였다.

키보드를 두드리며 다시 일에 열중하고 있는데 박 팀장이 또다시 말을 걸어왔다. 막 귀찮아지려던 참이었으나 무시할 수는 없어서 친절하게 응해주었다.

"배 안 고프세요?"

"배요? 늘 고프죠. 사는 게 사는 것 같지가 않아요."

"그렇죠? 저도 그래요. 이렇게 살 바엔 차라리 죽는 게 더 낫겠어요."

"그렇다고 죽는다는 얘기를 그렇게 함부로 하면 안 돼요. 말이 씨가 된다잖아요."

"뭐 어때요. 정말 진심이에요. 삶이 즐겁지 않아요. 저는 늘 먹는 낙으로 살아왔는데."

박 팀장의 조잘거림을 듣고 있자니 속이 안 좋아지기 시작했다. 평소 좋게 봐왔던 사람인데 인식을 바꿔야 하나, 하는 생각이 들었다.

"잠깐만요. 저 화장실 좀."

그렇게 대답하곤 자리를 비웠다. 뒤에서 박 팀장이 뭐라 중얼거리는 소리가 들려왔다.

"후⋯.."

화장실 변기 위에 쭈그려 앉아 담배 한 개비를 꺼냈다. 어차피 여기서 담배를 피워도 그게 나라는 건 아무도 모를 거다. 사무실과 화장실은 꽤 거리가 있고, 우리 사무실엔 흡연자들이 수두룩하니까.

한동안 끊었던 담배가 왜 다시 당기는 건지, 이걸 피우면 안개가 자욱하게 핀 듯 흐린 내 정신 상태가 좀 되돌아올지 헛생각만 들었다. 한참 고민하다 결국 라이터를 꺼내 불을 붙였다. 담배 연기를 내뿜을 때마다 내 안의 응어리도 함께 날아갔으면 했다.

그때 화장실 문이 벌컥 열렸다. 누군가 들어왔다.

순간적으로 숨을 참고 눈치를 살폈다. 그 누군가는 내가 담배를 피우든 말든 관심도 없다는 듯 힘없이 걸어 들어와 바로 옆 칸으로 들어갔다. 곧 문을 잠그는 소리가 들리고 나와는 조금 다른 담배 냄새가 후각을 자극했다.

'누구세요?'

속으로 수많은 물음을 곱씹다가 저 사람보다 먼저 나가야겠다는 생각에 서둘러 자리에서 일어났다. 담배를 끄고 쓰레기통에 버린 뒤 아무 일 없던 척 태연하게 화장실에서 나와 사무실로 향했다. 사무실에 들어서자마자 빈자리들을 확인했다. 두 자리가 비어있었다. 한 자리는 오늘 연차를 쓰고 나오지 않은 여자 팀장님과, 또 한 자리는….

화장실 문을 통해 내 바로 뒤를 이어 강 팀장이 들어왔다. 며칠 사이에 눈에 띄게 수척해진 모습이다. 내 모습도 별반 다르지 않을 거라는 생각이 들었다. 강 팀장은 역시나 나를 신경도 쓰지 않은 채 터덜터덜 걸어 자신의 자리에 가 앉았다.

시끌벅적하던 사무실에 며칠째 조용한 공기만이 흐르고 있었다. 그나마 생기를 유지하는 사람이라면 박 팀장 정도. 거의 이 사태가 터지기 전과 별반 다를 것 없이 밝은 표정과 목소리를 유지하고 있었다. 그러나 하루 종일 그녀만 떠드는 모습이 어쩐지 안쓰럽기도 하고 한 편으론 불안하기도 했다. 저 사람조차 미소를 잃게 된다면 정말 세상이 어떻게 돌아가고 있는 건지 절망에 빠지게 될 것 같으니까.

퇴근 시간이 임박해 오자 친구로부터 전화가 왔다.

"거의 다 끝났어?"

"응. 곧 나가."

"그럼, 회사 앞에서 기다린다? 얼른 나와."

"응. 하던 것만 마저 하고."

남은 일들을 빠르게 마무리한 뒤 컴퓨터를 끄고 시간을 확인했다. 6시가 조금 넘었다.

"먼저 들어가 보겠습니다."

지각을 했으면서도 칼퇴근을 하는 게 양심에 찔렸으나 어느 누구도 나를 적극적으로 붙잡지는 않았다. 내가 상급자였다면 나 같은 사람이 무척이나 아니꼬웠을 거라 생각하면서도 추운 날씨에 밖에서 떨고 있을 친구를 위해 서둘러 1층으로 내려갔다.

"오랜만이다! 잘 지냈냐?"

현관 로비에서부터 친구가 나를 발견하곤 손을 흔들었다. 왜 여기까지 들어와서 이러고 있나 싶었지만 차디찬 바깥바람을 쐬자마자 단숨에 이해가 갔다. 한동안 친구와 도란도란 얘기를 나누며 친구의 집으로 함께 걸었다.

"나 여친이랑 헤어졌다."

친구의 갑작스러운 말에 나도 모르게 멈춰 섰다.

"정말? 왜?"

친구의 여친, 아니 전 여친은 나도 만난 적이 있다. 성실하고 자상한 친구와 걸맞게 참하고 똑똑한 사람이었다.

"그냥, 걔 말로는 내가 요즘 부쩍 예민해졌대. 나는 잘 모르겠는데. 그래서 나는 너야말로 요즘 냉랭해진 거 아니냐고 물었지. 역시나 모르더라고."

"배가 고파서 그런가?"

"그렇겠지, 뭐 여친뿐만이 아니야. 우리 부모님도 요즘 이상하셔. 내가 전화만 걸었다 하면 바쁘다는 핑계로 끊으시질 않나, 다짜고짜 연락해서는 너는 애가 왜 그 모양이냐고 호통을 치시질 않나."

"아무튼 그래서 헤어졌다고?"

"응. 어쩔 수 없었어. 여친도 이미 나한테 오만 정 다 떨어진 모양이던데."

친구가 그다지 슬퍼 보이지 않아 나도 위로하지 않았다. 그저 묵묵히 친구의 얘기를 들으며 걸었을 뿐이다.

그 뒤로 친구 집 현관 앞에 도착해 안으로 들어설 때까지 친구는 단 한마디도 하지 않았다. 나 역시 원래부터 말수가 적고 남의 이야기를 들어주는 편이라 별말 없이 침묵 속에 걸음을 계속했다.

막 욕실에서 손을 씻고 나올 때쯤 친구가 의미심장한 미소를 지으며 내 팔목을 잡아끌었다.

"뭐야? 갑자기 왜 이래?"

친구의 손에 이끌려 들어간 방 안엔 와인 한 병과 피자 몇 조각이 올려져 있었다.

"야, 이게 다 뭐야?"

본능적으로 위험을 감지해 날카롭게 물었다. 친구는 그러거나 말거나 나를 본인 자리 맞은편에 앉히고는 말했다.

"뭐긴 뭐야. 오랜만에 한잔하자는 거지."

"미쳤어?"

내 어깨 위에 올린 친구의 손을 거세게 뿌리쳤다. 아까부터 초점 잃은 눈동자가 심상치 않더니만, 무슨 일이 일어날 거란 걸 미리 직감했어야 했다.

"왜? 어차피 죽을 확률이 백 퍼센트인 것도 아니잖아. 운 좋으면 살 수도 있는 거야."

"그러다 죽으면? 지금까지 산 사람보다 죽은 사람이 훨씬 더 많은데 내가 뭘 믿고 목숨을 가지고 그런 위험한 도박을 해?"

"솔직히 지겹지 않나? 맨날 허벅지에 주삿바늘 꽂고 앉아있는 거. 네 혀가 지루하다 못해

괴로워하고 있다고."

"헛소리 좀 하지 마. 사이코야?"

평소 같았으면 유들유들하게 굴며 친구의 말에 동의해 줬을 텐데 이것만큼은 안 된다는 생각에 강하게 사로잡혀 단호하게 굴었다. 친구는 정색하는 내 모습에 당황하는 기색도 없이 끈질기게 몰아붙였다.

"양도 조금밖에 안 되는데 뭘. 게다가 우린 건장한 20대 청년들이잖아."

"조금이고 뭐고 난 안 먹어. 절대로."

"융통성 없는 놈. 먹기 싫음 말아라."

친구는 아랫입술을 꽉 깨물며 화난 듯 대꾸했다. 상관없었다. 어서 빨리 그 자리를 벗어나고 싶은 마음뿐이었다.

친구는 보란 듯이 내 앞에 앉더니 와인병을 열어 유리컵에 따랐다. 나는 무언가에 홀린 듯 가만히 서서 그 모습을 응시하고 있었다.

친구의 손에 들린 컵 안 와인이 몇 번 회오리를 만들어 첨벙이더니 곧 친구의 입 속으로 천천히 흘러 들어갔다.

"야, 그만 먹어!"

급하게 친구의 술잔을 낚아챘지만 이미 원 샷으로 끝낸 상태. 친구는 오히려 즐겁다는 듯 웃더니 이번에는 피자 한 조각을 집어 들어 자신의 입속으로 가져갔다. 이젠 말리기에도 늦었다는 생각을 하다가 천천히 입을 떼어 물었다.

"피자는 어디서 구한 거야? 직접 만들었어?"

친구가 입 안 한가득 피자를 우물거리며 대꾸했다.

"냉동실에 숨겨놓은 오래된 피자가 있었어. 내 베스트프렌드랑 최후의 만찬으로 함께 먹으려 했던 건데."

아직도 김이 모락모락 피어나는 피자 조각들을 보며 정신이 아찔해지는 것을 느꼈다. 금방이라도 손을 뻗어 피자를 집어 먹을 것만 같아 충동을 억누르려 애썼다.

"먹고 싶지? 너도 그냥 먹지 그래?"

친구가 피자를 손에 쥐고 눈앞에서 흔들며 나를 유혹했다. 미간을 찌푸리며 급히 고개를 저었다.

"됐다니까. 너나 많이 먹어."

나는 서둘러 거실로 나가 내 배낭 안을 뒤적거렸다. 친구의 식탁 위에 우리 집 것과 같은 하얀 원통이 놓여져 있었다.

서둘러 주사기를 꺼내 말없이 친구의 액을 빌려 내 허벅지에 꽂아 넣었다. 먹지 않고도 충분히 살 수 있다. 세상에는 먹는 것 말고도 다른 즐거움들이 차고 넘친다. 그러니까 나는 저딴 유혹에 휘둘리지 않을 수 있다. 고작 피자 쪼가리 때문에 내 삶을 마감해 버릴 순 없다.

"나 먼저 간다."

배낭을 멘 뒤 다시 방으로 들어서는 순간, 숨이 멎는 듯했다.

명치 쪽을 부여잡은 채 부자연스러운 자세로 쓰러진 친구가 초점 없는 눈동자로 내 쪽을 응시하고 있었다. 손발이 미친 듯이 떨리기 시작했으나 지체할 시간 따윈 없었다.

급히 주머니에서 휴대폰을 꺼내 119에 전화를 걸었다. 신호음이 가던 도중 혹시라도 내가 억지로 음식을 먹였단 오해를 받으면 어떡하나, 하는 불안감이 들었다. 그보다는 친구를 살리는 게 우선이었지만.

119의 지시에 따라 즉시 심폐소생술을 실시했다. 유치원에 다닐 때부터 지겹도록 배웠던 심폐소생술을 실제로 행하는 날이 오게 될 줄은 몰랐다. 119가 도착해 친구를 싣고 가는 동안 나는 내내 친구의 옆을 지켰다.

친구의 집에 도착하자마자 상에 놓인 피자와 와인병을 보곤 경악하던 구급대원들의 표정을 잊을 수가 없다.

한참 동안 넋을 놓고 앉아있었다. 바로 눈앞에서 둔탁한 타자 소리가 귓가로 파고들었다. 일평생 발을 들여 본 적도 없던 경찰서에 어쩌다가 몇 시간씩 눌러앉게 된 건지, 나도 잘 모를 영문이었다.

"그때가 대략 몇 시쯤이었죠?"

눈앞에서의 걸걸한 음성에 순간 정신이 번쩍 뜨였다.

"아 그게… 7시 조금 넘었었던 것 같아요."

"친구분이랑 대화 나누시는 동안 이상한 점은 못 느끼셨어요?"

"네. 그냥 평범하고 일상적인 대화만 해서… 저는 전혀 모르고 있었어요."

"친구분은 그 행동이 자살 행위와도 같다는 사실을 알고 있었나요?"

"저도 모르겠어요. 너무 갑작스럽게 벌어진 일이라서. 될 대로 되란 식으로 말했던 거 보면 알고는 있었던 것 같아요."

"친구분이 왜 그런 선택을 하셨는지 짐작 가는 부분은 없나요?"

"얼마 전에 여자 친구랑 헤어졌댔어요. 그렇다고 해서 힘들어하거나 슬퍼하는 기색은 없어서 대수롭지 않게 생각했어요."

"왜 친구분을 말리지 않으셨죠?"

"말렸어요. 말렸는데, 곧 소용없는 짓이란 걸 저도 모르는 새 깨달았던 것 같아요."

조사를 끝내고 집으로 돌아오니 온통 암흑으로 뒤덮여 있었다. 블라인드를 올리고 형광등을 켜자 삭막한 집 안 공기가 더욱 직접적으로 다가왔다. 곧바로 동생에게 전화를 걸었다.

'얘 왜 전활 안 받아?'

가뜩이나 신경이 날카로워져 있는 상태인데 동생과 연락까지 닿지 않으니 미쳐 돌아버릴 지경이었다. 약속도 없다면서 도대체 어딜 간 건지, 음성메시지에 먼저 잘 테니 일찍 들어오라는 말을 남긴 채 통화 종료 버튼을 눌렀다.

소파에 털썩 주저앉아 현실감각을 되돌리려 애썼다. 자꾸만 이 모든 게 꿈일 거라는 생각이 들었다. 현실을 부정하면 안 된다는 걸 알면서도 마음속 깊은 곳에서부터 정체 모를 의구심들이 스멀스멀 피어올랐다.

숨을 크게 들이켰다가 내뱉었다. 그 순간 감정이 끈이 탁, 하고 풀리며 주체할 수 없는 덩어리들이 흘러넘치기 시작했다.

"왜 그런 거야? 바보같이, 도대체 왜 그런 거야? 왜 그런 거냐고? 대체 왜…."

평소엔 잘 하지도 않는 혼잣말은 어느샌가 스스로의 울음소리에 묻혀 한 마리의 짐승처럼 기괴한 소리로 변해가고 있었다.

초등학생 때부터 인생의 절반 이상을 함께 보내온 친구를 한순간에 잃었다는 상실감은 말로 표현할 수 없을 정도로 어마어마했다. 애써 외면하려 했지만.

"괜찮아. 다 괜찮아질 거야."

스스로를 다독이며 무릎을 끌어안아 몸을 웅크렸다. 그렇게 불편한 자세로 잠이 들었다. 이유 모를 칠흑으로 뒤덮인 요즘의 일상에 지쳐 이대로 영영 깨어나지 않았으면 했다.

요란하게 울려대는 전화벨 소리에 눈꺼풀을 들어올렸다. 하품을 하는데 입안이 건조해서

쩍쩍 갈라지는 소리가 났다.

"여보세요?"

반쯤 떠진 눈으로 휴대폰을 집어 오른쪽 귀에 가져다 댔다. 접힌 다리와 허리 탓에 관절에서 우두둑 소리가 났다.

"강하리 양 오빠분?"

상대방의 말이 짧아 기분 나쁜 것도 잠시, 무슨 일이 일어났음을 직감하고 단박에 몸을 일으켰다. 여전히 적막으로 뒤덮여있는 거실 한쪽 끝에 위치한 시계가 새벽 3시를 가리키고 있었다.

"무슨 일이시죠?"

자세를 고쳐 앉아 통화를 스피커폰으로 돌린 뒤 메시지 함에 들어가 보았다. 동생에게서도, 부모님에게서도, 그 어떠한 연락도 와 있지 않았다.

"동생분이 현재 아주 위독하십니다. 병원 주소를 찍어드릴 테니 이쪽으로 와주시면…."

전화가 예고 없이 뚝 끊겨버렸다. 꺼진 휴대폰 화면 위로 멍청하게 넋 놓고 있는 내 얼굴이 비쳤다. 연신 전원 버튼을 눌렀으나 켜지지 않았다.

"충전 좀 해놓을 걸."

아랫입술을 꽉 깨물었다. 비척비척 기어가 충전 케이블에 휴대폰을 꽂아 넣었다. 다급하게 행동할 이유가 없다고 느껴졌다. 이 어이없는 상황 속에서 곧 동생이 내 곁을 떠나갈 것이란 불길한 생각에 강하게 사로잡혀 있었다.

휴대폰이 충전되는 동안 리모컨을 집어 들어 TV를 켰다. 동생이 평소에 그토록 보기 싫어하던 뉴스가 나오고 있었다. 요즘, 이토록 늦은 시간에도 뉴스 생방송이 잦다.

"전 세계 곳곳에서 집단적인 자살 행위가 계속해서 발생하고 있습니다. 전문가들은 우연히 음식을 보게 되었을 때 순간의 유혹과 충동을 억제하지 못하고 우발적으로 발생하는 일들이 므로 음식물 규제를 더 강화해야 한다는 입장을 내세우고 있습니다."

유혹? 충동?

정말 그럴까.

화면에 아수라장이 된 번화가의 모습이 비쳤다. 길거리에 널브러져 쓰러져 있는 사람들과 그 사이를 혼잡하게 뛰어다니는 경찰들의 모습이 눈에 띄었다.

그사이 전화가 다시 한번 울렸다. 배터리가 들어온 모양이다.

전화를 받지 않은 채 문자 메시지를 확인했다. 찍혀있는 주소를 확인한 뒤 겉옷을 챙겨 입고 집 밖을 나섰다. 몽롱한 정신 탓에 아무런 감정도, 생각도 들지 않았다.

병원에 도착해 로비 의자에 주저앉았다. 어디로도 가고 싶지 않았다. 어차피 좋은 소식 따위 들려올 리 없다는 사실을 잘 알고 있어서 해탈할 경지에 이르렀다. 부모님께 여러 번 전화를 걸었으나 받지 않았다. 부모님께도 무슨 일이 생긴 건 아닐까.

고개를 들고 병원 천장을 올려다봤다. 온통 하얗게, 하얗게, 하얗게.

침묵 속에 갇혀있는 건 나뿐일까.

천천히 주변을 둘러보았다. 아수라장일 것만 같았던 집 근처 대학병원은 의외로 고요한 분위기였다. 내 옆쪽으로 늘어진 로비 의자들이 꽉 차 있었다. 바로 옆에 앉은 여성과 두리번대던 눈동자가 맞닿았다.

해쓱해진 잿빛의 얼굴이 눈에 들어왔다. 그녀는 오랜 시간 나와 눈을 맞추다 꾸벅 말없이 인사를 건넸다. 나도 그에 맞춰 살짝 고개를 숙였다.

의자에 앉아 생각이 많아질 때쯤 자리를 박차고 일어섰다. 제발 내 뇌가 이대로 모든 생각을 멈춰줬으면 하는 바람이 간절했다. 급히 사람들 사이를 가로질러 계단을 통해 단숨에 동생이 있는 곳까지 다다랐다.

도착한 순간 힘없이 멈춰 설 수밖에 없었다. 내 눈에 들어온 부모님은 가만히 서서 멍청해 보이는 얼굴로 딸의 사망 소식을 듣고 있었다.

"아빠, 엄마. 언제 오신 거예요?"

부모님이 내 목소리에 천천히 뒤를 돌아보았다.

"응. 방금."

담담하고도 짤막한 대답이 내 귓가를 울렸다. 순간 차갑게 식었던 심장이 거세게 쿵쾅대기 시작했다.

"아빠!"

급하게 달려 아빠의 왼쪽 어깨를 젖혔다. 초점 없는 눈빛이 나를 바라보다 다시 의사 쪽으로 시선을 돌렸다.

"엄마!"

이번엔 엄마의 눈앞에 가 서서는 두 눈을 똑바로 응시했다. 엄마는 "왜?" 하고 물었으나 내 쪽을 쳐다보려 하지 않았다.

그 순간,

엄마가 힘없이 늘어진 채 내 쪽으로 몸을 기울였다. 급히 엄마의 몸을 붙잡아 일으키려 했으나 쓰러진 엄마는 도통 다시 일어날 생각을 하지 않았다.

"엄마!"

울부짖듯 소리치며 엄마를 미친 듯이 흔들어댔다. 주변이 어수선해지는 소리가 들려왔다.

"아빠! 왜 보고만 있어요! 엄마 왜 이래요?"

아빠의 눈에 서서히 눈물이 고였다. 제발, 아닐 거라고 생각한 순간 아빠의 눈꺼풀이 서서히 감기더니 둔탁한 소리가 났다. 아빠가 병원 복도에 쓰러졌다.

쓰러진 아빠의 패딩 주머니 사이로 무언가 삐죽 튀어나와 있었다. 손으로 잡아 꺼내보니 다름 아닌 부스러기 하나 없이 깨끗하게 비워진 과자 봉지였다.

흥분했던 감정이 점차 가라앉았다. 곧 차분해진 심장 박동을 확인한 뒤 과자 봉지를 다시금 자세히 들여다보았다. 부모님이 평소에 아주 좋아하시던 과자다. 간식으로도, 술안주로도 자주 사드시던 그 과자.

이 모든 걸 잊고 싶어 병원에서 도망쳐 나왔다. 하지만 갈 곳이 없었다. 부모님도, 동생도 전부 내가 해결해야 하는 일임을 알고 있었지만 회피하고 싶었다. 병원에서 알아서 처리해줬으면 하는 마음이 들었다.

이런 말도 안 되는 상황 속에서 회사에 가야겠다는 생각이 들었다. 오늘따라 회사가 절실히 필요했다. 출근하고 싶었다. 박 팀장의 시끄러운 조잘거림에 하루 종일 시달리더라도 그곳에 있고 싶었다.

도착하자 언제나처럼 삭막한 분위기가 나를 맞이했다. 출근 시간이 훌쩍 지났음에도 불구하고 내게 말을 걸어주는 이는 없었다.

"안녕하세요."

눈치를 보는 것도 없이 당당하게 인사하며 들어섰다. 몇몇 사람들이 나를 흘끗 쳐다보다 다시 컴퓨터로 시선을 돌렸다. 당연히 인사를 받아주는 사람도 없었다.

걸음을 옮기다 잠시 멈춰 섰다. 늘 소란스럽던 박 팀장의 자리가 비어있었다. 그래서 사무실이 더욱 적막했던 거구나.

뒤에 대고 "박 팀장님 오늘 안 나오세요?" 하고 물으려는데 뒷자리 역시 텅 비어있었다. 그제야 사무실의 전체적인 풍경이 눈에 들어오기 시작했다. 전체 인원의 3분의 1조차도 채워지지 않은 모습이다.

"뭐야?"

실소가 터져 나왔다. 여전히 나에게 눈길을 주는 이는 없었다.

"저기요, 이분들 다 어디 가셨어요?"

예의 없이 저기요, 란 부름이 튀어나왔다. 하지만 스스로 그 사실을 자각하지 못하고 있었다.

"다 죽었어요. 어젯밤에, 오늘 아침에."

누군가의 무덤덤한 말투가 머릿속을 낭랑하게 울렸다.

"예?"

이게 무슨 소리인지.

"이상한 거 못 느끼셨어요? 요즘 들어서."

이번엔 다른 누군가가 키보드를 두드림과 동시에 말했다. 잠시 기억을 되짚어 보았다.

내가 여기 있으면 안 되지.

우리 가족은 어디에 있지?

"바보같이 서 있지만 말고 그쪽도 마음 가는 대로 선택하는 게 좋을 거예요. 저는 차마 욕구에 목숨 내놓고 싶지는 않아서."

또 다른 누군가가 내게 말했다. 혼란에 뒤덮인 몸을 그대로 의자에 던져 기댔다. 책상 위에 작은 초콜릿이 포장된 채 올려져 있었다.

고작 이런 걸 먹기 위해서?

초콜릿을 손에 쥐고 한참 노려보다 자리에서 일어섰다.

"실장님, 끝나고 저희 집들이 오실래요?"

그는 별말 없이 나를 따랐다. 나는 어색한 분위기가 싫어 그에게 쉴 새 없이 말을 붙였다. 미친 듯이 울려대던 내 휴대폰은 한참 전에 전원을 끈 채로 풀숲 사이에 던져 놓았다.

"저희 집 처음 와보시죠? 얼마 전에 이사했어요."

내가 태어날 때부터 지금까지 쭉 살고 있는 집인데도.

"집이 넓네."

그는 조용히 내 뒤를 따라 들어왔다. 고작 하루 사이에 집이 원인 모를 악취로 뒤덮여 있었다.

"죄송해요. 냄새가 좀 나네요."

"됐어. 괜찮아."

그는 몸을 가누기가 힘든지 집에 들어오자마자 소파에 드러누웠다. 체면 따윈 갖다 버린 듯했다.

"조금만 기다리세요."

부엌으로 가 냉장고 문을 열었다. 열려다 잠깐 머뭇댔다. 냉장고 한가운데에 정갈하게 붙여진 가족사진들을 하나, 하나 눈 속에 담았다. 다시는 볼 수도, 함께할 수도 없는 사람들.

부모님과 동생의 선택을 떠올렸다. 사람의 목숨이 덧없는 것일까, 변화가 우리를 지루함의 구렁텅이에 빠뜨린 것일까.

냉동실 한쪽 깊은 구석에 처박혀 있던 소고기 덩어리를 꺼냈다. 얼어붙은 비닐을 힘으로 쥐어뜯어 벗겨냈다.

거실을 내다보니 그는 벌써 잠이 들어있었다. 고기를 해동시킬 새도 없이 곧장 달궈진 프라이팬 위에 올렸다. 기름 없이 구워지는 소고기는 말라비틀어져 가면서도 먹음직스러운 모습을 자아냈다.

적당히 익은 고기를 접시 위에 올리고, 물을 한 컵 따라 거실로 옮겨왔다. 바닥에 완성된 스테이크를 내려놓고는 천천히 그를 흔들어 깨웠다.

"식사하세요."

그가 눈꺼풀을 몇 번 깜박이다 몸의 방향을 틀어 나로부터 등을 졌다.

"됐어."

됐다면 할 수 없지, 뭐. 강요하겠단 생각은 없어서 포크로 고기를 찍어 이로 물어뜯기 시작했다. 치아로 무언가를 씹어본 것이 얼마 만인지, 과연 황홀했다.

마음속에 남아있던 일말의 걱정도 말끔히 잊은 채 미친 듯이 고기를 베어 물고 있는데 그가 소파에서 미끄러져 내려왔다. 그를 빤히 보고 있으려니 그가 나에게서 고기를 낚아채 갔다.

우적거리는 그의 입술 사이로 핏물이 흘러나왔다. 나는 그 광경을 멍하니 지켜만 보고 있었다.

거실의 벽시계를 확인했다. 8시 58분이다.

"곧 9시네요."

혼잣말처럼 중얼거렸다. 이젠 돌이킬 수 없다.

나는 이제 곧 차가운 거실 바닥 위로 곤두박질치듯 쓰러지겠지. 다른 사람들이 그랬듯이.

MZ빌런의 성장일기

조 준 현
(경남 마산삼진고등학교 1학년)

⟨아등바등 살고 싶지 않아서⟩

 저는 아등바등(tired) 살고 싶지 않음과 동시에 한 번이라도 아등바등(passion) 살아보고 싶다고 오늘도 수도 없이 되새기며 살아가는 미련한 미래형 인간입니다. 이런 우유부단한 나를 누군가에게 들켜버리기라도 한다면 "그럼 그 생각을 실행에 옮기면 되는 거잖아. 이 미련한 곰탱아!"라고 말할 수도 있겠죠. 하지만 그게 생각만큼 쉬운 일이 아니라는 걸 알고 있잖아요. 그렇다면 또다시 이렇게 말하겠죠. "아무리 힘들어도 이겨내야 한다는 건 바뀌지 않는 사실이잖아. 그럴 시간에 어서 달려가기나 해. 남들 하는 것 좀 봐. 이미 출발선은 한참 지나서로 겨루기 바쁜데 넌 시작도 안 하고 뭐 하는 거야? 제발 남들 하는 것만큼이라도 해 봐." 바뀌어야 하는 건 맞지만 새로운 변화를 도전하고 적응하기까지가 너무 벅차단 말이에요. 난 어찌해야 할까요? 이러한 내 존재마저도 부정해야 되나요? 이마저도 건방지고 반항적이며 요즘 말로는 MZ빌런일까요?

⟨걱정의 비행은 쉬지 않고 날아가 밤새 못 자⟩

 저는 밤에 자려고 누우면 짧게는 20~30분 길게는 1시간 조금 넘게도 못 잘 때가 많아요.

이유는 두 가지가 존재하는 데 우선 첫 번째 파트인 '걱정'부터 알려드릴게요. 정말 별거 아닌 내일 아침을 무엇을 먹으면 좋을까? 부터 시작해 졸음이 가실 정도로, 내가 시간의 흐름을 인지하지 못할 정도로, 미래를 향한 걱정들을 줄줄이 나열하며 시간을 태울 때가 많아요. 시간의 흐름을 알아챘을 시점에는 제 몸 오른쪽에서 충전 중인 휴대폰을 엎어내면서 시간을 확인하고는 "뭐? 벌써 12시라고?" 생각하며 놀라곤 하죠. 물론 육성으로 뱉을 때도 있습니다. 야속하게도 꼭 자려고 누웠을 때만 그런 생각들이 그러라고 누가 시킨 적도 없는 데 절로 나요. 내가 아무리 잘난 타인들 사이에 껴도 전혀 꿀리지 않고 날아갈 것만 같은 기분이었다가도 어느 날 문득 한없이 작아지고 이 세상에게 나라는 존재를 이해받아야 할 것만 같은 기분이 들 때가 있어요. 아무런 옷도 걸치지 않은 나의 적나라한 나체를 발견하고는 저항하는 몸짓 하나 없이 추락하는 내 모습을 지켜봐야만 할 때 말이에요. 너는 이상한 게 아니라고, 너는 누구보다 잘하고 있다는 말을, 끊임없이 넌 이해와 인정을 받아야 한다는 말을, 머릿속에서 울려대는 이 절대 끝나지 않을 것 같은 거지 같은 명령어를 누가 제발 좀 멈추어달라고요.

하하, 너무 내용이 딥했나요? 어쩔 수 없습니다. 제 감정과 생각을 거짓 없이 담아내야 하는 것이 제 글의 힘찬 포부거든요.

우리는 나 자신보다 남들에게 훨씬 관대해질 때가 있다는 사실을 아시나요? 예를 들어 소중한 지인 중 하나가 당신에게 위와 같은 고민을 털어놓는다면 당신은 어떻게 반응할 것인가요? 당신이 살면서 얻은 지혜와 경험을 총동원해서 그의 우울한 먹구름 따위는 싹 날려버리고 어떻게 해서든 기분을 되살려 주고 싶습니다. 하지만 내가 똑같은 상황에 처하더라도 난 나에게 그렇게 말해줄 수 있을까요? 그때 저는 '아니요.'라는 답변을 망설임 없이 내뱉을 수 있습니다. 자신의 장점 하나를 개발해 내어 최대치로 끌어올리는 사람들을 볼 때면 저는 그들을 선망하며 그들처럼 되고 싶다 생각함과 동시에 나는 왜 이런 사람일까 라는 생각을 자동반사적으로 하게 됩니다. 그들의 가장 찬란하면서도 표면적인 하이라이트 씬이라는 걸 인지한 순간에도 말이죠. 이런 순간에 처했을 때 나를 위로할 쉬운 방법은 '남들에겐 관대함'을 '나에겐 관대함'으로 전환하는 방법입니다. 나의 상황을 남들이 겪고 있다고 가정하면 내가 뭐라고 조언해 줬을까? 를 상기시키면 생각보다 나를 위로하는 방법은 한 발짝 더 가까워집니다.

우리, 남들에게 하는 것만큼이라도 나에게 좀 더 관대해지면 어떨까요?

〈상상이라는 간판은 밤에서야 더 빛나는 법이지.〉

두 번째 파트는 바로 다름 아닌 '상상'의 영역입니다. 내가 못다 이룬 목표들과 희망들이 셀 수 없이 구름처럼 떠올라 이 세상에는 없는, 앞으로도 없을지 모르는 나만의 한 각본을 써 내려갑니다. 이랬으면 어땠을까? 저랬으면 어땠을까? 하지만 과거를 놓아주지 못하는 개념과는 달라요. 그냥 나만의 판타지 세계를 창조해 내는 일이거든요. 내가 되고 싶은 모습을 상상하는 거니까 과거보단 미래의 개념이겠지요? 재밌잖아요, 상상의 퍼레이드가 끝나고 나면 살짝 끝맛이 쓴 건 아쉽긴 하지만요. 설마 이런 경험들이 나쁘만인 건 아니겠죠? 오 이런, 그렇다면 조금 억울할 거 같은데요.

'상상'이라는 친구는 눈을 감을 때면 언제나 불쑥불쑥 내 마음을 깨워줘요. 공부도 그렇게 해본 적이 없는데, 허구의 시나리오를 쓰는 건 내겐 너무나도 쉽거든요. 나의 희망을 모조리 짬뽕시키면 그게 결국 베스트니까요. 사실 잘 때가 아니어도 하기 싫은 일을 할 때, 좋아하는 일을 할 때, 멍때릴 때나 그리고 심지어 잠에 들었을 때조차도 꿈이라는 또 하나의 상상에 빠지죠. 매번 침투력이 강한 건 상상이죠. 이 정도면 걱정은 중간보스였고 상상은 최종보스급 정도는 되는 것 같네요. 어떻게 보면 걱정도 상상의 포괄적인 범위 내에 들어가는 녀석이니까요. 하지만 상상이라는 친구가 무조건적으로 못된 놈이라는 말은 거두는 것이 좋을 거예요. 상상은 머릿속 시뮬레이션을 돌림으로써 앞으로의 일의 좋은 결과를 거둘 수 있게 용기를 북돋아 주는 친구이기도 하거든요. 보통 그 반대가 더 많을지라도요. 상상은 다양한 방식으로, 다양한 장소에서, 다양한 시간에 찾아오지만, 대비할 수 있는 방법은 좀처럼 잘 없습니다. 걱정은 하나의 일을 잘 마무리해 내면 최소화시키거나 아예 끊어내는 것 또한 가능하겠지만 상상은 내가 문을 열어주기도 전에 무단침입을 해버리거든요. 철컹철컹!

〈아등바등 살아보고 싶어서〉

저는 글쓰기를 청소년 때부터 택해서 다행인 것 같아요. 청소년일 때 느낄 수 있는 감정이 있고 성인일 때 느낄 수 있는 감정도 따로 있는 건데 성인일 때부터 글을 썼다면 이미 손에서 다 빠져나가 버린 모래를 잡으며 그 시간을 후회했을지도 모르겠어요. 그래서 흔들리는 저의 삶이라도 이렇게 글로 풀어낼 수 있다면 조금 위안이 되는 면도 있는 것 같네요. 특히 제 의지로 무언가를 도전하고 있는 성취감이 제일 기분이 짜릿해요.

저 같은 MZ빌런 분들에게는 거대한 변화보다는 나비효과를 기대하시는 상상을 하시는 게 더욱 도움이 될 것 같네요. 지금까지 제 감정과 고민, 그리고 사상이 담긴 이 긴 글을 읽어주신 분들께 마지막으로 감사하다는 말을 전해 드리고 저는 이 작지만, 큰 무대에서 이만 퇴장해 보도록 하겠습니다.

도망치다

박 준 영
(경기 성남 판교고등학교 3학년)

　빈 콜라 페트병이 떨어졌다. 그것을 책상 구석에 던졌다. 동영상 사이트를 들어갔다. 다섯 시간 동안 많은 동영상이 올라와 있었다. 스크롤을 내리면서 살피던 중 동영상 하나가 눈에 띄었다. 제목은 토끼 인형 놀이였다. 어린 여자아이가 토끼 인형 장난감을 리뷰하는 평범한 내용이었다. 하지만 폭발적인 반응과 인기였다. 서둘러 댓글 창을 켰다. 긍정적인 반응의 댓글이 대부분이었다. 몇몇 부정적인 댓글은 삭제되거나 욕을 먹었다. 잠시 고민하다 댓글을 적었다.

　"이런 동영상이 뭐가 좋다고 보는 거냐? 이런 걸 보는 애들이나 찍는 사람이나 하나같이 이해가 안 가네."

　솔직한 심정을 담아서 적었다. 댓글을 적고 나면 항상 마음이 후련했다. 내 댓글을 보고 동영상을 그만 올린다면 성취감이 느껴졌다. 동영상을 올리는 사람들은 놀부 심보다. 밖에 나가서 일을 할 능력이 되지 않거나 성적이 좋지 않은 사람들이 하는 일이다. 돈을 벌고 싶지만, 할 수 있는 게 없으니 동영상을 찍어 올리는 거다. 한참 키보드를 두들겼다. 아까 적은 댓글을 확인하기 위해 동영상을 클릭했다. 댓글이 보이지 않았다. 하고 싶은 말도 못 한다는 사실이 화가 났다. 더욱 강도를 세게 적었다.

"그깟 장난감 리뷰하는 영상을 왜 올리는 거냐. 자식 이용해서 돈 벌고 싶어서 그러는 것처럼 보인다."

기분이 한결 나아졌다. 만족스럽게 컴퓨터를 끄고 누웠다. 내가 대단한 사람이 된 것 같았다.

하굣길 걸음을 재촉했다. 댓글이 남아있을지 궁금했다. 멀리 쳐다봐도 집은 보이지 않았다. 주머니를 뒤졌다. 깊숙이 무언가 잡혔다. 오백 원 동전이었다. 버스를 타기에는 적은 돈이었다. 급한 마음으로 핸드폰을 켰다. 동영상 사이트에 알림 하나가 와 있었다. 악플 쓴 사람들을 고소한다는 영상이 올라왔다. 이미 고소 절차를 밟았단 여성의 말에 심장이 빨리 뛰었다. 여성에게 성적인 말을 적은 적이 있다. 댓글을 적기 전 인터넷에서 댓글로 잡힐 수 있는지 이미 알아봤기에 조금은 안심이 됐다. 멀리서 집 실루엣이 보였다. 그때 핸드폰이 울렸다. 문자 한 통이 왔다.

"녹번 파출소 팀장 이상철입니다. 귀하께서는 빠른 시일 내에 파출소로 출석 바랍니다. 출석을 거절할 경우 보호자께 전화가 갑니다."

보호자란 말에 머리가 하얘졌다. 익명성 뒤에 숨으면 잡히지 않을 줄 알았다. 당연히 그렇게 생각했다. 인터넷 세계는 생각보다 좁았다. 녹번 파출소로 가는 길 학교 친구들이 보였다. 친구 한 명이 다가와 물었다.

"어디 가냐? 너 여기 집 가는 길 아니잖아."

잠시 당황했다. 마트에 간다고 대답했다. 친구들은 내일 보자며 손을 흔들었다. 멀리서 사라지는 친구들의 모습을 바라봤다. 착잡했다. 모퉁이를 돌자 녹번 파출소가 보였다. 파란색 외관에 작은 건물이었다. 주차장에는 경찰차들이 세워져 있다. 겁이 났다. 다신 키보드를 잡지 못할 수 있다는 생각에 고개가 숙어졌다. 인터넷 세상의 가림막이 결국 나를 배신한 거다. 입구 앞에서 망설였다. 모르는 척 상황을 넘어갈까 생각했다. 하지만 상황이 나아지지 않을 것 같았다.

사실 별일은 아니었다. 남들도 하는 그런 일들이었다. 평소처럼 하교를 했고, 컴퓨터를 켰다. 즐겨찾기에 있는 사이트 목록을 보던 중 알림이 눈에 띄었다. 알림을 확인한 나는 얼굴이 뜨거웠다. 며칠 전 내가 쓴 댓글을 욕하는 댓글이 수십 개가 달렸다. 타자를 치기 위해 키보드를 잡은 순간 내가 뭐든지 할 수 있다는 생각이 들었다. 현실에서 이룰 수 없는 일을 인터넷을 통해 이뤘다. 학교에서 나를 욕하고 무시하던 사람들에게 받은 감정을 풀 수 있는 장소는 인터넷밖에 없었다. 나에게 박수를 쳐주거나 칭찬을 하는 사람들과 메신저를 주고받을 때 마음속에서 피어오르는 감정을 느꼈다. 그것이 동기라면 동기였다.

핸드폰을 켰다. 시간을 보니 오후 5시였다. 현관문을 열었어야 될 시간에 나는 파출소 입구 손잡이를 잡았다. 심장이 터질 것 같다. 심호흡을 한 뒤 문을 열었다. 업무 중이던 경찰관의 시선이 나로 향했다. 시선이 부담스러워 어깨가 움츠러들었다. 눈으로 주변을 살피고 있던 때 경찰이 다가왔다.

"무슨 일이십니까?"

어리둥절한 표정으로 대답했다.

"문자 받고 왔는데요."

b 경찰은 나를 쳐다봤다. 그때 의자 끄는 소리가 들렸다. 경찰 한 명이 자리에서 일어났다. 수염이 짙은 짧은 머리의 남성이었다. 경찰은 이현수 씨가 맞는지 물었다. 떨리는 마음으로 고개를 끄덕였다. 경찰은 내게 따라오라고 말했다. 따라가자, 작은 방에 도착했다. 천장 위에 시시티브이가 달려있고 온통 회색인 벽과 책상과 의자 두 개가 놓여있다. 경찰은 의자에 손 짓했다. 의자에 앉아 고개를 숙였다. 경찰은 내게 질문했다.

"이우고등학교 3학년 맞지?"

고개를 끄덕였다.

"티오란 닉네임으로 활동하고 있는 여성에게 적은 댓글 네가 한 거 맞지?"

잠깐 멈칫했다. 내가 한 행동을 인정하는 순간 돌이킬 수 없다고 생각했다. 고민하다 고개 를 끄덕였다.

"성관계를 하고 싶단 댓글을 왜 적었지?"

고개를 들었다. 내가 적은 댓글을 들은 순간 얼굴이 화끈거렸다. 어딘가로 도망치고 싶었다.

"생각이 짧았습니다. 아무 생각 없이 적었습니다. 정말 죄송합니다."

경찰은 나에게 사과하지 말라며 일어났다.

몇 가지 간단한 질문을 받은 나는 말이 입 밖으로 나오지 않았다. 생각지도 못한 상황이라 할 말이 없었기에 고개를 숙이고 있었다. 바닥을 보는 데 한숨 소리가 들렸다. 가만히 있으면 안 될 것 같은 마음에 입을 열었다. 간략히 댓글 적은 이유를 말하자 멀쩡히 생긴 학생이 왜 이런 짓을 했냐고 말하는 경찰관에 고개를 푹 숙였다. 나는 죄송하다고 말했다. 다행히 상대방이 용서해 주었기에, 큰일은 없을 거란 설명을 덧붙였다. 하지만 부모님께는 이미 연락을 했다고 했다. 나는 알겠다고 한 뒤 파출소에서 나와 집으로 갔다.

엄마에게서 문자 한 통이 왔다.

"너 미쳤니?"

문자가 온 지 30분이 지나서야 읽었다. 알림이 울렸을 때 엄마에게 온 문자일 거라고 생각했기에 일부러 확인하지 않았다. 문자를 읽고 잠시 고민했지만, 그냥 걷기로 했다. 노을이 지고 있는 하늘을 바라보았다. 밤이 되기 전에 집에 가야만 할 것 같았다. 집에 걸어가면서 한숨이 나왔다. 엄마가 지금 나한테서 어떤 감정을 느끼고 있을지, 내가 왜 그런 댓글을 달았는지 여러 생각들이 들어 머리가 복잡해졌다. 횡단보도 앞에 집이 보였다. 평소와는 달리 보이는 집 외관이었다. 무거운 다리를 이끌고 엘리베이터에 올랐다. 점점 불안해져 가는 마음에 심장이 아팠다. 심장이 너무 빨리 뛰어 숨을 쉬기가 힘들 정도였지만 계획을 짜야 했다. 엄마한테 뭐라고 말할지, 집에서 쫓겨나면 어떡해야 할지, 집에 몰래 들어갈 수는 없는지 생각해 봤지만, 마땅히 좋은 생각이 나지 않았다.

엘리베이터에서 내려 현관문 손잡이를 잡았을 때 도저히 열 수가 없었다. 손잡이를 잡았지만, 돌릴 용기는 나지 않았다. 마음속으로 준비를 하고 열어보려고 했지만, 용기가 나지 않았다. 계단에 올라가 고개를 숙이고 한숨을 계속 내쉬었다. 문득 창밖을 내다보니 어느새 하늘이 어두워져 있었다. 더 이상 시간을 지체해봤자 내게 있어 상황은 더 나빠질 뿐이라고 생각해 다시 손잡이를 잡았다. 눈을 감고 손잡이를 열었다. 문을 살짝 열고 고개를 내밀었다. 집은 어두웠고 아무런 소리도 들리지 않았다. 엄마가 잔다고 생각해서 마음이 조금이나마 편안해졌다. 발을 소리 나지 않게 밟고 내 방으로 향했다.

주방에 가보니 식탁에 메모가 남겨져 있었다.

- 배달시켜 먹어.

엄마가 있는 방을 바라보았다. 티브이 소리와 간간이 잔이 바닥에 닿는 소리가 들렸다. 또 술을 먹고 있을 터였다.

"왔니?"

엄마가 부르는 소리에 방문을 열었다. 침대 앞에 과자 한 봉지와 술병들이 보였다. 엄마는 말없이 나를 쳐다보았다.

"네 엄마."

나는 머뭇거리다 덧붙였다.

"오늘은 술 조금만 드세요."
"뭐?"
엄마는 술잔을 힘껏 내려놓았다. 큰 소리에 놀라 엄마를 쳐다봤다. 엄마의 달라진 눈빛을 느꼈다. 오늘도 엄마의 술주정으로부터 버텨야 한다는 사실을.

###

    엄마는 비웃음을 감추지 않았다. 피식거리면서 중얼거리는 소리가 들린다. 쓸모없는 놈, 모자란 놈. 고개를 끄덕이면서 나를 조롱했다. 사실 오래된 패턴이었다. 처음엔 엄마가 술을 마실 때마다 점점 걱정이 되기 시작했다. 그러나 이제는 아니었다. 얼굴이 붉어진 엄마는 자리에서 일어났다. 눈이 풀려 쌍꺼풀이 짙어진 엄마의 눈을 마주쳤을 때 이 자리에서 벗어날 수 없다고 느꼈다. 오늘은 어떻게 버텨야 할까.

###

    침대에 앉아 바지를 걷으니, 종아리에 새파란 멍이 들어있었다. 서랍에서 꺼낸 파스를 종아리에 붙이고 의자에 앉았다. 방 너머에서 소음이 들렸다. 이 정도로 끝난 게 다행이라는 생각이 들었다. 아침은 별일 없이 지나갔고, 오늘은 엄마의 심기를 건드리지만 않으면 되었다. 나는 텅 빈 의자를 바라보았다. 침대 옆 의자에 앉아 나의 모든 행동을 감시했다. 그곳에는 엄마의 시선이 있었다. 포스트잇에 적힌 할 일 목록 순서대로 수학 문제집을 펼쳤다. 어느새 해가 높게 떠 있었다. 수학 문제들이 점점 흐릿하게 보여 머리를 흔들었지만, 손에 힘이 들어가지 않았다. 종아리와 허벅지가 너무 아팠다. 귓가에 엄마의 목소리가 들리는 것 같다

"애비 닮아서 쓸모없는 놈. 앞으로 밥도 먹지 말고 공부해라."

엄마는 곧잘 나를 누군가와 비교했다. 그게 나보다 조금이라도 나은 사람이라면 그 누구도 상관없는 것 같았다. 내 눈앞에 손가락을 대고 모든 것과 비교하기 시작했다. 공부를 잘하는 사촌 형과 달리 성적이 좋지 않던 내가 마음에 들지 않았다. 나의 무엇이든 좋아해 주는 아빠가 나는 지금 필요했다. 휴대폰을 꺼내 전화를 걸었다. 잠시 신호가 가다가 연결이 되었다.

"여보세요?"

아빠의 목소리가 들렸다. 목소리를 듣자마자 그동안의 서러움이 터져 나왔다. 무슨 일 있는지 묻는 아빠에게, 뭐라 답하기가 어려웠다.

"무슨 일 있었어?"

굳게 닫은 입을 열었다.

"엄마랑 조금 다퉜어."

아빠는 잠시 말이 없었다. 아빠의 침묵이 불편했다.

"엄마랑 크게 싸운 건 아니야."

길어진 침묵을 깨고 아빠가 입을 열었다.

"엄마 요즘도 술 마셔?"

술이란 단어에 종아리가 쓰라렸다. 종아리에 든 멍이 자꾸만 떠올랐다. 아빠에게 할 말을 잠시 고민했다.

"마시긴 하는데 양이 많이 줄었어."

사실대로 말하기 겁났다. 아빠에게 걱정을 주기도 싫었다. 그냥 내 바람을 말했다. 아빠랑 통화하면서 엄마 얘기를 하고 싶진 않았다. 하더라도 좋았던 추억만을 가끔씩 꺼내곤 했다. 만일 이런 대화를 하는 걸 알면 아빠 목소리를 듣는 날은 영영 없다. 아빠의 목소리가 걱정스러워질수록 눈물이 났다.

"엄마랑 잘 지내고 있어. 어제는 같이 영화도 봤어."
한 번 거짓말을 뱉어내자 계속 나왔다.

"다행이네"

아빠가 말했다.

###

오래전, 어린이날이었다. 아빠는 나에게 다가와 물었다.

"갖고 싶은 거 있어?"

티브이에서 유행인 만화에서 나오는 로봇 장난감, 장난감 총이 떠올랐다. 어린이날은 일 년에 한 번인만큼 신중히 생각해야 했었다. 아빠는 천천히 생각해 보라며 씻을 준비를 했다. 마땅히 떠오르는 게 없었다. 아빠 손을 잡고 마트로 걸어갔다. 가는 길은 사람들로 붐볐다. 한 손에 장난감이 들고 부모와 걷는 아이. 할아버지와 걷는 여자아이가 보였다. 모두 가족과 함께 있었다. 아빠는 장난감 코너에 도착해 말했다.

"사고 싶은 거 있으면 말해. 아빠가 사줄게."

장난감 코너를 둘러봤다. 진열돼 있는 수많은 장난감에 기분이 좋아졌다. 그중 모래성 쌓 기 세트가 눈에 들어왔다. 점토처럼 잘 뭉쳐지는 모래와 모양 틀이 들어있었다. 아빠는 어느 새 내 옆에 앉아 있었다.

"이게 마음에 드는구나."

고개를 끄덕였다. 나는 모래성 쌓기 세트를 두 손으로 안았다. 해맑게 웃고 있는 나를 보며 아빠가 말했다.

"이게 마음에 든 이유가 있어?"
"바닷가를 가지 않아도 엄마 아빠랑 모래성을 쌓을 수 있잖아요."

집에 도착하자 방에 들어갔다. 엄마한테 자랑하기 위해 모래성 쌓기 세트를 숨겼다. 창밖은 해가 지고 있었다. 피로감 탓인지 눈이 감겼다. 졸음에 못 이겨 잠들었다. 큰 소리가 들려 눈을 떴다. 방문 밖에서 엄마 목소리가 들렸다. 엄마에게 자랑하기 위해 들고 나갔다. 아빠는 나에게 방에서 나오지 말라고 소리쳤다. 엄마는 아빠에게 소리치고 있었다.

"너 엄마가 아들이 저렇게 된 게 나 때문이래."

엄마는 나를 쳐다봤다. 눈물을 흘리고 있었다. 아빠는 엄마한테 말했다.

"지금 그게 애 앞에서 할 소리야?"

엄마는 계속 나를 쳐다봤다. 갑작스러운 상황에 겁이 났다. 아빠는 문을 닫았다.

문밖에서 소리가 들렸다. 엄마는 계속해서 욕을 했다. 너 같은 거랑 결혼하는 게 아니었다, 너랑 살면서 행복했던 적이 없다, 왜 내가 이렇게 살아야 하느냐, 등의 소리가 들려왔다.

아빠 역시 소리쳤다. 아빠의 눈빛은 낯설었다. 분노와 슬픔이 공존하는 듯했다. 여전히 엄마는 아빠에게 욕을 하고 있었다. 잠시 후 현관문이 닫히는 소리가 들렸다. 방문을 살짝 열어보지 않은 게 후회였다. 만약 그때 방문을 열고 아빠가 없다는 것을 확인했다면, 아빠를 찾아나갔다면 상황이 달라져 있었을까. 아침에 일어나면 모든 게 원상태로 돌아와 있을 줄 알았다. 하지만 잠에서 깼을 때 엄마는 베란다에서 담배를 피우고 있었고 아빠는 보이지 않았다.

아빠와의 전화를 막 끊었을 때, 등 뒤에서 문이 열리는 소리가 들렸다. 엄마는 싸늘한 표정으로 나를 노려보고 있었다. 엄마한테 공부를 열심히 하겠다고 말했지만 내 말이 거슬렸는지 방에서 나갔다. 엄마가 방에서 나가자 경직돼 있던 몸이 풀림과 동시에 걱정이 몰려왔다. 엄마가 왜 방에서 나간 걸까 오늘은 이렇게 끝인 걸까. 희미하게 현관문이 닫히는 소리가 들렸다. 조심스럽게 밖으로 나갔다. 고요한 현관이 나를 반겼다. 식탁엔 만 원 두 장이 놓여있었다. 재떨이에 담배꽁초들이 즐비했다. 오늘 아예 들어오지 않거나, 새벽 늦게 들어온다는 의미였다.

###

열린 창문 틈으로 차가운 공기가 소매에 스며들었다. 인터넷 방송 목록을 보다 중학생처럼 보이는 학생 방에 시청자가 많은 게 보였다. 나보다 어린놈이 돈을 많이 벌고 유명한 거에 짜증이 났다. 순간 경찰관의 경고가 떠올랐지만 이미 손으로 키보드 타자를 치고 있었다. 욕하는 댓글을 달자 순식간에 나를 욕하는 댓글들이 달렸다. 댓글들을 보자 손에 주먹이 쥐어졌다. 짜증이 치밀어 오르고 나에게 욕한 사람들을 가만두고 싶지 않았다. 지속되는 댓글들에 책상을 오른손 주먹으로 내리쳤다. 눈이 아플 정도로 열이 올라 댓글을 달았다. 키보드로 타자를 계속 치다 액체가 느껴졌다. 시선을 모니터에서 떼 밑으로 향하니 키보드에 피가 묻어 있었다. 붉은 액체를 보자 손에 힘이 들어갔다. 내게 조롱을 하고 내 인생까지 평가하는 놈들은 뭐가 그리 잘난 걸까. 고개를 숙이고 배에 있는 공기를 밖으로 뱉었다. 전봇대 줄에 앉은 새들이 날아갈 정도로 질렀다. 머리카락을 손으로 잡고 잡아당기고 있던 중 초인종이 울렸다. 현관문을 열자 큰 덩치의 피자 배달원이 피자를 건넸다. 왼손으로 2만 원을 건넨 뒤 피자를 들고 주방 의자에 앉았다.

엄마의 방이 궁금했다. 아빠가 집을 나간 이후 엄마 방을 들어간 본 적은 없었다. 하루하루를 알코올에 의존해 살아가는 엄마는 피폐해졌다. 그런 엄마의 방에서는 술 냄새가 진동을 했고 가기 두려웠다. 아빠를 저주하는 말이 써져 있을 것 같았고, 술병이 바닥에 가득할 것 같았다. 하지만 이대로 살아갈 수는 없었다. 창밖에 고개를 내밀고 주차장을 살폈다. 엄마의 회색 소나타는 보이지 않았다. 조심스럽게 엄마 방문을 열었다. 열자마자 진동하는 알코올 냄새에 코를 막았다. 엄마 방은 지저분했다. 예상대로였다. 립스틱과 다른 화장품이 어지럽게 놓여 있는 화장대, 구겨진 이불이 보였다. 바닥에 무언가가 놓여 있었다. 술이 살짝 묻은 앨범이었다. 가족 앨범이라고 쓰어 있었다. 종이를 넘겼다. 여행 가서 찍은 사진들이 붙어 있다. 사진 속 우리는 카메라를 향해 미소 짓고 있다. 어릴 적 보던 아빠의 얼굴이었다. 이때 아빠의 미소는 여전히, 평소 나에게 짓던 표정과 똑같았다. 엄마의 미소는 낯설었다. 활짝 웃고 있는 엄마의 표정은 본 적 없는 얼굴이었다. 몇 년 동안 한 번도 본 적 없는 미소는 다른 사람이라고 느껴질 정도였다. 앨범을 덮었다. 엄마의 미소가 자꾸만 떠올랐다. 다른 사람이구나. 생각했다. 마음속에서 오래도록 지켜온 무엇인가가 허물어지는 느낌이었다.

오래전부터 미뤄온 결정이 쉬워지는 느낌이었다. 더 이상 가족이 아닌 사람과 살 수 없다고 생각했다. 아빠에게 전화를 걸었다. 신호음이 울리다, 아빠의 목소리가 들렸다.

"여보세요?"

나는 숨을 골랐다. 인터넷뿐만 아니라 이곳에서도 솔직해지고 싶었다. 나는 여기가 싫다. 하지만 쉽게 입이 떨어지지 않았다. 여보세요, 여보세요? 하는 소리가 몇 번 들리다가 이내 조용해졌다. 나의 말을 기다리고 있는 것 같았다. 한마디, 이 한마디면 되었다. 그러면 진짜 변할 수 있었다. 전화기를 쥔 손에 힘이 들어갔다.

숨을 깊게 들이쉬고, 마침내

"아빠, 와주세요"

말했다.

동상

부모(父母)

이 주 원
(경기 심원고등학교 2학년)

피곤하다.

어쩐지 우중충한 하늘을 내다보며 그녀는 생각했다. 이윽고 고개를 돌려 시계를 보니 1을 가리키고 있는 시침과 분침. 점심시간이었다.

그녀는 오른손으로 배를 몇 번 쓸어내리고는 툭 내뱉었다.

"안 먹어도 되겠다."

그 말에 옆에 앉아 있던 친구들이 놀라 오늘의 급식을 줄줄이 말한다. 뭐가 나오든 안 먹을 건데. 그녀는 속으로 그리 생각하며 그들을 진정시켰다.

그들은 시무룩한 표정을 짓더니 이내 웃음꽃을 피워가며 다시금 이야기를 이어갔다.

그녀는 고개를 돌려 다시 창밖을 내다봤다. 변함없는 풍경.

그녀는 다리에 힘을 주어 땅을 박차 의자를 뒤로 밀고는 허리를 천천히 굽혔다. 지난주에 그 일로 하여금 아직도 허리가 욱신거렸지만, 이 정도 굽히는 건 가능하다.

창문 사이로 반쯤 보이는 짙은 먹구름을 바라보며 그녀는 살며시 눈을 감았다.

.

.

.

땡동댕동―

"야, 야 나가자."

"빨리 체육관으로, 니들도 올 거지?"

"어어. 갈 게 먼저 가 있어."

"빨리 와라."

스무 명 채 되지 않은 교실에서, 절반이 넘는 남자애들 중 대부분이 동시에 교실을 빠져나가면 어떤 일이 일어날까.

그 해답은 여기 있다.

수업이 끝나기 직전까지 고요했던 그들은 종소리에 사람이 역변이라도 한 듯 동시다발적으로 튀어 나갔다.

그리고 이러한 움직임은 자고 있던 이들에게 있어 마른하늘에 날벼락 그 이상.

그렇기에 그녀가 일어나는 건 어쩌면 당연한 수순이었다.

그녀는 지끈거리는 이마를 지압해 가며 중얼거렸다.

"무슨 파블로프의 개도 아니고…."

그녀는 시계를 보았다.

3:52

어? 1교시가 아니라 2교시까지 지나버렸네.

그녀는 벙찐 표정을 지으며 한편으로는 당혹, 다른 한편으로는 만족감을 느끼며 남은 1교시를 기다렸다.

수업 2개를 놓치긴 했어도 그게 뭐 대수인가. 집에서 들으면 된다. 애초에 별 도움 되는 수업도 아니고.

그녀는 다시금 눈을 감았다. 앞으로 1교시. 이제 곧 집이다….

.

.

.

땡동댕동—

"모두 수고 많았고 그럼 내일 보자."

"네!"

선생은 출석부로 교탁을 두어 번 치고 교실을 나왔다. 그녀와 여타 아이들 또한 가방을 멘 채 교실을 빠져나왔다.

교실에서 나온 이들은, 서로 웃고 떠들며 무얼 할지 의논하는 이들이 있다 함은, 말없이 계 단을 내려가는 이들 또한 있었다.

그녀는 명백히 후자에 속했다.

근래 들어 몸 상태가 말이 아니다. 자꾸 피곤하고 식욕도 준 것 같다.

증상과 지난주 그 일을 생각하면 추측되는 무언가가 있긴 했지만, 그럴 리는 없을 거다. 제 대로 끼고 했으니까.

푹 자면 나을 것이다.

이땐 이 생각뿐이었다.

.

.

．

시간이 흘렀다. 무려 한 달이라는.

중간고사까지는 앞으로 2주. 3학년 들어 첫 시험이기에 집중을 해야 할 시기인데….

생리가 터지지 않는다. 지난 생리는 분명 한 달 하고도 닷새 전에 터졌다. 터지려면 진작
터져야 한다.

가슴 한켠에 두려움이 차오른다. 설마. 그녀는 떨리는 손가락을 입에 갖다 댔다.

아득

아닐 거다. 아니, 아니어야 한다.

그녀는 수업이 끝나고 조퇴를 했다. 사유는 생리였다.

．

．

．

딸랑

"감사합니다."

그녀는 손에 든 봉투를 바라봤다. 불투명한 푸른 봉투에는 각가지 감기약과 더불어 임테기가 들어 있었다.

아니어야 한다.

그녀는 곧바로 집을 향해 발걸음을 뗐다. 초조하면서도 망설임 가득한 그런 발걸음을.

．

．

．

"… 다녀왔습니다."

중문을 열고 들어가자 돌아오는 건 침묵뿐. 역시 아무도 없다. 엄마 아빠 둘 다 오기까지 아직 한참 남았을 테니….

　그녀는 옷을 아무렇게나 벗어 던지고는 봉투에서 임테기를 꺼내 들었다. 빨리 끝내자. 어차피 아닐 텐데. 그녀는 바닥을 끌며 화장실로 들어섰다.

　어차피 아닐 테니까…?

　그녀는 부르르 손을 떨며 핸드폰 타자를 두드렸다. 검색된 결과는 임테기 양성.

　그녀는 맨 위로 올라와 있는 이미지를 띄워 자신에 손에 들려 있는 그것과 대조해 가며 고개를 내저었다.

　아니어야 하는데?

　그녀는 다시금 그것을 보았다.

　다시 핸드폰을 보았다.

　그것을 보았다.

핸드폰을 보았다.

"아… 아….."

벌어지는 입으로 나오는 건 허망한 침음성뿐.

잘못 봤나 싶으면 들어오는 선명하고도 잔인하고도 붉은 두 개의 실선.

그녀는 쥐고 있던 임테기를 떨어뜨린 후, 조심스레 배를 쓰다듬었다.

나왔나?

그녀는 스르르 주먹을 쥐었다. 그러고는

"윽—!"

배를 내리쳤다.

한 번.

두 번.

세 번.

통증이 가중된다.

아파. 아파….

그녀는 꽉 말아 쥔 주먹을 풀었다.

그러자 손바닥은 하얗게 질려 있었고, 그 위로 손톱자국이 깊게 남아 있었다.

대체 얼마나 세게 쥔 거야….

그녀는 헛웃음을 흘렸다.

그렇게 그녀가 변기에서 일어나려는 순간 벽에 걸려 있던 커다란 거울이 그녀의 모습을 비췄다.

"아…."

그녀는 직후 화장실을 뛰쳐나와 방으로 들어갔다. 불을 끄고 침대에 누웠다.

오전 11시 그녀는 오지 않을 잠을 청했다.

그녀의 뺨을 미적지근한 체온이 적셨다.

.

.

.

"… 몇 시지."

그녀는 이불 속에서 몸을 뒤척여 가며 핸드폰을 집어 들었다.

2:00

오래도 잤네.

배는 뭐가 그리 급한지 계속해서 울려댄다.

그녀는 이불을 걷어내고 포근한 침대에서 등을 뗐다. 그러고는 배를 한 번 쓸어내렸다.

뭐든 먹어야겠지.

그녀는 주방으로 들어섰다. 주방 불이 꺼져 있었지만, 아직 낮이라 그런가? 꽤나 밝다.

먹을거리를 찾으러 더 들어가니 엄마가 어제저녁으로 먹었던 된장찌개가 보인다. 그것은 가스레인지 위에서 은은한 냄새를 흘리고 있었다.

그녀는 된장찌개를 지나쳐 그 옆에 있는 빈 냄비를 들었다.

그러고는 냄비를 든 채 냄새를 맡더니 이내 고개를 주억거리며 냄비를 정수기에 갖다 댔다.

띠링

정수기는 맑은소리를 들려주곤 미지근한 물을 흘려보냈다.

500㎖라는 적지도 많지도 않은 양의 물을 담은 냄비는 그녀의 손길에 따라 가스레인지 위에 안착됐다.

그녀는 곧바로 물을 끓이기 시작하려다… 가 멈췄다.

그녀는 담아 뒀던 물을 전부 싱크대에 흘려보낸 후, 흰 서랍에서 팔을 뻗어가며 무언가를 찾았다.

그것은 죽이었다. 전복죽.

그녀는 인스턴트 죽을 가위로 뜯고 비어진 냄비에 천천히 따랐다. 물로 가득 찼던 냄비가 이제는 죽으로 가득 채워졌다.

그녀는 가스레인지 불을 천천히 올려 죽을 끓였다. 중불로 끓여진 죽은 주방 전체를 은은한 전복죽 향으로 뒤덮었다.

그녀는 적당히 큰 그릇을 꺼내 죽을 옮겨 담았다. 그러고는 숟가락을 챙겨 식탁으로 향했다.

식탁에서 대충 자리를 잡은 그녀는 죽을 떠먹었다.

한 숟갈.

두 숟갈.

좀 짜네.
오랜만에 먹어본 죽은 꽤 짭짤해져 있었다.

．

．

．

조금은 짭짤한 죽을 다 먹고 나니 눈길이 아래로 향했다. 정확히는 배 쪽으로.

그녀는 소파에 주저앉아 TV를 틀었다. 시각은 오후 3시. 저녁이라기엔 아직 이른 시간인지라 TV는 웬 다큐멘터리나 주야장천 방영하고 있었다.

그녀는 아무 채널이나 돌린 후, 몇 번이고 자신의 배를 쓰다듬었다.

이 안에 아기가….

몇 번이고, 한참 동안.

어느새 다큐멘터리에서 흘러나오는 잔잔한 나레이션이 더 이상 들리지 않고, 한 남성과 여성이 옷을 판매하며 까랑까랑한 목소리로 떠들어 대고 있었다.
언제 끝났지…. 그녀는 TV를 껐다. 까랑까랑한 목소리가 더는 들리지 않았다. 거실은 금세 적막에 휩싸였다.

그러나 이 적막은 그리 오래가지 못하였다.

　　띠리릭

전자 도어락 특유의 그 소리가 그녀를 놀라게 한다.

누구지? 엄마 아빠 둘 다 오려면 한참은 남았는데. 그 외에 올 사람은 없고.

그런 그녀의 예상이 무색하게 문을 열고 들어온 이는 한 여인, 그녀의 엄마였다.

여인은 소파에 앉아 있는 그녀를 발견하니 이내 한달음 그녀에게 다가갔다.

"몸은 좀 괜찮아?"

통상적인 말투. 그러나 그런 여인의 물음에는 짙은 걱정이 묻어 나온다.

"… 어. 괜찮아…."

그녀는 어째선가 여인의 얼굴을 마주 볼 수 없었다.

"다행이네. 생리대는 잘 찼고?"

다시 한번 돌아오는 여인의 물음. 그녀는 답했다.

"당연하지. 내가 무슨 애도 아니고."

그녀의 답이 재밌었는지 여인은 소리 내어 웃었다.

"하하. 그치, 우리 딸 이제 애 아니지."

여인은 그렇게 말하더니 갑작스레 무릎을 굽혔다.

그녀와 여인의 얼굴이 마주했다.

엄마는 걱정스러운 표정을 짓고 있었다.

"근데 왜 이렇게 얼굴 보기가 힘들어. 딸."

그녀는 반사적으로 고개를 돌렸다.
"세희야 고민이 있으면 엄마한테 말해도 돼. 엄마가 다 들어줄게. 참고만 있으면 세희도 아프고 엄마도 아파."
엄마는 옅은 눈웃음을 그리며 나를 바라봤다. 이윽고 다시 말을 이었다.

"굳이 지금 말 안 해도 되니까 많이 힘들면 꼭 말해 줘. 엄마도 아빠도 세희 얘기라면 언제든 환영이야. 알겠지?"

그녀는 아무런 답도 하지 않았다. 아니 할 수 없었다. 자식이 19살에 아기가 생겼다는 말을 부모로서 어떻게 그저 고민거리로 받아들일 수 있겠는가.

그녀는 두려웠다. 이 아기가 태어나는 것도. 이리도 따뜻하게 자신을 바라보는 엄마가 이 아기에 의해 충격받을 것도. 19살에 부모라는 꼬리표를 달게 될 그녀 자신조차도.

두려웠고 또 두려웠다. 그렇기에 비로소 그녀는 입을 열었다.

"… 말할 게 하나 있어."

누구도 믿지 못해 아무 말 하지 않고 두려움에 목이 졸릴 바에, 지금까지 등을 기대게 해주었던 그들에게 말을 하기로.

.

.

.

30분. 그녀가 여인에게 모든 걸 토로한 시간이다.

그녀의 이야기가 진행될수록 여인의 얼굴은 빈말로도 좋아 보이지는 않았음에도 여인은 그녀의 이야기를 결코 끊지 않았다.

그렇게 그녀의 이야기가 끝이 나고 숨 막힐 듯한 정적이 이어지는 가운데, 여인이 입을 열었다.

"… 이제 1개월 차야?"

떨리는 목소리와 한층 수척해진 표정이 여인의 마음을 대변했다. 그녀는 다시 한번 여인의 얼굴을 마주 볼 수 없었다.

"… 응."

다시 찾아온 정적. 여인은 깊게 고민하다 그녀에게 물었다.

"세희는 어떻게 하고 싶어?"

여인의 물음에 그녀의 시선이 아래로 향했다. 그녀는 별로 나오지도 않은 배를 쓰다듬으며 답했다.

"… 처음에는 아예 낳지 않으려고 했는데… 지금은 모르겠어… 그치만."

그녀는 오늘 들어 처음으로 여인의 얼굴을 똑바로 마주했다.

"이 아기가 나 때문에 빛도 못 본 채로 죽도록 내버려 두긴 싫어. 그러니까. 그러니까 일단은 낳아볼래. 낳아보고 기를지 보육원에 맡길지 생각해 보고 싶어…."

안 돼? 그녀는 마지막 말을 의도적으로 삼켰다.

부끄러웠으니까. 창피했으니까. 마치 사고를 치고 투정 부리며 엄마에게 해결을 바라는 아이 같았기에.

왜인지 그녀의 얼굴이 뜨거워졌다.

여인은 그런 그녀를 바라보며 씁쓸히 미소 지었다.

"알겠어. 이 일은 엄마가 아빠한테 잘 말해둘게. 말해줘서 고마워 세희야."

여인은 말이 끝난 직후 팔을 뻗어 그녀를 안았다. 여인의 품에 들어온 그녀는 몇 번이고 울먹임을 반복한 끝에 목 놓아 울음을 터트렸다.

그녀의 눈물이 여인의 왼쪽 어깨를 적셨다. 그럴수록 여인은 그녀를 더 세게 안았다.

영 리(影 李)

박 예 담
(드리미학교(고) 3학년)

원래는 해녀가 있었다. 스쿠버 다이버와 다르게 산소통 하나 매지 않고 바다를 자유롭게 헤엄치며 해산물을 수확하는, 그런 직업이 있었다. 하지만 이 직업의 대(代)가 이어지기에 인류는 너무 약했다.

영 리의 증조할머니는 '해녀'였다. 그녀의 증조할머니는 밀레니엄 베이비로 태어나 그 시절에도 저의 세대에는 흔치 않았던 직업인 해녀라는 직업을 택했다고 한다. 영 리는 유독 자신을 예뻐했던 증조할머니와 어린 시절을 같이 보냈고, 그때 증조할머니의 이야기를 많이 들을 수 있었다. 80여 년 전에는 산소통과 특수복 없이도 바다에 마음껏 들어가 '전복'이라는 해산물을 캘 수 있었다고. 그런 꿈같은 이야기들을 들었다. 증조할머니는 그때의 바다는 푸른빛이었고 태양 빛을 받은 아름다운 잔물결들은 지금의 시커먼 폭풍이 치는 바다와는 달랐다고 말했다. 어린 영 리는 그 이야기들을 들을 때마다 눈을 반짝이며 자신도 커서 해녀가 될 것이라고 소리치곤 했었다.

그로부터 십여 년 후, 21세기의 마지막 해, 드림시티 정부는 스쿠버 다이버를 모집한다.

- RY-sd 170 이륙합니다. 이륙합니다.
- DP-ek 140 이륙합니다. 이륙합니다.

두 대의 비행 잠수함의 이륙을 알리는 날카롭고 비장한 안내음이 무전기를 타고 들려오자, 영 리는 마음을 다잡고 컨트롤 패널로 시선을 돌렸다. 잡생각 따위를 할 시간은 없었기 때문이었다. 그들은 일주일 동안 인류의 공포의 대상인 바닷속에서 생존해야 했고, 일정은 빼곡히 차 있었다. 우선 처음 이틀은 그들의 목적지인 북극해 한가운데 부근 지름 100km 정도를 잠수함을 타고 이상 물질이나 생명이 있는지 탐색한 후, 셋째 날부터 여섯째 날까지는 직접 바닷속에 들어가 피부로 바닷물을 느끼며 — 물론 특수복을 입고 — 하루에 사람마다 약 지름 5km 정도 범위의 특이 사항을 기록하고 영상을 찍으며 탐구해야 했다. 생명의 위협이 도사리고 있을 것이며 지금까지의 훈련과는 차원이 다를, 무서운 실전이었다. 나는 귀를 둥둥 울리는 심장 박동 소리를 느끼며 줄리와의 약속을 상기시켰다.

오랫동안 그려왔던 날이잖아. 그토록 그리던 바다야. 딴생각 하지 말자.

머릿속을 잠식하는 생각들을 접어두고 마주한 시커먼 바다는 어릴 적 꿈꾸던 푸른 바다와는 다른 것이었다. 중력이라는 것을 모르고 높이 솟구치는 파도와 몇백 미터 밖에서도 어렵지 않게 볼 수 있는 폭풍들이 모든 것들을 잡아먹을 것만 같았다. 하지만 그런 부가적인 것들은 스쳐 지나가는 듯. 인생에 걸쳐 그려왔던 새로운 세계, 그곳에 지금 뛰어든다는 사실에 생각이 미치자, 흥분을 주체할 수 없었다. 영 리는 심장 부근에 손을 대고 깊은숨을 내쉬었다. 깊은 곳에서부터 끓어오르는 기대감과 환희가 찢겨 폭죽처럼 터지는 것을 느끼며. 영 리는 아직 안정되지 않은 기체 안에서, 착석하고 있었던 좌석의 벨트를 풀고 창 가까이로 다가갔다. 그녀는 창 가까이에 서서 비행 잠수함의 강화유리 창 너머를 바라보았다. 규정에 어긋나는 행동이었지만, 난기류는 없었다.

한껏 들뜬 마음을 붙잡고 영 리는 본부에 정상 착륙 신호를 보냈다.

DP-ek 140 정상 착륙. 정상 착륙. 1분 이내에 해저 100m가량까지 잠수할 예정입니다.

DP 호에 타고 있는 영 리를 제외한 다른 네 명의 팀원도 벌써 각 자리에서 레이더를 작동시킬 준비 중이었다. 영 리는 팀원들이 앉아있었던 주황색 의피로 된 좌석을 몇 초간 바라보다가 그녀가 있어야 할 자리로 향했다. 또 다른 한 대의 잠수함도 그들과 12km 정도 떨어진 곳에 정상 착륙했다는 신호를 받자마자 그들은 매뉴얼을 따라 주어진 일을 시작했고, 바쁜 일정은 이틀간 묵묵히 이루어져 나갔다.

2일 차까지는 별 탈 없이 수월한 작업의 반복이었다. 해양생물의 멸종을 예상한 몇몇 학자의 의견들과는 다르게 의무 교육 시설에서 공부한 해양 동물과 유사하게 생긴 생명체들을 발견한 것 외에는 별다른 위험이 없다고 판단되자 우리는 곧바로 다음 계획을 실행했고 특수복을 입고 바다에 직접 뛰어들었다. 차고 힘겨운 육체노동이었지만 훈련대로 열심히 영상을 찍고 3km 지점마다, 수심 별로 물을 채취했다.

영 리는 그저 내가 지금 바닷속에 존재해서 물을 휘젓고 다닌다는 것에 감격할 뿐이었다. 꼭 그녀의 증조할머니가 80여 년 전 해녀복을 입고 바다에 존재했던 것과 같이. 그래서 벅차올랐고 또한 동시에 그녀는 슬퍼했다. 1세기도 지나지 않은 기간 동안 지구가 겪은 수많은 일과 엄청난 변화는 그녀에게서 바다처럼 짠 눈물이 흘러나오게 만들었다. 영 리는 바닷물 맛을 볼 수 없었고, 잠수복을 입고 있었기에 그녀의 눈물이 바닷물과 섞일 일은 없었지만 둘의 염도가 비슷할 것이라는 걸 알 수 있었다.

***

2020년 전 지구를 강타한 바이러스 이후 세 차례의 더 강하고 질긴 바이러스를 겪으며 인류의 숫자는 크게 줄어들었고 환경은 파괴되었다. 하지만 기술이 발전하면서 초소형 무선 이 어폰 하나로 인류의 언어의 장벽이 무너지고, 비행 자동차 또한 보편화되면서 인류는 환경이 파괴된 지구에서 위기를 탈출할 방책을 세울 수 있었다. 급격하게 상승한 해수면, 오염된 토지와 공기를 피해 인류는 공중으로 향했고 '드림시티'라는 하나의 거대한 공중 도시를 세웠다.

농산물은 새로운 종을 지속적으로 개발하면서 적당한 환경을 유지할 수 있는 최첨단 온실에서 재배가 가능했다. 인류와 같이 가축들 또한 개체수가 많이 줄어들어 실험관에서 배양한 세포조직과 곤충으로 새로운 단백질 식량을 만들어 냈다. 또 지상의 오염된 물은 마실 수 없을 정도로 파괴되었기에 식수는 바다 심층 부분에서 호스로 끌어들여 정화한 후 마실 수 있었다. 인류에게 부족한 것은 그저 해산물 정도밖에 없었다. 북극의 빙하가 거의 전부 녹으면서 해일과 폭풍은 감당할 수 없을 만큼 심해졌고 모든 것을 삼킨 시커먼 바닷물은 인류에게 공포였다. 바다의 파도는 하늘 위를 달리는 비행 자동차도 쉽게 잡을 만큼 무서운 존재였다.

1년에 사용할 수 있는 복잡한 정화 과정을 거친 바닷물과 빗물의 양은 한정되어 있었기에, 수영장과 같은 사치 시설은 드림시티에서 최고층 사람들만 누릴 수 있는 곳이었다. 하지만 그 수영을 할 수 있는 최고층 사람들은 당연히 무서운 바다에 뛰어들기를 꺼려했고 이에 정부는 파격적인 조건을 내세웠다. 최종 선발에 뽑히는 12명에게는 5,000데나리온을 지급한다는 것이었다.

사람들은 의아해했다. 아무리 바다가 무섭다고 하더라도 도대체 그 밑에서 무슨 일을 하기에 5,000데나리온이나 받을 수 있는지. 시커먼 바다의 공포를 체험해 보지 못한 젊은이들은 그렇게 생각했다. 때문에 드림시티 내에서도 최상위 계층의 발밑에서 비극적인 삶을 살고 있던 수많은 사람이 너도 나도 바다로 떠나겠다며 지원했다.

증조할머니의 이야기로부터 비롯된 호기심은 감추어 와야 했던, 그리고 평생을 공중에서 나고 자란 영 리는 기억이 나지 않을 정도로 오래전부터 가지고 있었던 '해녀'에 대한 가망 없었던 꿈을 다시 품고 모집에 지원했다. 그중 영 리처럼 지원 목적이 보상금이 아닌 사람은 극히 적었다.

수영이 가능한 사람이 우선순위로 선발되었고 형식적인 보여주기식 면접들이 몇 차례 더 이어졌다. 영 리는 초점 없는 눈을 가진 사람들 사이에서 그녀만의 뜻을 마음에 품었고, 운이 좋게도 최종 선발 인원에 들었다.

최종 선발된 여자 다섯 명, 남자 일곱 명 중 수영을 전문적으로 배운 경험이 있는 사람은 단 두 명뿐이었다. 그들은 당연케도 상위 계층의 사람들이었다. 남자들보다도 키가 한 뼘은 더 큰 주황 머리 여자와 다부진 체격에 날카로운 인상을 가진 짧은 머리의 남자, 줄리와 노아였다. 그들은 모든 시험 과정에서 단연 눈에 띄었다. 목적도 제대로 밝히지 않은 스쿠버 다이버 모집에 왜 고고한 상류층 사람이 지원했는지에 대한 의문을 품기도 잠시, 휘몰아쳐 오는 바쁜 일정에 사람들은 제대로 정신을 차리기도 버거웠다.

새벽 기상에 기초 체력 증진 활동과 수영, 잠수 훈련을 해야 했고 잠수함 조작 방법도 매우 체계적으로 배웠다. 잠수 훈련을 할 때마다 정화된 물이 아닌 정체 모를 끈적한 액체 속에서 잠수복을 입고 버티는 것은 육체적으로나 정신적으로나 여간 힘든 일이 아니었으며 폐수로 인한 바다의 오염물질 부작용을 대비하기 위해 정기적으로 하얗고 쓴 알약도 먹었다. 약을 먹을 때마다 영 리의 몸은 겪어보지 못한 독한 화학 물질에 대한 거부 반응을 일으켰다. 어지럼증과 생리불순은 매달 찾아왔고, 그곳에 있는 여자들 모두 같은 증상을 겪었다. 하지만 그들은 바다로 뛰어들 그날을 고대하며 참았다.

영 리는 자연스레 고된 훈련을 같이하며 살을 맞대고 생활한 동료들과 가까워지게 됐다.

그중에서도 특별히 처음부터 수영을 할 수 있었던 또래 여자, 줄리와 같은 꿈을 공유하면서 뜻을 함께하게 되었다. 꼭 같이 바다를 탐험하며 함께하자고 말이다. 영 리가 줄리에게 왜 스쿠버 다이버 모집에 지원했는지를 물었을 때, 줄리는 그녀와 같이 어릴 적부터 바다에 뛰어들어 자유롭게 헤엄치기를 갈망하며 목말라 있었다고 했다.

영 리는 줄곧 즐겁게 증조할머니의 바다에 관해서 설명하곤 했다. 몸을 억누르지만, 해방감을 주는 차가운 물방울들과 물 안에 존재한 생생한 생명체들에 관하여, 내가 경험하지 못한 사실들을 뽐내듯 말했었다.

줄리는 또한 이렇게 말했다.

"여기는 깨끗하지 않은 것 같아, 너의 생각보다."

의도도, 이유도 모를 말을 영 리는 그저 그녀의 힘든 훈련에 대한 투정 또는 의미 없는 혼잣말 정도로 받아들이고 말았다.

줄리는 한 번도 의미 없는 낙서가 그려진 적 없는 도화지 같았다.

그녀는 드림시티 건설을 추진한 건설 회사 중 지분이 큰 대기업 집안의 여자로 태어나 공중 도시 안에서도 누릴 수 있는 최고의 것들을 누리고 항상 특권을 지니며 살아왔다고 했다. 드림 시티의 모든 요소를 제한 없이 즐길 수 있었으며 누구의 눈치도 보지 않고 구김 없이 자랄 수 있었다. 다수의 평판을 신경 쓰지만 모든 상황에서 그렇게 행동하지만은 않는 안하무인의 군림자들, 그들이 바로 줄리의 곁에서 그녀를 지키는 어른들이었다. 하지만 그녀는 자신의 보호막을 이해할 수 없었다. 머리와 마음으로 옳다고 여기는 일들을 말로만 이야기하며 그에 반대하는 악행을 일삼는 선하지 못한 어른들을 받아들이기 힘들었다. 태어나기를 그랬다. 자신이 태어나기 전 많은 사람의 눈물과 척추 뼈로 올라선 이 자리를 견디기 어려워했다.

그렇게 그녀는 프로젝트에 참여하게 되었다고 했다. 모두의 반대에도 불구하고, 프로젝트에 참여한 이유가 마음의 짐을 덜고 싶어서 인지는 영 리가 추측할 수 없는 부분이었다.

***

"영은 모르고 있지, 프로젝트의 진짜 목적을."

그가 말했다.

"갑자기 무슨 소리야? 알고 있는 사람은 너와 나, 두 사람밖에 없어."

그녀가 말했다.

"그래, 알고 있어. 내가 너에게 지금 왜 이런 질문을 한 거지? 모르겠어. 아무것도, 이게 맞는 일인가 싶어."

"…."

남자는 눈앞의 상대가 말이 없자 조금 전보다 어딘가 기분이 좋아 보이는, 조금 신이 나 보이기까지 하는 얼굴이 되었다가, 이를 여자가 눈치채기라도 할까 서둘러 다시 표정을 가다듬었다. 찰나였던 순간을 여자는 알아채지 못한 듯싶었다.

"노아, 이건 불의해. 해양도시는…."

"소리 낮춰, 누가 들을라."

여자가 침묵 끝에 입을 열었지만 남자는 당황한 얼굴로, 슬픈 얼굴로 말을 막을 뿐이었다.

***

평소와 같이 고된 훈련을 마친 어느 날, 본부의 로비에서 동료들과 곧 있을 탐사에 대한 기대와 걱정을 나누며 담화를 하고 있던 영 리는 익숙한 목소리와 함께 떨리는 익숙지 않은 높은 목소리를 따라 제2연구실로 향했다. 줄리가 인시드 프로젝트의 총괄 담당자에게 언성을 높여 따져들고 있었다. 영 리에게 그는 어딘가 거부감이 들었지만, 평판은 좋은 편이었으며, 줄리와 말다툼을 할 이유라곤 없다고 생각되었다.

줄리가 다투는 모습을 보며 영 리는 본능적 직감으로 몸을 떨었다. 손끝을 떠는 것이 아니라 머리칼이 삐죽 서서 떨렸다. 몸이 떨리자, 마음도 그에 붙잡혀 같이 떨렸다. 정확한 말소리는 닫혀있는 문을 뚫고 전달되지 않았어도 굳게 닫힌 철문의 중앙, 네모나게 나 있는 투명한 유리창으로 둘의 상황을 볼 수 있었기에 그들의 말소리가 영 리를 향한 것이 아님에도 불구하고 그들이 싸우는 장면은 그녀에게 와 꽂혔다. 그것은 왜인지 모르게 졸이는 마음을 후비는 바늘이었다. 그녀는 바늘을 뽑으려 세게 주먹을 쥐었다 폈다. 줄리는 창백한 얼굴로 어이없다는 제스처를 하며 말을 쏟아댔다. 말싸움을 하면서도 그녀는 얼마 후 탐사를 갈 북극해 지점에 미리 보낸 소형 드론에서 오는 알람음을 체크하기도 했다. 언쟁하고 있는 상대를 뒤돌면서까지.

영 리는 줄리의 돌발행동에 적잖이 두려워졌다. 구겨지는 방법을 몰랐던 빳빳한 종잇장이 마구 망가져 버리는 것을 볼 때나 느낄 수 있는 이질적인 감정이 들었다. 오래전 곪은 상처의 딱지가 예고 없이 그녀에게서 떨어져 가는 상황 같다는 마음과 함께 그녀가 만약 저 자리에 있었다면, 그녀는 깨끗하고 질 좋은 도화지가 아니었기에 저런 발언을 마음껏 튀기지 못할 것이라는 확신이 있었다.

긴 말싸움 끝에 상사인 인시드 프로젝트의 총괄 리더인 남자가 초소형 무선 이어폰을 바닥에 던져 버렸다. 줄리는 웃었다. 비웃음에 가까운 조소를 연구실에 흩뿌리고 말았다. 그러면서 이 싸움 아닌 싸움이 아주 흩날리듯 끝이 났다.

영 리는 자신이 목격한 언쟁에 대해서 무슨 일이냐고 줄리에게 물어보고 싶었다. 그러나 지쳐 보이는 얼굴을 가진 사람에게 캐물어봤자 대답을 들을 수 있을 것 같지도 않았으며 그렇게 해서까지 그녀를 더 이상 힘들게 하고 싶지 않았기에 말을 아꼈다.

　최종 선발 인원에 들기 전 터 수영이 가능했던 둘 중 줄리를 제외한 나머지 한 명의 남자, 노아만이 그 뒤 줄리에게 다가가 몇 번 무신경적인 말을 걸었다. 하지만 그와의 대화 이후 줄리의 상황은 확실히 더 악화된 것 같아 보였다. 엉킨 실을 풀려고 노력해 보았지만 결국 엉키다 못해 매듭이 지어진 실 뭉텅이를 누군가 칼로 절단한 것 같은 기분이 영 리를 휘감았다. 절대 엉킨 실 사건이 원만히 해결됐다고는 생각할 수 없었다.

　그날 밤, 영 리는 숙소 침대에 누워 내일 있을 잠수 훈련을 생각해 보려고 노력했다. 하지만 좀 전의 다툼에 대한 생각이 부푸는 것을 멈추기는 힘들었다.

　'감'이었다. 나쁜 예감은 틀리지 않는다고, 머리끝부터 발바닥까지 모든 세포들이 이건 아니라고 외치고 있었다. 그녀만 모르는 어떠한 비밀이 지금 그녀를 속이고 있는 것 같은 느낌까지 들었지만, 극단적으로 치닫는 생각은 잠을 설치게는 했어도 오히려 그녀 스스로 그녀의 생각을 비웃으며 생각을 멈추는 데에 도움이 되었다.

　전날 줄리는 말했다.

　"너는 옳은 일과 해야 하는 일 중 무엇을 고를까, 영 리?"

　줄리는 내게서 대답을 듣지 않고 곧바로 이어 말했다.

　"머리와 마음이 같은 곳을 향했으면 좋겠어. 하지만 그건 불가능할지도 몰라, 나에겐." 그리고 줄리는 인시드 프로젝트에서 제명당했다.

＊＊＊

　인시드 프로젝트 5일 차, 팀원 한 명이 실종됐다. 이 사실을 알게 되고 즉시 우리는 본부에 현재의 비상사태를 알렸다. 15시 26분경 첫 메시지를 보내고 몇 분 뒤, 원래대로 프로젝트를 진행하라는 답변이 돌아왔다. 지원 인력이나 인명 구조 비행선을 더 보내달라는 요청에는 답변이 오지 않았다. 나와 노아를 비롯한 두 명의 나머지 팀원들이 모두 프로젝트를 계획대로 진행하라는 명령을 무시하고 DP 호에 달린 네 개의 레이더로만 없어진 팀원을 찾기 무섭게, 본부에서는 DP-ek 140 탑승 4인 전원 속히 본부로 복귀하라는 메시지가 우리를 막았다.

　바다, 영 리의 모든 것을 삼킬 수 있고, 그녀의 모든 것을 토할 수 있는 바로 그녀가 꿈꾸던 바다. 고된 준비를 마치고 비장한 마음으로 11명의 팀원이 비행 잠수함에 발을 딛는 순간에도 우리가 저 바닷속으로 뛰어드는 진짜 이유를 알지 못하는 기분이었다. 6개월 동안 훈련이 지속되는 동안에도 우리는 바다로 가는 진짜 이유를 듣지 못했었다. 윗선에 물어보면 '너네들이 하는 것은 그저 더 윗분들에게 보여주는 잠행, 인시드 프로젝트다.'라는 답만 돌아올 뿐이었다. '임신이 불가능한 몸이 되면서까지 윗분들에게 보여주기식 프로젝트를 진행하고, 건드리면 안 되는 문제를 제기하였다고 팀에서 제명당한 동료를 바라보면서 독하게 버티는 게 진실로 내가 꿈꾸어왔던 일인가?' 하는 생각을 억누르는 것만이 내가 머릿속으로 할 수 있는 유일한 일이었다. 하지만 이런 일을 또 겪다니, 순간 머리에 열이 올라 꼿꼿이 두 발로 서 있는 그녀가 사실은 잠수함 내부 바닥에 누워 있는 것 같다고 느껴졌다. 그녀의 내면에서부터 비참한 감정이 슬금슬금 새어 나와 마침내 큰 웅덩이를 다 채웠을 때 노아는 다음 날 본부로 돌아가자는 말을 꺼냈다. 지독하게 무심한 투였다. 적어도 그녀에게는 그렇게 받아들여졌다. 지금 그녀의 심정을 철저하게 무시한 말이었고, 지금까지 쌓아왔던 그들의 동료애가 무심하게 짓밟히는 말이었다.

***

　몇 번의 발악과 다른 팀원들의 제지, 쉽게 가라앉지 않을 것 같던 흥분은 측정하기 힘든 무기력함과 허무함을 거치자 빠르게 식었다. 그녀는 지친 몸과 정신으로 까무룩 기절하듯 잠드는 수밖에 없었다. 지금 그들이 있는 수심과 같이 더 깊숙하고 암담하게. 그런 모양과 마음으로, 어떻게 화를 내고 어떤 말을 뱉었는지 기억하는 것은 그녀에게 너무 힘든 일이었다.

정신을 차려보니 다른 팀원들도 언제부턴지 모르게 잠들어 있었다. 영 리는 꿈인가 싶은 그녀의 상황을 타인의 상황을 들여다보듯이 생각하며 그대로 계속 누워있었다. 귀에서는 작고 검은 벌레가 울듯이 기분 나쁜 머리를 울리는 이명이 들렸고, 규칙적인 울림 사이에서 이질감을 주는 또 다른 소음이 하나 섞여 들어 고막을 자극했다. 아무것도 할 수 없을 것이라고 생각하며 손가락 하나 까딱할 의지도 없었던 조금 전까지와는 다르게 그녀는 이질적인 소음이 못 견디게 거슬리기 시작했다. 평소 귀가 예민한 편도 아닌 데다, 소음과 같은 사람을 괴롭히는 귀찮은 것들에 무심한 편이었던 그녀도 현 상황에서 이 소리는 마치 자신의 원인을 어서 까발리라는 아우성처럼 들렸다. 그녀는 홀린 듯 소리의 원천을 찾아 희미한 빛을 찾았다. 어느새 잠수함이 수면 위로 올라왔는지 파도 소리가 들려왔다. 그러나 이는 그녀가 찾던 소음이 아니었다.

"…히 돌아오도록, 성가시게 구는 것들은 그냥 알아서 처리해."

"…."

"무엇 때문에 그렇게 망설이는 거지? 너네들이, 아니 네가 해야 할 일은 이미 다 끝냈다. 실종자가 있다는 것도 시끄러워지지 않으려면 그냥 덮는 게 좋을 거야."

"하지만 주드, 지금 상황으로서는…."

무슨 말을 하는 건지 모를 노아와 총괄팀장의 대화 도중 팀장의 얼굴이 송출되던 홀로그램 모니터에서 갑자기 50대 초중반으로 보이는 여자의 얼굴이 지직거리는 잡음과 함께 나타났다. "드림시티가 건설된 지 삼십 년도 채 되지 않았어요, 저 땅 밑바닥에 두고 왔던 사람들의 울부짖는 소리가 아직도 귀에 생생합니다. 우리 인간은 아직도…"

"그만, 그만. 보안 팀은 또 뭘 하고 있는 거야. 노아, 보고는 여기까지만 듣지. 무슨 일이 있어도 이른 시일 안에 돌아올 것이라고 믿는다."

송출되던 홀로그램이 꺼지고, 침울하기 그지없는 표정을 한 노아의 얼굴이 시커먼 바다를 보여주는 강화 유리 창에 반사되어 비쳤다.

"예…."

들리지 않을 그의 대답에서 희망이나 각오 따위는 묻어나오지 않았다.

영 리는 인기척을 숨겼던 것을 생각 못 하고 곧바로 노아에게 따지듯이 물었다. 이게 도대체 무슨 소리인지, 우리에게 무엇을 숨기고 있는 것인지. 노아는 그녀가 예상했던 당황하는 얼굴이 아니었다. 파도 없는 바다보다 더 고요한 얼굴을 하고 있었다. 그녀가 있었던 것을 처음부터 알고 있었던 것처럼. 원망스러운 말들을 쏟아부어도 열리지 않을 것 같은 입술을 바라보며 그녀는 시선을 아래로 돌렸다. 지금 그녀의 감정을 노아에게 내비치고 싶지 않았다.

영원 같은 정적. 아니, 정적이라기엔 뭐한 이따금 들려오는, 잠수함의 철제 벽면에 부딪혀 오는 파도 소리가 이 벗어나고 싶은 상황이 꿈이 아니라는 것을 내게 각인시켜 주고 있었다.

"줄리는 알고 있었어."

"…."

그녀는 한순간에 노아의 입으로부터 흘러나와 그들 사이의 공기를 뚫고 그녀에게 흘러오는 말소리를 이해하기 위해 최선을 다했다.

"영 리, 이건 그저 윗선에 보여주기식 잠행이나 해산물 따위를 채집하는 탐사가 아니야."

그는 지금 프로젝트가 어린아이가 엄마에게 자신이 저지른 무의미한 행동을 자랑하듯 보여
주는 게 아니라고, 인간은 똑똑하고도 또 그만큼 악독해서 인간이 또 다른 인간과 자신을 위
해 행하는 모든 행동에서 행하는 순간마다 생겨나는 부가적인 것들은 생각하지 않는다고 말
했다. 30여 년 전 건설된 드림시티는 위태로우며 물과 해산물, 그리고 공기가 부족하고 무엇
보다 그들의 공중 도시는 땅 위의 많은 사람을 버리고, 짓밟고 올라선 도시라고 말했다.

"그건 어쩔 수 없는 일이었어."

"우리는 드림시티 건설 이전의 세계를 몰라. 건설될 당시 상황이 얼마나 끔찍했는지, 우린
알지 못해. 돈 있는 자가 돈 없는 자를 밟고 드림시티 위로 올라올 수 있었겠지. 없는 사람들
은 오염되고 갈라진 땅 위에서 썩어나든 말든 아무도 상관하지 않았을 거야. 하지만 그건 드
림시티 안에서도 마찬가지야."

영 리는 예전부터 줄곧 품어왔던 '윗선에 보여주기식 프로젝트라면 왜 가장 넓고 수심도
깊은 태평양이 아닌 북극해 탐구인가?' 하는 의문이 순간 상기하며 그녀에게서 몇 시간 전에
도 흘러나오지 않았던 뜨거운 감정이 솟구쳐 올랐다.

"그게 지금, 이 상황이랑 무슨 상관인 건지…, 모르겠어…."

"정말 모르겠어? 이건 인시드 프로젝트가 아니야. 드림시티 정부는 우리의 공중도시를 버
리고 해양도시를 세울 계획이라고."

그녀의 떨리는 말끝을 눈치챘는지 노아는 반문하며 빠르게 말했다. 노아는 말을 하면서도
자신이 말의 내용을 감당하지 못하겠는지 조금 흥분한 듯 보였다.

"해양 탐사를 상식적인 곳에서 안 하는 것도, 의미 없는 일들을 반복한 것도 모두 해양도시
를 위해서라고? 줄리도 이것 때문에…."

노아는 침울하게 고개를 떨구었다. 방금 알게 된 부인하고 싶은 사실을 인정하지 않을 수

없었다. 모든 의문이 가라앉고 속에서 복잡하게 얽힌 기분이 해답을 찾았다고 환호하고 있었다. "영 리, 우리가 이 비행 잠수함에 타는 순간 우리는 해양 도시에 입성할 수 있는 티켓을 가지게 된 거야. 팀장이 약속했어, 이거야말로… 어쩔 수 없는 일이었던 거야."

영 리는 그 약속을 진심으로 믿냐고, 네가 그 조건을 요구한 것이냐고 물어보고 싶은 마음 속 아주 작은 욕구를 무시했다.

영 리는 그가 부른 자신의 이름을 감당할 수 없었다.

***

'여기는 깨끗하지 않은 것 같아, 너의 생각보다.'

언젠가 줄리가 했던 말이 떠올랐다. 속뜻을 예측할 수 없었던 말을 그녀는 이제야 완전히 공감할 수 있었다. 인시드 프로젝트를 진행한 곳은 온갖 것들로 오염되고 폐수가 섞인 바닷물보다도 깨끗하지 못했다. 드디어 깨달을 수 있었다.

어째서인지 말을 꺼내던 줄리의 얼굴을 기억해 낼 수 없었다.

노아의 말리는 소리가 들려왔지만 개의치 않았다. 최소한의 장비만을 몸에 걸치고 바닷속에 뛰어들 준비를 했다. 무엇을 위해 지금껏 부작용을 감내하며 약을 먹어왔으며 또 못할 건 무엇인가. 견디기 힘든 차갑고도 뜨거운 물에 뛰어들자 짠 기운이 훅 끼치며 이루 말할 수 없는 만족감이 심장을 채워나갔다. 영 리는 그녀 자신이 튀기는 물방울을 눈에 새기며, 마음에 새기며, 최소한의 잠수를 하며 나아갔다. 그리고는 물속의 생명체를 마주쳤다. 아름다운 비늘을 자랑하는 '물고기'였다. 아랫배 지느러미와 꼬리에는 주황빛이 돌았다. 분명 바위 색 점박이를 가진 물고기였다. 물고기와 이토록 가까운 자리에서 마주쳤다는 사실에 감격하기도 잠시, 공포에 질린 눈을 마주하자, 그 만족감도 그녀가 친 헤엄에서 튄 물방울과 함께 다시 넓게 흩어졌다.

그래, 본래 해녀가 있었지만, 이 직업의 대(代)가 이어지기에 인류는 너무 악했다.

※ '데나리온'은 드림시티에서 사용되는 공용 화폐의 단위로 1데나리온의 가치는 '백만 원'이며, 성경에서 착안하였다.

아마, 네 사랑은

부 여 원

(울산 방어진고등학교 3학년)

기억나? 네가 나를 물에서 건어 올려줬을 때 말이야. 나는 흙탕물 아래에서 네 얼굴을 봤어. 눈에 들어차는 흙과 모래들로 따끔거렸지만, 눈을 감을 수가 없었어. 물 아래, 은은하게 비치는 네 검은 곱슬머리와 갈색 눈동자를 잊지 못하리란 걸 알았거든. 지금 눈을 감든 뜨든. 어찌되었든 이 기억은 우리 사이에 평생 남아있으리란 걸. 너는 아직도 모를 거야. 내가 알고 있다는 사실을 말이야. 손만 뻗으면 나를 들어 올릴 수 있으면서도, 수면 위로 부글부글 끓어오르는 공기 방울만 보고 있었잖아. 이대로면 내가 죽는다는 사실을 알면서도, 가만히 있었어. 내가 질투가 났거든. 내 머리를 쓸어내려 주는 어머니의 손길이 너는 질투가 났던 거야. 그렇지? 나는 다 알고 있었어. 어쩌면 처음부터 말이야.

너를 처음 만났을 때가 교회에서였나? 아니면 공원? 너는 우리 엄마가 상담해 주는 아이였고, 말을 잘하지 않아서 친구가 없던 애였어. 엄마는 또래인 우리가 친구가 되길 원했지. 네게 말은 안 했지만 말이야. 너를 만나기 하루 전에 엄마는 내 손에 장난감 상자를 쥐여 주셨어. 내가 갖고 싶다고 찡찡거렸던 레고였지. 정말, 정말 사주는 거죠? 하고 물었을 때 엄마는 내 머리를 쓰다듬어 주셨어. 휴대전화로는 네 사진을 보여주셨지. 대신 이 애랑 친하게 지내쳐. 여러모로 불쌍한 아이니까. 그런 말씀을 하시면서. 여러모로 불쌍한 아이. 여러모로. 그게 정확히 무슨 뜻을 의미하는지는 몰랐어. 나는 그때 어렸으니까. 그저 내 손에 들려있는 레고가 네게는 꿈이자 불가능일지도 모른다 생각했어. 교회에서 몇 번이고 새겨들었던 약자를 도와라, 그 말을 떠올리며 얼굴도 모르는 너를 동정했지.

　너를 만나러 가는 길, 내 덩치만 한 레고 상자를 이고 걸었어. 네게 꿈을 보여주고 싶었거든. 약자를 돕는다는 사실에 무척 들떠있었어. 많은 상상을 했지. 네 성격 같은 거. 아니면 우리의 첫 만남. 사진 속 네 모습은 뭐랄까. 정말 음침해 보였어. 미안하지만 그런 기억밖에 안 떠오르네. 해 봤자 곱슬머리는 처음이라 신기했다 정도? 이건 네가 싫어하는 얘기이기는 하지만…. 나보다 덩치도 작고 예쁘게 생겨서 여자앤 줄 알았어. 그래서 더 설렜지. 내 또래의 여자아이. 그때 교회에는 내 또래 여자아이가 없었거든. 예전에 한 명 있긴 했지만, 이사를 가버려서 다른 교회로 옮긴 상태였어. 그래서 오랫동안 나 혼자 놀아야 했어. 남자애들은 다 시끄럽고 냄새나서 같이 놀기 싫었거든. 뭔지 알아? 그 특유의 땀 냄새? 흙하고 땀방울이 뒤섞여서 나는 쉰 냄새 말이야. 그 냄새만 맡으면 머리가 찌잉하고 울리더라. 아직도 그래. 체육 시간이 끝나면 교실 안에 가득히 그 냄새가 퍼져. 애써 티를 안 내려고 입을 만지는 척 소매로 코를 가리고 있어. 그것도 아주 잠시, 정말 잠깐 냄새를 막아 줘. 그러고 있다 보면 네 생각이 나거든.

　너는 나를 잘 모르겠다고 했지만. 그건 확실히 알고 있었잖아. 내가 네 냄새를 꽤 좋아했다는 걸 말이야. 환영의 포옹이랍시고 오랫동안 널 껴안고 냄새를 맡곤 했지. 대놓고 킁킁거리고 있는데도, 싫은 기색 하나 없었어. 너는 그때 신기하다고 했었지. 왜 이런 냄새를 좋아하냐고. 이따금 그런 사람들 있잖아. 락스 냄새 좋아하고, 먼지 냄새 좋아하는. 나도 그런 부류였어. 네게서 나는 눅눅한 지하 주차장 냄새를 정말 좋아했거든. 하지만 냄새랑 별개로 지하

주차장은 좋아하지 않았어. 너무 어둡고, 무섭게 생긴 차들로 가득했거든. 매번 입구 앞에서 흘러나오는 냄새만 맡았었지. 내 뒤로 비치는 빛은 주차장으로 갈수록 어둠에 좀먹히고, 그 어둠 속에서 비상등의 붉은 빛만이 깜박거렸어. 너는 항상 그곳에서 나타났지. 맞아. 너무 어두워서 그림자도 지지 않는 곳, 엄마의 뒤를 따라 걸으며. 나는 엄마를 뒤따라 주차장을 나오는 너를 볼 때마다 꼭 그림자 같다고 생각했어. 엄마의 짧은 그림자. 그만큼 너는 짙은 검은색하고 잘 어울렸지. 그걸 알고 항상 검은 옷만 입고 다닌 건지는 모르겠지만….

네 덩치에 맞지 않은 그 검은 티셔츠 말이야. 매번 목이 늘어나 네 쇄골이 다 드러나 보였어. 여자애가 그러면 안 돼~ 하며 내 분홍색 카디건을 네게 걸쳐줬었지. 너는 고개를 끄덕이며 집에 가기 전까지 그 카디건을 걸치고 있었고.

있잖아, 그 상황은 몇 번을 떠올려도 웃겨. 분홍색 카디건을 걸친 또래보다 작은 남자애. 그런 남자애 손을 붙잡고 교회 이곳저곳을 싸돌아다니던 민소매만 입은 여자애. 그때 우리 엄마 표정 기억나? 교회 홀에서 예배를 드리고 나오는 분들을 배웅하던 엄마의 미소가 산산이 조각났었지. 두 눈을 크게 뜨고 둘이 뭐 하는 거야~ 하고 달려오셨잖아. 아마 내가 너를 괴롭힌다고 생각했나 봐. 엄마에게 너는 감정을 표현할 줄도 모르고, 거절도 못 하는 애였으니까. 반대로 나는 여자애답지 않게 목소리도 크고 장난꾸러기에 사고뭉치였으니까. 우리가 사고를 치면 엄마는 네 머리를 쓰다듬고 꼭 안아주셨지. 그리고 내게 꾸중을 늘어놓으셨어. 나는 엄마 품에 안겨있는 너를 보고 있었어. 팔을 올려 엄마를 끌어안지도 못하고, 그저 차렷 자세로 어정쩡하게 서 있는 모습. 그 모습이 어찌나 웃기던지. 그때까지만 해도 나는 네가 우리 엄마를 불편하게 생각하는 줄 알았어. 나는 그런 너를 구해 줘야 한다 생각했지. 꾸중을 듣다 말고는 너와 엄마에게 다가가 팔을 크게 벌리고 끌어안았어. 엄마는 잠시 아무 말도 못하고 나를 쳐다봤지. 눈만 깜박거리다가 이내 크게 웃음을 터트리셨어. 내 당돌한 행동이 너를 구한 순간이었지. 물론 꾸중을 듣던 건 나뿐이었지만.

나는 꽤 오랫동안 너를 여자애로 알고 있었어. 너도 내가 오해하고 있단 사실을 알고 있었고. 왜 말을 안 했나 몰라. 내가 너무 좋아서 그랬던 거야? 여동생이 생긴 것 같다 좋다고, 또래 여자 친구가 생겨서 너무 좋다고. 매번 그런 소리를 해서? 내가 실망할까 봐? 어쩌면 옳은 판단이었을지도 몰라. 처음 네가 남자애란 걸 알았을 때 세상이 뒤집히는 줄 알았어. 어느 날 교회 선생님이 내게 말씀하시더라. 친하게 지내는 것도 좋지만 남자와 여자는 구별돼야 하는 선이 있는 거라고. 나는 그 말을 듣고 우리가 뭘 했는지 되새겼어. 글쎄. 뭐 많이 하기는 했지. 내가 화장실 가기 무섭다 떼를 써서 네가 문 바로 앞에 서 있기도 했고. 졸릴 때마다 네 무릎 위에 머리를 대기도 했어. 언제는 또 우리 집에서 잠도 잤었지. 물론 한 침대에서 자지는 못했어. 나는 엄마한테 너와 한 침대에서 같이 자고 싶다고 했지만 절대 안 된다고 하셨거든. 그제야 모든 게 이해가 되더라고. 내가 어떻게 했게? 맞아, 기억나지? 네 바지를 부여잡고 엉엉 울었었어. 7살이란 나이가 그렇게 어린가? 친구 성별이 바뀌었다고 그렇게 질질 짤 정도로?

그 사건이 있던 이후. 우리 사이는 많이 달라졌어. 예전만큼 허물없는 사이를 자랑하지 못했지. 나는 그때 남자애들이 싫기도 싫었지만 무섭기도 했어. 까닥하면 나를 때릴 것 같이 올라가던 목소리와 매섭던 성격. 그래서 네가 남자애란 사실을 알고 나니 아쉬움보단 배신감이 컸어. 그렇게 작은 몸을 가지고 있으면서. 나보다 더 여리면서. 어떻게 남자일 수가 있어? 나는 쭈뼛거리며 네 주변을 돌던 때가 기억나. 너는 그런 나를 보고는 내 카디건을 벗겨냈고. 맞아, 그 분홍색 카디건. 그리고 그걸 걸치고는 내 손을 붙잡고 다시 교회를 돌아다녔지. 그런 것도 무슨 위로하는 거라고. 분홍색 카디건 다시 걸친다고 네가 여자가 되는 것도 아닌데.

나는 네 뒷모습이 너무 동그랗고 작아서 또다시 눈물을 터트렸어. 이렇게 작은 애가 어떻게 남자애야. 이렇게 여린 애가 어떻게 남자애야…. 다 거짓말이야. 아마 그때부터였던 것 같아. 우리 사이가 이렇게 달라진 게 말이야.

나는 첫사랑이 교회 오빠였어. 그 오빠는 고등학교 2학년이었고. 무척 상냥했던 기억이나. 너도 알잖아. 내가 그 오빠를 얼마나 좋아했는지. 대입을 준비한다고 그 오빠가 교회에 나오지 않게 되었을 때, 눈물 콧물 다 쏟아내던 나를 달래던 게 너였으니까. 너는 그랬지. 사랑은 안 이루어질 때 더 예쁜 법이라고. 있잖아. 나는 아직도 그 말을 떠올리곤 해. 바람에 흩날리던 네 곱슬머리와 빛을 받으면 옅은 금색이 되던 네 눈과 함께. 그래. 너의 말대로였어. 네 검은 티셔츠에 콧물을 닦아내고 나는 얼굴이 달아오르는 걸 느꼈거든. 너는 되게 예뻤어. 왜냐면 너는 나보다 더 안 이루어질 사랑을 하고 있었으니까.

너 말이야. 우리 엄마 좋아했지. 다 알고 있었어. 내가 생각해도 그때 우리 엄마는 예뻤어. 맞아. 나이에 맞지 않게 동안이셨고, 흔치 않은 미인이셨지. 그리고 상냥했어. 꼬질꼬질한 너를 안아주고 쓰다듬어 주실 만큼. 자신의 딸내미와 단짝을 시켜주실 만큼. 너는 내가 정말 몰랐다고 생각해? 나를 끌어안는 어머니를 볼 때마다 묘하게 일그러지던 네 표정을 내가 못 봤을 거라 생각해? 네가 질투했듯이, 나도 질투가 났어. 이건 질투라기보단…. 그래. 생떼에 가까웠지. 내가 좋아하는 남자애가 나를 좋아하지 않아서. 우리 엄마를 더 좋아해서. 나를 봐달라고, 너를 때리고 괜히 미움받을 짓 하고.

여름날. 그날은 전날에 태풍이 왔었어. 너와 나는 계곡에 있었지. 밤새 비가 온 탓에 계곡 물은 불어났고, 투명하던 물은 흙탕물이 되어있었어. 나는 놀고 싶다고 어머니에게 떼를 썼지. 한참을 말이야. 결국 어머니는 발목까지만이라며 우리를 데리고 계곡으로 갔지. 정말 차가웠어. 나는 그 감각이 좋아서, 몸을 더 깊게 담그고 싶어졌어. 어머니가 오랜 운전 탓에 꾸벅꾸벅 졸기 시작하자, 너를 데리고 더 깊은 곳으로 간 것도 그 탓이었고.

바위를 타고 옆쪽으로 돌아 우리는 어느 정도 깊은 곳에 도착했어. 너는 그 바위 위에서 꼼짝을 안 했지. 나는 같이 가자 했지만, 너는 엄마한테 돌아가야 한다 했어. 나는 네 입에서 나오는 엄마라는 단어가 싫었어. 네가 좋아하는 게 내가 아니라서 더 싫었단 말이야. 그래서 그랬어. 같이 가주지 않으면 엄마한테 네가 나쁜 애라고 말할 거야. 그러면 엄마가 이제 너를 좋아하지 않을 걸?

이 뒷부분 기억해? 그래, 맞아. 너는 나를 밀었어. 그 바위 위에서 뒤로 넘어가는 순간에 나는 그 전과 비슷한 풍경을 봤어. 너를 처음 봤을 때 말이야. 지독하게도 시키면 눈동자가 끝까지 나를 쫓아오던. 손을 뻗어 내게 내밀던. 그 뒤에는 바람에 흔들리는 나무와 눈이 부실 정도로 쨍하게 내리쬐던 햇빛.

풍덩, 하는 소리와 함께 나는 흙탕물 속에 있었어. 사실 그 뒤로는 기억이 잘 없어. 눈 떠보니 나는 집 안이었거든. 그 뒤로 뜨문뜨문 기억나는 거라곤. 나는 바위 위에 홀로 있었고, 엄마는 그런 내게 달려와서 등을 두드리셨지. 결국 차를 타고 집으로 돌아왔어. 그 뒤로 나는 너를 볼 수 없었지. 돌아오는 일요일에도. 다음 주 일요일에도. 다다음주 일요일에도.

궁금하지. 내가 네게 이런 말을 하는 이유를. 나는 여전히 잊지 못 하거든. 차갑던 교회 계단에 둘이 옹기종기 앉아서 하던 얘기를 말이야. '안 이루어지는 사랑이 더 예쁜 법이래.'라는 말 뒤에 네가 덧붙였던 말.

어서 어른이 되었으면 좋겠네. 네가 좋아하던 오빠처럼. 그럼, 네 사랑이 이루어졌을 텐데.

정말 그랬을까? 고등학교 2학년이 어른인 줄 알던 우리가. 그렇게 시간을 먹어 그 나이가 되면 사랑이 이루어질까? 있잖아, 나는 벌써 19살이라는 나이가 되었어. 너도 그럴 거고. 그래. 검은 곱슬머리의 남자애야. 네 사랑은 이루어졌어? 어른이 되어서도 여전히 더 예쁜 사랑만 하고 있으면 안 될 텐데. 이따금 어머니에게 네 얘기를 물어봐. 항상 묘한 웃음을 지으시며 '그런 애가 있었지.'라고 하셔. 맞아. 내 생각도 그래.

아마. 네 사랑은….

자리

박 채 원
(경기 백신고등학교 3학년)

나는 장미 미장원 앞에 다시 섰다. 중간중간 스티커가 까져 마치 '미자운'처럼 보이는 낡은 간판과 통유리 넘어 보이는 가격표. 입구에 걸쳐진 OPEN 팻말이 얄궂게 나를 반겼다. 할머니가 떠난 미장원은 그전과 다름없는 모습으로 자리를 지키고 있었다. 애초에 할머니가 떠났는지조차 확신할 수 없었다. 핸드폰을 열어 할머니에게 곧장 전화를 걸었다. 여전히 닿지 않는 연결음이 기약 없이 길어졌다.

빽빽한 문을 힘주어 열자 빈틈없이 들어찬 온갖 살림살이가 눈에 들어왔다. 당장이라도 꺼질 듯이 깜빡이는 업소용 냉장고, 세 대의 파마 기계, 산처럼 쌓인 식기와 간이침대까지. 모두 예전에 보았던 그대로였다. 할머니가 외출을 나갈 때면 언제나 신경 써 전원을 내리던 led 간판은 색색의 불빛을 비추며 움직이고 있었다. 백미, 취사가 완료되었습니다. 귀에 익은 알림음과 함께 압력밥솥 특유의 요란한 소음이 울려 퍼졌다.

"어 뭐야, 되게 빨리 왔네."

가게 안쪽 방문이 열리는 소리와 함께 낯선 목소리가 들려왔다. 다급히 돌아본 뒤에는 잔뜩 젖은 머리를 털고 있는 중년의 여성이 자리하고 있었다. 수건으로 머리를 말아 넘긴 여자는 태연한 목소리로 나에게 물어왔다.

"할머니 손녀, 맞죠?"

낯선 여자는 말이 무척 많은 사람이었다. 내가 대체 무슨 말부터 꺼내야 할지 고민하던 사이 자신을 할머니의 동업자라 소개한 여자는 나를 자연스럽게 안쪽 방으로 이끌었다.

"짐은 이곳에 풀면 되고. 또 뭐 궁금한 거 있어요?"

"할머니한테 동업자가 있다는 말은 못 들었는데요."

미심쩍은 어조로 묻자, 여자는 저를 모르냐며 되묻고는 대답조차 듣지 않은 채 방을 나가버렸다. 박희경. 당연하다는 듯 남기고 간 여자의 이름이 머릿속 가득 울렸다. 곧이어 부엌 쪽에서부터 가스 불을 켜는 소리가 들려왔다. 할머니는 누군가를 곁에 두는 사람이 아니었다. 언제나 많은 사람에게 둘러싸여 있었지만, 자신의 곁을 온전히 내주지 않았다. 무리하면서까지 자신의 일을 도맡아 하던 할머니와 동업자는 전혀 어울리지 않는 조합이었다. 그러나 뭐라 더 따져 묻기에는 이미 애매한 시간이 지나버린 후였다.

나는 여자가 안내한 방으로 들어와 소박한 짐을 풀었다. 짐이라고 해도 세안 도구와 일주일 치 옷가지가 전부였다. 애초에 이곳에 오래 머물 생각은 없었다. 어디라도 방만 구해지면 당장 짐을 챙겨 떠날 계획이었다. 정처 없이 거처를 옮기는 건 이미 익숙했다.

한때 나의 집은 평택에 위치한 아이스크림 공장이었다. 숙식 제공이란 문구만 보고 무작정 찾아간 공장 옆에는 직원들을 위한 숙소가 마련되어 있었다. 원룸에 가까웠던 숙소는 외부로 연결된 주방과 화장실 탓에 겨울만 되면 수도가 얼어붙곤 했다. 나는 무엇보다도 먼저 수도가 얼기 전 미리 물을 받아놓는 법을 익혔다. 옅은 곰팡이 냄새가 배어있는 방은 크지도 작지도 않았지만 열댓 명이 넘는 사람들이 전부 몸을 눕기엔 턱없이 부족한 크기였다. 방에는 낡은 라디오가 하나 놓여 있었다. 일과가 끝나면 어김없이 틀어져 있는 라디오에선 종종 공장 기계에 몸이 끼여 사망한 노동자의 소식이 흘러나왔다. 언니들은 노동자의 죽음은 안타까워하면서도 우린 얼마나 복 받은 사람들인지에 대한 이야기로 열을 올렸다. 나는 그런 언니들을 뒤로한 채 좁은 공간 속 몸을 한껏 끼워 넣었다.

공장에서의 일은 어렵지 않았다. 커다란 소음을 내며 돌아가는 아이스크림 기계와 두 눈만을 드러낸 채 푸른 방호복으로 몸을 둘러싼 사람들. 그 틈에서 나무 막대를 내려놓는 것이 전부였다. 나는 막대를 올린 틀을 빠른 속도로 삼키는 기계를 바라보며 그 속으로 세상의 색이 하나둘씩 빨려 들어가는 듯한 기분을 느꼈다. 온통 흑색인 세상 속에서 난 저 거대한 기계의 부품이 되어 있었다. 그럴 때마다 나를 끌어올린 건 다름 아닌 공장의 언니들이었다. 쉬는 시간이 되면 언니들은 나를 끌곤 종종 옥상으로 향하는 계단에 앉아 불량 아이스크림을 나누어 먹곤 했다. 우린 시시콜콜한 잡담과 함께 필요 이상으로 단 아이스크림을 입에 넣어 녹였다. 짧은 기간이었지만 분명 고된 몸을 이끌고서도 웃을 수 있는 나날이었다. 나는 이런 우리의 관계가 계속될 거라 믿어 의심치 않았다. 그러나 그런 근거 없는 오만은 오래가지 못했다. 언니들을 비롯한 수많은 공장 직원은 마치 정말 기계의 부품이라도 된 듯 아무렇지 않게 갈아 끼워졌다. 오늘 일과를 마치고 잠에 들면 내일은 짧은 상실감과 함께 새로운 얼굴이 우릴 반겼다. 함께 쉬는 시간을 보내는 인원은 날이 지날수록 줄어들었다. 나는 더 이상 이곳에 머무를 수 없었다.

나는 여행용으로 챙겨두었던 싸구려 화장품 샘플을 모아 신경질적으로 서랍 안으로 집어넣었다. 굳게 닫힌 낡은 서랍이 밖에서 풍겨오는 음식 냄새와 맞물려 무척이나 익숙하게 느껴졌다. 겨우 가방 하나뿐인 짐을 아무렇게나 밀어 넣고 벽에 고갤 기대앉자 참아왔던 졸음이 밀려왔다. 걷잡을 수 없이 감겨오는 눈에 나는 잠시 두 눈을 붙인 채 몽롱한 기분에 나를 내던졌다. 얼마나 시간이 흘렀을까. 열어둔 문틈 사이로 요란한 현관문 소리가 들려왔다. 커다란 목소리로 손님을 받는 희경의 목소리가 미장원을 가득 채웠다. 나는 무거운 몸을 일으키며 쪽방의 문을 열고 나섰다. 미장원은 어느새 손님들로 가득 차 북적이고 있었다. 소란스러운 복도 사이에 서 어색하게 자릴 잡자, 누군가 나의 팔목을 잡아끌었다.

"어머. 얘, 장미 손녀 아냐?"

나를 잡아챈 건 작은 체구의 할머니였다. 새카맣게 염색한 검은 머리를 한 할머니는 쓰고 있던 선글라스를 내리며 나를 바라보았다. 두껍게 그려진 두 눈썹이 위아래로 휘어졌다. 마치 자신이 기억하는 어릴 적 나의 모습을 찾아내려는 듯 보였다. 한껏 당황스러운 표정을 지어 보인 나를 뒤로한 채 할머니는 한껏 높은 목소리로 자신의 언니를 불러댔다. 뒤이어 다가온 똑 닮은 모습의 할머니를 보자 나는 이 할머니들을 기억해 낼 수 있었다.

어릴 적 머물렀던 할머니의 미장원은 마치 하숙집 같았다. 밥통의 취사 완료 음은 미장원에 머물며 드라이기 다음으로 가장 많이 들은 소리였다. 할머니가 십여 분의 흰 쌀밥을 밥그릇에 덜어 담을 때면 익숙한 얼굴의 단골들이 하나둘씩 들어오기 시작했다. 할머니는 매 끼니를 이 단골들과 함께 때우곤 했다. 할머니는 이 중 몇을 미장원 안쪽에 있는 쪽방에서 재우기도 했는데 보통은 술을 거하게 들이켠 어르신들이 그 대상이었다. 이 특이한 식사 시간 덕에 나는 미장원에 들어온 지 이틀도 되지 않아 할머니의 친구들을 전부 만날 수 있었다. 이틀에 한 번꼴로 오는 옆집 백수 삼촌은 앞집 고시생 삼촌과 같이 다니곤 했는데, 됐으니까 밥이나 먹으라는 할머니의 호통에도 언제나 너스레를 떨며 외상값을 달아두는 것이 일상이었다. 일사불란하게 상차림을 도와 음식을 나르고 소란스러운 식사를 보내면 할머니와 종종 화투를 두던 쌍둥이 자매 둘이 싸 온 과일을 먹었다. 시장에서 꽤 오래 과일 장사를 하던 할머니들은 흥이 오르면 종종 좋은 과일을 고르는 법에 대해 한참 동안 설명하곤 했다.

오랜만에 만난 과일가게 할머니들은 나를 앞에 세워둔 채 옛이야기로 한참 열을 올렸다.

화투로 종종 종잣돈을 잃던 이야기, 유별났던 할머니의 미용 솜씨, 나와 친하게 지내던 옆집 아이까지. 온갖 화제가 어지럽게 쏟아지는 가운데 나는 그 사이에 서 그저 간간이 고갤 끄덕일 뿐이었다. 이야기를 잠시 멈추곤 숨을 돌리던 할머니들은 이내 보이지 않던 고시생 삼촌에 대한 이야기를 풀어놓기 시작했다. 몇 번이고 시험에 떨어지던 삼촌은 작년에 들어 기어코 턱걸이로 고시에 합격했다는 것 같았다. 그런 그와 언제나 함께하던 백수 삼촌은 작은 일자리를 구해 그럭저럭 수도권에서 너무 멀지 않은 곳으로 이사를 나갔다. 삼촌들이 마지막으로 미장원에 들렀던 그날, 백수 삼촌은 그간 달아둔 외상을 전부 갚았다며 할머니들은 혀를 내둘렀다. 나는 고갤 들어 미장원을 둘러보았다. 익숙한 얼굴들 사이엔 처음 보는 얼굴들도 제법 섞여 있었다. 오랜 기간 고정되어 있던 할머니의 단골 모임은 어느새 무척이나 달라져 있었다. 영원히 변하지 않을 것만 같았던 이곳은 나를 제외하곤 모두 자신의 자리를 찾아가고 있었다.

희경은 분주하게 음식을 담아내며 식사 준비를 하는 와중에도 입을 쉬지 않았다. 수없이 쏟아지는 희경의 말은 시도 때도 없이 나를 찔러대는 칼과도 같았다. 일방적인 희경과의 대화를 계속하다 보면 당장이라도 자릴 박차고 나가고 싶은 충동에 휩싸이곤 했다. 그녀는 무척 해맑고 거침없는 사람이었지만 그 점이 마냥 좋게 다가오지만은 않았다. 전혀 악의가 담겨있지 않은 일상적인 한 마디에서조차 느껴지는 애매한 불쾌감이 희경과 나의 거리를 채웠다. 나는 복잡한 미장원을 빠져나와 문을 열었다. 저곳에 더 이상 내가 있을 자리는 없었다. 어떻게라도 일거리를 찾아 손을 돕고 있으면 아가씨가 이런 걸 할 줄은 아냐며 잡아채 가기 일쑤였다. 어색하게 공간만 차지하며 희경의 관심을 끄는 것보단 차라리 산책이라도 하는 게 더 나았다. 따가운 오후 햇살에도 불구하고 늦겨울의 찬 공기가 얼굴을 시리게 때렸다.

세월이 흐른 거리는 어릴 적 기억 속 모습과 크게 달라지지 않았다. 달라진 것이라 해도 생각했던 것보다도 더 낡아버린 건물과 먼지 쌓인 간판이 다였다. 나는 어릴 적 분필로 땅따먹기를 즐기던 오래된 아스팔트 도로 위를 걸었다. 군데군데 깨져 금이 가 있었지만 워낙에 인적이 드문 거리였으니 여전히 수리되지 않은 듯했다. 상가 건물 사이로 들어가 좁은 골목을 지나자, 어디선가 나를 불러 세우는 소리가 들려왔다.

작은 세탁실 앞 의자에 앉아있던 중년의 여자는 하마터면 못 알아볼 뻔했다며 반가움을 숨기지 않고 내게 다가왔다. 어릴 적 가끔 마주치던 세탁소 아주머니였다. 아주머니는 옆집 아이와 함께 거리에서 뛰어놀 적이면 언제나 못마땅한 표정으로 우리에게 간식과 함께 잔소리를 늘어놓곤 했다. 할머니와의 사이는 그다지 좋지 않았던 걸로 기억했는데, 아주머니는 언제나 넘쳐나는 오지랖으로 할머니의 언성을 기어코 높였다. 나를 붙잡고선 앞서 할머니들과 같이 옛 추억에 대한 이야기를 늘어놓는가 싶던 아주머니는 이내 희경에 대한 운을 떼기 시작했다.

"왜 그, 너희 미용실 있잖아. 그 여자 아직도 거기서 자리 잡고 있다니?"

그렇다고 답하자 펄쩍 뛴 아주머니는 희경을 무서운 여자, 심지어는 꽃뱀으로 칭하며 혀를 내둘렀다. 어디서 나오는지도 모르는 여자가 갑자기 미장원을 꿰차고 들어오더니 할머니를 홀랑 꾀 먹었다는 것이다. 갑작스러운 이야기 전개에 그저 어색한 웃음만을 흘리고 있자니 아주머니는 나의 두 손을 잡고선 너도 꼭 조심하라며 단단히 당부했다. 내가 고갤 끄덕이고 나서야 아주머니는 손을 풀었다. 그런데도 성에 차지 않았는지 내가 시야에서 사라질 때까지 계속해서 조심하라 외치는 아주머니를 뒤로하고 나는 다시 미장원으로 발걸음을 옮겼다.

산책 후 돌아온 미장원은 여전히 밥을 얻어먹는 단골들로 북적이고 있었다. 나는 나를 식탁에 앉히는 희경의 손길을 벗어나 그보다도 조금 떨어진 자리에 앉았다. 먹음직스러운 갖가지의 반찬이 식탁 위로 잔뜩 올라와 있었다. 어릴 적 할머니가 차려준 밥상과 크게 달라 보이지 않았다. 남기지 말고 먹으라며 으름장을 놓는 희경의 모습마저 말이다. 나는 그런 희경을 한동안 오래 바라보았다. 아주머니는 다른 사람의 일에 관심이 무척 많은 사람이었다. 언제나 그랬듯 이번 역시 터무니없는 오지랖 중 하나였겠지만 갑작스러운 희경의 존재가 마냥 의심스럽지 않은 것은 아니었다. 갑작스럽게 나타난 동업자와 사라진 할머니. 이젠 정말 주인이라도 된 듯 미장원을 활보하는 희경을 바라보며 나는 넘어가지 않는 밥을 삼켰다.

며칠이 지났지만, 나에겐 그저 앉아서 시간을 죽이는 것 외에는 별다른 일이 있지 않았다. 그저 희경이 할머니를 대신해 손님의 머리를 하고 음식을 차리는 모습을 지켜봐야 할 뿐이었다. 아무런 역할도 허락하지 않는 희경이 마치 미장원에서 나를 밀어내는 것만 같았다. 무의미한 시간이 흐를수록 희경에 대한 의구심은 커져만 갔다. 도통 자신의 이야기를 꺼내놓지 않는 이 동업자를 어떻게 받아들여야 할지 도저히 갈피가 잡히지 않았다. 간간하게 들려오는 라디오 소리가 미장원을 채웠다. 때마침 노래 소개 코너를 마친 채널에서 독거노인을 상대로 한 보이스피싱 사건 브리핑이 흘러나왔다. 외로움을 많이 느끼는 독거노인을 타깃으로 삼아 친근하게 다가가며 사기행각을 벌였다는 내용이었다. 나는 나도 모르게 고갤 들어 희경을 바라보았다. 희경은 라디오의 클로징 음악을 따라 흥얼거리며 바닥에 머리카락을 쓸어 담고 있었다.

'일을 쳐도 크게 칠 여자야.'

나는 얼마 전부터 머릿속을 떠나지 않는 아주머니의 말을 되뇌며 할머니의 방으로 향했다. 할머니의 방은 어릴 적 보았던 모습과 크게 달라지지 않았다. 작은 평상과 이부자리, 서랍장 하나만 달랑 들어가 있는 커다란 방. 나는 방 안으로 들어가 앉아 평상 옆에 자리한 오래된 서랍장을 열었다. 먼지를 뒤집어쓴 서랍에는 여러 잡동사니가 한데 뒤엉켜 있었다. 나는 여러 겹의 영수증들 사이를 한참 뒤져 두꺼운 수첩을 찾아 꺼냈다. 검은 가죽의 손바닥만 한 수첩은 할머니가 언제나 끼고 다니던 장부였다. 나는 단단히 고정되어 있는 고무줄을 잡아당겼다. 만약 희경에게 정말 다른 목적이 있었다면, 이곳에 그 흔적이 남아있을지 몰랐다. 혹은 그렇지 않더라도 어쩌면 이 장부로 새로 들어갈 방의 월세를 해결할 수 있을지도 몰랐다. 장부를 열자 낡은 종이 냄새와 함께 빼곡하게 쓰인 글씨들이 보였다. 장부는 총 두 가지의 글씨체로 이루어져 있었다. 시원하게 날려 적힌 글씨와 정갈하게 열과 행을 맞춘 글씨. 나는 그중에서도 유독 많이 등장하는 이름을 발견할 수 있었다. 김 희경, 50. 그 밑에 자리한 김 희경, 100. 그 아래에도 희경의 이름은 끊임없이 등장해 있었다. 나는 그 길로 희미하게 들려오는 청소기 소리를 따라 자리를 박차고 나섰다.

"이 장부, 뭐에요?

"뭐가?"

눈앞에 펼쳐진 장부를 보고도 이해할 수 없다는 듯 희경이 나를 바라보았다.

"설마 할머니한테 이런 식으로 돈 받아 갔어요?"

여유롭던 희경의 얼굴이 굳어가는 것이 느껴졌다. 나는 그 무엇도 놓치지 않기 위해 아무 말 없이 희경을 바라보았다. 잠깐의 정적이 미장원의 공기를 채웠다.

"… 풉."

참을 수 없다는 듯 시작된 작은 웃음을 시작으로 이내 요란한 웃음소리가 미장원 가득 울려 퍼졌다. 얼굴을 잔뜩 굳힌 나를 뒤로하고 희경은 급기야 내 어깨를 내리치며 웃었다. 한 번 시작된 희경의 웃음이 겨우 진정되었을 때쯤, 희경은 나의 손에서 장부를 빼갔다. 그러곤 다시 나를 향하게 장부를 펼쳐 놓은 희경은 손가락으로 자신의 이름을 짚으며 그 옆 비고란을 가리켰다. 꼼꼼하게 계산된 하루 총수익액이 희경의 이름을 따라 늘어나 있었다.

"나 원 참. 돈을 빌려주고도 욕을 먹네, 내가."

그 자리에 서 아무 말로 하지 못하는 나를 보며 희경은 자신의 지갑을 꺼내 들었다. 희경의 지갑 속에는 다섯 살 남짓인 어린 남자아이의 사진이 들어있었다. 김 민호. 이제 막 내 또래가 되었을 자신의 아들을 소개한 희경은 이제는 좀 덜 사기꾼 같아 보이냐며 웃어 보였다. 말이 많고 거침없는 중년의 여성. 나는 그제야 희경을 온전히 다시 볼 수 있었다. 그러나 여전히 이해할 수 없는 부분은 남아있었다. 나는 긴 망설임 끝에 말문을 열어 그럼 왜 갑자기 연도 없던 할머니를 돕고 나섰는지 물었다.

"너희 할머니가 날 살렸지, 뭐."

희경은 가벼운 어조로 이야기를 시작했다. 희경은 주변 또래에 비해 결혼을 일찍 한 편이었다. 그랬기에 모든 것이 빨랐다. 민호 역시 결혼 생활이 미처 다 자리 잡기도 전에 찾아왔다. 자신에게 찾아온 아이를 온전히 키워내기엔 희경은 어렸고 미숙했다. 아이에게 밥을 다 먹인 이후엔 가볍게 토닥여 트림을 시켜주어야 한다는 기초적인 지식조차 알지 못했다. 그렇기에 점점 더 버거워지는 민호를 바라보며 희경은 자신이 지쳐가는 것을 느꼈다고 한다. 민호를 잃는 것은 정말 찰나의 순간이었다. 그저 한 번. 딱 한 번만이라도 벗어나고 싶다는 생각을 마쳤을 때, 희경의 손에는 민호의 손이 잡혀있지 않았다. 온 마을을 뒤져 겨우 민호를 다시 만날 수 있었지만, 민호는 이미 희경이 자신의 손을 놓는 장면을 전부 기억하고 있었다.

그렇게 그날을 기점으로 희경은 더 이상 자신의 가족에게 머무를 수 없었다. 이혼은 결혼과 같이 빠르게 이루어졌고 민호는 친정에 맡겨졌다. 민호의 선택이었다. 그렇게 아이의 손과 함께 모든 것을 놓쳐버린 희경을 불러 세운 건 할머니였다. 활짝 열린 장미 미장원 안으로 희경을 데리고 들어온 할머니는 그녀의 이야기를 들으며 저녁을 차렸다. 이후 희경은 미장원

내 쪽방에 머물며 밥을 얻어먹었다. 그저 밥을 차려주던 할머니는 이내 희경에게 잡다한 일을 가르쳐 주며 정말로 미장원을 같이 꾸려나가기 시작했다. 동업의 시작이었다.

나는 말을 마치며 힘없이 미소 짓는 희경을 바라보았다. 희경을 만나고서부터 어렴풋이 느꼈던 위화감의 정체를 알 수 있을 것만 같았다. 희경은 엄마를 닮아있었다.

나는 나에게 친척이 없다고 생각했다. 엄마는 할머니를 비롯한 친인척에 대한 그 어떠한 말도 하지 않았다. 방 안에서 이불을 둘러싸고 혼자 숨죽여 슬픔을 삼키던 엄마. 그런 엄마에게 있어 가족은 오직 나 하나뿐이었다. 내게 할머니가 있다는 사실을 알게 된 건 엄마가 이불 속으로 파고드는 날이 줄어들기 시작했을 무렵이었다.

장미 미장원을 처음 방문한 날에는 비가 내리고 있었다. 미장원으로 오는 내내 굳은 표정이던 엄마는 활짝 열린 유리문 안으로 나의 등을 떠밀었다. 미장원 안에서는 전 굽는 냄새가 가득했다. 오늘부터는 할머니와 지내야 한다는 엄마의 목소리가 머리 위로 울려 퍼졌다. 태어나 처음으로 마주한 할머니와 미용실, 잦아지는 외출과 하루가 멀다고 집 앞으로 찾아오는 낯선 남자까지. 어쩌면 나는 이미 알고 있었을지도 몰랐다. 이젠 엄마에게 나는 더 이상 필요하지 않다는 사실을 말이다. 엄마를 오랫동안 보지 못할 것만 같은 기분이 들었다. 이어서 할머니와 엄마의 짤막한 대화가 들려왔다. 척 들어도 날카롭게 벼려진 문장들과 높아지는 언성, 요란하게 돌아가는 기계 소리가 작은 미장원을 가득 채웠다. 내가 이곳에서 느낀 첫 감정은 두려움이었다.

할머니는 엄마가 떠나고 나서야 나를 돌아보았다. 움츠려 서 있는 나를 지나친 할머니는 작은 평상과 플라스틱 의자를 꺼내 펼치기 시작했다. 할머니와 나는 서로 무언의 약속이라도 한 듯 아무런 말도 꺼내지 않았다. 냉장고에서 꺼내진 반찬들이 상 위로 올려지는 소리만이 우리 사이를 채웠다. 노릇하게 구워진 전과 소박한 반찬거리들을 보자 절로 속이 쓰려왔다. 오늘 먹은 거라곤 엄마가 오는 길에 사다 준 햄버거 하나뿐이었다는 사실이 그제야 떠올랐다.

"뭣 허냐, 퍼뜩 와서 안 앉고."

나는 굳어있던 몸을 억지로 움직여 자리에 앉았다. 먹음직스러운 음식을 앞에 두었지만, 체기가 절로 올라왔다. 주차장을 떠나던 엄마 차의 요란한 시동 소리가 머릿속을 떠나지 않았다. 할머니는 전을 집어먹으며 간간이 나에 대해 물어왔다. 나이는 몇이냐? 부터 못 먹는 음식은 있는지 정도의 기본적인 정보들. 괜찮으냐? 는 식의 걱정은 전혀 없었다. 빗소리가 들려오는 미용실 안, 나는 잠시나마 엄마를 잊은 채 밥을 먹었다. 할머니를 마주 보며 먹는 늦은 저녁은 생각보다 맛있었다.

나는 엄마와 보냈던 시간보다도 오래 할머니의 장미 미장원에 머물게 되었다. 할머니가 재혼을 했다는 사실은 할머니의 방 안, 낡은 앨범을 펼쳐보다 알게 되었다. 밝게 미소 짓고 있는 할머니와 낯선 가족들 사이, 엄마의 사진은 그 어디에서도 찾아볼 수 없었다. 엄마의 슬픔이 처음으로 나에게 다가온 순간이었다. 그저 맹목적으로 이해해야만 했던 엄마의 외로움은 할머니의 앨범 속에서 여실히 드러났다. 할머니는 그 모습을 보곤 아무 말 없이 나에게서 앨범을 가져갔다. 그 뒤로는 할머니의 앨범을 다시 볼 수 없었다.

여러 계절이 바뀌었다. 북적거리는 미장원에서 밥을 먹는 일상이 완전히 익숙해졌을 때쯤 커다란 유리창 너머로 보이는 주차장에 흰색 중형차가 들어섰다. 왼쪽 사이드미러가 고정되어 움직이지 않는 작은 자동차. 무려 5년 만에 다시 보는 엄마의 차였다. 곧장 미장원으로 들어선 엄마는 재혼을 했다며 말문을 뗐다. 이젠 나를 다시 데리러 올 수 있을 만큼 집안 사정이 괜찮아졌다는 엄마는 할머니에게 나의 행방을 물었다. 할머니의 고갯짓을 따라 나를 바라본 엄마를 똑바로 바라본 순간 알 수 있었다. 엄마의 앨범 속, 나의 자리는 마련되어 있지 않았다.

"… 인제 그만 돌아가."

3년 전 겨울, 엄마를 떠나 다시 찾아간 할머니의 한마디를 나는 잊지 못했다. 찬바람을 헤치고 나선 나를 아무 말 없이 들여온 할머니는 따스한 밥상을 차렸다. 그러곤 밥그릇을 비운 나를 미용 의자에 앉혀 머리를 감겨주었다. 주름졌지만 부드러운 할머니의 손길, 맛있는 밥, 잔잔하게 흘러나오는 라디오. 아무것도 변하지 않았다. 이곳은 내가 나의 집이라 확신한, 확신했던 할머니의 미장원이었다. 머리를 말리면서도 한동안 말이 없던 할머니는 내게 어렵사리 말을 꺼냈다. 돌아가라고. 네가 있어야 할 곳으로 이만 가라고. 거울을 통해 바라본 할머니의 얼굴을 떠올릴 수 없었다.

미장원을 나와 걸었다. 아린 바람이 수시로 뺨을 스쳤다는 것 말고는 어떻게 집으로 돌아왔는지는 잘 기억나지 않았다. 그저 이곳에서조차 밀려났다는 생각만이 머릴 가득 채웠다. 결국 나는 끝내 나의 자리를 찾을 수 없었다. 또 버림받진 않을까. 이곳이 나의 집이 아니진 않을까. 수많은 두려움이 나의 발목을 다시금 정처 없는 거리로 잡아끌었다. 그렇게 나이가 차자 바로 집을 나왔다. 공장과 잡일들을 전전하며 이뤄낸 독립은 불안했지만 자유로웠다. 애초에 기대를 하지 않으면 망가질 일도 없었다.

회경이 미장원의 불을 끄는 소리가 들려왔다. 나는 쪽방을 빠져나와 할머니의 방 앞마루에 걸터앉았다. 어둠이 내려앉은 미장원은 무척이나 조용했다. 유리창 너머로 들어온 달빛이 옅은 그림자를 만들어 냈다. 나는 이곳에 나와 앉아 있었을 할머니를 떠올렸다. 엄마를 닮은 눈으로 길을 걸어가는 희경을 바라보았을 할머니를. 엄마는 끝내 할머니를 용서할 수 없었지만, 할머니는 희경과 함께 미장원을 운영하며 끝내 닿지 못한 사죄를 건넸다. 그렇게 할머니는 떠났다. 자신의 응어리를 조금이나마 덜어낸 채, 엄마를 닮은 희경을 남겨두고서. 나는 아직도 나의 자리가 어디인지 확신할 수 없었다. 그러나 언젠가 할머니가 이 장미 미장원으로 돌아오는 날, 나는 비로소 나의 자리를 찾을 수 있을 것만 같았다.

공원

김 남 용
(울산 언양고등학교 3학년)

　나는 노숙자들이 몰려있는 공원에 발을 들였다. 포장마차를 끌고 들어오게 된다면 나를 쳐다봤다. 공원에 발을 들인 후 오래되었지만 간단하게 설치할 수 있는 테이블을 꺼냈다. 공원에 들어선 순간부터 손에 들린 간이테이블을 차례로 설치했다. 그러면 구석에 앉아서 숨어있던 노숙자들이 다 나왔다. 처음에 봤을 때는 몇 안 되는 듯 보였지만 다 모이고 나면 식탁을 다 채울 정도로 많이 있었다. 한 명씩 숨어 있다가 좁은 공원 안에서 20명 이상의 사람이 나왔다. 포장마차 안에서 들통을 꺼냈다. 아직 꺼낸 것은 들통밖에 없었지만 모두 며칠 굶은 듯이 소리 나는 배를 움켜쥐곤 했다. 들통에다가 조리를 시작하면 벌써부터 배고프다고 소리를 질렀다. 기다리는 사람들을 위해서 빠르고 신속하게 음식을 만들었다. 매일 하는 일이었지만 노숙자들의 얼굴을 보면 늘 떨리는 마음으로 국밥을 만들었다. 노숙자들은 떨리는 나를 신경 쓰지 않고 식탁에 앉아서 중요한 표정으로 얘기를 나누고 있었다.

　공원 안에서는 노숙자를 제외하고는 아무도 없었다. 길이라고 표시되어 있는 돌은 뽑혀 있었고 나무들은 잎을 떨어뜨린 채로 앙상한 가지를 흔들고 있었다. 모든 것이 부족해 보였다. 공원 구석에 방치되어 있는 오래된 동물원의 철장과 녹슨 하트 조각상뿐이었다. 그렇다 할 매력이 없는 곳에 사람들이 오지 않을 만했다. 공원에 오게 된다면 굶주린 노숙자들과 정면으로 부딪칠 것이 뻔했다. 비좁은 철장 안에 큰 몸을 넣는 모습을 보면 진짜 동물 같았다. 옆에는 네온사인이 고장 나서 깜빡거리는 하트 조각상 위에서 노숙자들이 살고 있었다. 조각상들은 예전에 많이 찾아왔던 공원이라는 것을 설명하는 듯이 다양했다. 하트 모양, 별 모양 심지어 사람을 표현한 듯이 큰 동상도 함께 세워있었다.

공원 곳곳에는 멋진 곳이 많이 있었지만, 노숙자들이 살기 시작하면서 공원을 아무도 찾지 않았다. 공원은 아침에 오게 된다면 안개가 꼈다. 손을 뻗으면 닿을 정도의 거리만 눈에 보일 정도였다. 서늘한 안개가 껴있는 안의 분위기도 서늘한 기분이 들었다. 사람들이 흐릿하게 보이기는 했지만, 장사를 하는 공원 중앙에 자리해서 앞을 보고 있기 때문에 사람들의 모습이 잘 보였다. 안개가 쌓이면 쌓일수록 사람들은 부딪힐 때가 있었고 먼저 먹기 위해서 새치기를 하는 사람들도 많이 보였다. 그럴 때마다 자신이 밥을 먹다 말고 잠시 다툼이 있기도 했다. 공원 밖에서 쳐다보는 사람들은 안개 때문에 이런 모습조차 보지 못했다. 공원 안에서 서성이게 된다면 공원을 빠져나오지 못하는 경우도 있었다.

대부분 사람은 안개가 낀 공원을 봐도 지나쳤다. 그릇을 다 나눠주고 나면 그 자리를 잠깐 피해 있었다. 이 공원 안의 사람들은 주위에 사람이 있으면 음식이 잘 넘어가지 않는다는 것을 잘 알았기 때문이었다. 공원의 존재는 나와 노숙자들을 제외하고는 공원이 있었다는 존재조차 모르는 사람들이 많았다. 나는 이렇게 국밥으로 공원의 인식을 개편하려고 했지만, 사람들은 공원 속 모습을 보지도 않았다. 가게 바로 옆에서 진행되는 무료 시식회였지만 공원 안에서 노숙자들의 썩은 내와 국밥 냄새가 뒤엉켜서 공원을 더 역하게 만들 뿐이었다. 노숙자들은 공원 안에서 생활을 다 했기 때문에 이를 좋아하는 사람은 거의 없었다. 그런 공원에 흉흉한 소문이 돌기 시작했다.

내가 국밥을 공원에서 만드는 이유는 아들을 잃어버린 일이 시작이었다. 노숙자들에게 국밥을 나눠주는 이곳은 아들과 함께 있던 시간이 가장 많은 장소였다. 말을 하지 않았던 아이가 공원 안에서는 친구도 사귀면서 입을 열었다. 그뿐 아니라 유일하게 웃었던 장소이기도 했다. 그래서 무료 배식을 하는 동안에는 아이들에게 밥을 주는 영양사 같다는 느낌을 받기도 했다. 밥을 받으면서 웃으면서 인사를 하는 노숙자들을 보면 저절로 웃음이 지어졌다. 마스크와 모자를 쓰고 일했기 때문에 내가 웃고 있다는 모습을 구별 못 하는 경우도 많았다. 노숙자들은 밖에서 정상적으로 직장이 있고, 스스로 밥을 사 먹을 수 있는 사람과 차이점을 느끼지 못할 때도 많았다. 사람을 차별적으로 대하지 않으려고 노력했다.

아이와 함께 있을 때는 공원에서 무료 급식소를 하기 전이었다. 나는 작은 식당의 주인이었다. 식당에는 많은 손님은 없었지만, 단골손님들은 계속해서 찾는 곳이었다. 평생 큰 주목은 받지 못한 곳이었지만 결코 잊힐 만한 장소는 아니다. 작은 식탁과 의자가 놓여 있는 동네 안에서 흔하게 볼 수 있었다. 식당 안에서 일하는 동안에는 아이를 만나지 못했다. 아이는 좁은 식당 속에서 갇혀 있는 신세였다. 같이 시간을 보내고 싶었지만 일을 끝내고 집에 돌아가면 해는 저물어 있었다. 심심함을 이해했기 때문에 가게에서 일을 알려주면서도 재미를 주고 싶었다. 나는 아이에게 놀이처럼 일거리를 하나 주었다. 마음에 들어 할까 걱정을 했지만 금방 적응하는 모습이 다행이라고 생각했다.

말을 하지 못했기 때문에 학교 대신 병원에 갔다가 돌아올 곳은 식당이 전부였다. 이렇게 좁은 장소 말고는 갈 수 있는 곳이 없었다. 처음에는 싫어하는 것 같았지만 점점 재미를 붙이게 되었고 더 이상 가게를 좁게 느끼지 않았다. 더 이상 혼자서 놀지도 않았고 식당을 자신의 집처럼 여기는 경우가 많아졌다. 평소에는 아이와 언제까지 보낼 수 있을지 걱정이 컸지만, 아이의 언어장애 증상은 완화되었다.

아이는 평소에 말을 하지 않았다. 처음에는 나에게 간단하게라도 말을 했지만, 가게를 운영하기 때문에 만나는 시간이 점점 줄어들었다. 학교에서 돌아온 아이가 말할 수 있는 곳이 없었다. 아이는 입을 다물더니 다시는 열지 않았다. 가게 안에 모든 사람과의 소통을 시도했지만, 말은 해주지 않았고 말을 계속하지 않다 보니 아이가 무슨 생각을 하는지도 모르게 되었다. 말 대신 얼굴로 표현을 했지만, 그도 정확하게 알기는 힘들었다. 말을 하지 못하니 글로 소통하는 경우가 대부분이었다. 나는 작은 노트를 손에 쥐어 주었다. 노트를 들고 다니면서 서빙을 하는 아이는 인기가 좋았다.

그렇지만 인기는 아이에게는 안 좋은 영향이었던 것 같았다. 서빙 일에 재미를 붙이는 것 같았지만 기간은 오래가지 않았다. 가게 안에는 친구조차 없이 어른들만 많았기 때문에 아이와 잘 어울리지 못했다. 나는 아이를 두고 어떻게 해야 할지 깊은 고민에 빠졌다. 말을 하지 않는 것도 문제였다. 나는 아이의 언어 장애에 대한 책임이 없다고 들었지만, 이 질병은 내가 해결해야만 할 것 같았다. 어떤 방법으로든 지루한 기분을 풀어주고 싶었다. 병이 의심되어서 병원에 가봤지만, 아무런 문제가 없다고 했고 8살이 좋아할 만한 장난감을 가져다주어도 입을 열지 않았다.

아이의 병이 고쳐진다면 무슨 일이든 할 자신이 있었다. 말을 하지 않던 아이였기 때문에 일반 학교에 보내지 못했다. 나는 평범한 친구들과 같이 지냈으면 하는 마음이 컸지만, 학교 측에서 거절을 했기 때문에 다니지 못하게 되었다. 아이도 적응하지 못하는 학교보다는 가게에 있는 것을 더 선호했다. 말만 하지 않는다면 괜찮았겠지만, 아이의 표현 방식은 다른 아이들과는 사뭇 달랐다. 말을 하지 못했기 때문에 행동으로 표현했다. 마음에 들지 않으면 주변의 물건을 던지면서 표현했고 자신의 마음에 들면 주변을 뛰어다니면서 웃음을 지었다. 아이를 처음 만나본 또래들은 이해를 하지 못했다.

항상 국밥을 나눠주는 공원은 휴일일 때 아이의 손을 잡고 방문하던 곳이었다. 공원 안에는 딱히 좋은 것이라고는 없이 걸을 수 있는 장소와 푸른 나무와 풀이 무성하게 자라는 장소일 뿐이었다. 나는 별로 좋은 장소라는 생각이 들지 않았다. 항상 의기소침하던 모습을 보여주는 모습에서 포기하고 돌아가려던 때에 귓가의 맑고 청아한 고음이 들렸다. 아이의 목소리였다. 신나게 뛰어다니면서 소리를 지르니 마음이 놓였다. 주변에서 나보고 말리라고 소리를 쳐도 들리지 않았다. 다른 장소에서는 입을 꾹 다물고 있었지만, 공원 안에서는 또래 아이들과 마찬가지로 하루 종일 뛰어다녔다.

공원 속에서 웃는 아이의 모습을 보니 나까지 행복했다. 그때의 공원의 날씨는 굉장히 더운 날씨였다. 아들은 그런 날씨였음에도 잘 돌아다녔다. 공원에 있는 시간은 늘어갔고 체온은 점점 높아졌다. 아이는 얼굴이 빨개졌지만, 아직도 놀고 싶다면서 앞으로 떠났다. 물을 계속 마시지 않고 놀았기 때문에 물을 사러 공원에 유일하게 있는 포장마차들이 줄 서 있는 곳이 보였다. 뛰어다니는 아이의 손을 잡고 목마르냐고 물어봤지만 잡고 있던 손을 뿌리치고 내 말을 무시하듯 공원 안 수많은 인파들 사이에 섞여 버렸다. 걱정이 되었던 것에 반해 사람들이 가득한 무리 속에서 친구를 만든 것 같아서 말리지 않았다.

포장마차에서는 음료수를 여러 종류를 팔았다. 이온 음료와 탄산음료를 팔았고 즉석에서 제조해 주는 과일음료도 팔았다. 벤치에 앉아서 음료수를 들이켜고 난 다음은 건조했던 목이 풀리는 것 같았다. 양손 가득 들고 가는 것이 딱히 불편하지 않았다. 음료수를 다 마시고 나니 눈이 감기기 시작했다. 잠깐 눈을 붙이겠다는 생각으로 조심스럽게 눈을 감았다. 눈을 다시 떠보니 해는 저물어 있었고 공원에 남은 사람은 아무도 없었다. 아무도 없는 사람들 사이에서 허전함을 느꼈다. 당연하게도 아이의 모습은 어디에도 보이지 않았다. 공원의 길이 닿는 곳은 다 가보았다. 어디에도 보이지 않았다.

처음에 무료 급식소 일을 했을 때 아이의 생각이 가득했다. 아이와의 추억으로 가득 찬 공원은 더럽다는 소문이 돌았고 실제로 소문은 얼추 맞았다. 전체적으로 더러워진 공원은 사람은 물론이었고 동물들까지 이곳에 들어오는 것을 기피했다. 실종 신고 전단지는 공원에 붙어있었고 당연히 보는 사람이 없기 때문에 계속 붙어있었다. 이제는 노숙자들이 휴지 대신으로 사용하기도 했다. 공원 안에서 생명체는 찾아보기 힘들었다. 다양한 모양의 조각상들은 네온등이 하나씩 꺼져 있었다. 방문하는 사람 수가 줄어들수록 하나씩 꺼지는 것 같았다. 심지어 아침에는 켜지고 저녁에는 꺼지는 신기한 상황도 연출되었다. 그뿐만 아니라 조각상들의 구석에는 녹이 슨 모습이 보였다. 공원 바닥의 잔디도 군데군데 비어있었다.

사람들 사이에서 공원의 소문은 널리 퍼졌다. 소문은 다양했다. 어린아이가 토막 나서 살해당했다는 살인 사건이 일어났기도 했고 공원 전체가 방사능이 오염되었다는 말도 돌았다. 심지어 노숙자들을 좀비 취급하는 사람들도 있었다. 전부다 공원 안에 들어오지 않은 사람들이 지어낸 말이었다. 소문은 어디에서나 들을 수 있었다. 뉴스 이면에 실리기도 하였고 알고리즘 상단 부분에 올라오기도 했다. 항상 실제인 것처럼 가보지도 않은 사람들이 퍼뜨리는 것이 전부였다. 소문이 퍼지고 나서 공원은 관심이 없어지더니 관리인조차 이곳을 찾기를 꺼려했다. 매주 사람들로 꽉 채워진 공원은 모두에게 잊혔다. 기억하는 사람은 어디에도 없었다. 사람들에게 공원은 점점 사라지고 있는 공간이었다.

공원에 대한 생각을 바꿔주려고 노력을 했다. 먼저 가게 손님들에게도 공원에 가보라고 얘기를 했다. 이후에 sns에도 공원에 대한 영상을 찍어 올리기도 했다. 손님들의 반응은 따뜻하게 돌아오는 듯 보였지만 정작 아무도 찾아오지 않았다. 영상을 보고 리뷰를 하게 된다면 수육을 공짜로 주는 행사도 했다. 그래도 공원은 아무도 찾아오지 않았다. 한번은 나가는 손님 중에는 좋지 않은 소문이 있는 곳에 누가 가냐는 듯이 비아냥거리기도 했다. 나는 공원의 본 모습과 노숙자들의 모습을 있는 그대로 올렸지만, 댓글에는 전부 다 거짓말이라는 반응밖에 없었다. 공원에는 나 말고는 다른 사람의 발자국을 찾을 수 없었다.

사람들의 인식을 개선하기 위한 영상을 만들고 있었는데 알고리즘에 예전 공원의 모습을 담은 영상이 올랐다. 무심코 클릭한 영상의 모습은 내가 알고 있는 공원이 아니었다. 영상 속에서는 소문으로 돌아다니는 도시 괴담이 몰려있었다. 공원 안에서 시체를 발견한 것부터 마지막에는 노숙자들을 비판하는 듯한 내용도 있었다. 영상이 끝난 뒤에 댓글을 확인했다. 반응은 나와 정반대였다. 대부분 신뢰한다는 댓글이 과반수를 차지했다. 중간에 사실이 잘못되었다고 말하는 사람들은 큰 관심을 받지 못했다. 관심이 없는 댓글들은 창 아래로 떨어졌고 결국에는 사라지기까지 했다.

노숙자들이 다 먹었을 시간이 되면 그릇을 회수하러 공원에 돌아왔다. 점심시간에 가까워진 시간 때여서 안개는 사라져 있었다. 자리로 돌아갔을 때는 국밥 그릇이 정리 정돈되어서 쌓여있었다. 매일 그릇은 깨끗하게 비어있었다. 오늘은 다 먹지 않은 음식물의 찌꺼기가 많이 있었다. 돈을 내지 않는 노숙자들은 국밥을 얻어먹은 감사의 표시로 설거지를 해두었다. 공원 안에서 설거지 당번을 정하는 방법은 알지 못했다. 그들만의 룰이 있었다. 알려달라고 해도 알려주지 않았다. 오늘은 평소보다 깨끗이 먹은 국이 담긴 통도 역시 비어있었다. 정리를 하기 위해서 돌아왔을 때는 한 청년인 노숙자가 나에게 다가왔다. 그리고 자신의 힘을 과시하려고 근육을 보여주었다.

그러고는 내 팔을 덥석 잡았다. 나는 당황스러웠다. 팔을 뿌리치고 싶었지만, 아무것도 먹지 않아 마른 몸으로 팔을 흩뿌리기에는 역부족이었다. 나는 목소리를 낮추면서 상대를 진정시키기 위해 말을 많이 했다. 청년도 팔에 힘을 서서히 풀게 되었다. 팔에는 흉터처럼 보이는 상처가 많이 새겨져 있었다. 그 상처는 일반적으로 생긴 상처는 아닌 듯이 깊게 새겨져 있는 상처였다. 얼굴은 험악한 인상을 하고 있었다. 그의 얼굴은 진지함이 묻어져 나오는 듯한 모습이었다. 단순히 처음에는 이런 장난을 많이 치는 노숙자들이 많았기 때문에 말을 믿지 않았다. 장난치는 듯하게 거절을 하니 진지한 얼굴을 들이밀었다.

이제는 내가 거절하려는 듯이 보였는지 앞에서 국밥을 만들어 보겠다고 답하였다. 지금 재료는 다 소진된 상태였기 때문에 노숙자를 말리려고 했지만 잠시 갔다 오겠다고 말하더니 눈앞에서 사라졌다. 나는 내려놓았던 들통을 들어 올려 차에 실었다. 간이 테이블도 차례대로 정리해서 쌓아놓았다. 트렁크 안에 집어넣은 뒤에 차 문을 세게 닫았다. 노숙자를 한 번 기다려 보려는 생각이 있었지만, 지금은 기다리고 싶은 마음이 없었다. 포장마차에 몸을 실은 다음에 차에 기대었다. 몸이 나른해지는 기분이 들었다.

나는 멈춰 있는 차에서 졸음이 몰려왔다. 눈이 서서히 감겼고 눈꺼풀을 살포시 덮으니, 마음이 편안해졌다. 잠깐 졸았던 것 같았지만 누군가가 흔들어서 깨웠다. 돌아온 청년이 한 번 더 앞에 다가와서는 잘 보라는 듯이 눈을 떴다. 손에는 한눈에 봐도 국밥 안에 들어갈 만한 재료들이 있었다. 나는 알겠다고 고개를 끄덕였다. 간이 테이블을 다시 꺼내서 가게처럼 주변을 꾸미게 되었다. 그 시간에 국밥을 끓이니 냄새가 공원 전체에 퍼졌다. 아침을 배부르게 먹은 공원 노숙자들이 슬그머니 기어 나왔다.

손님맞이를 한 다음에 주방으로 들어가 보았다. 청년은 내가 이야기하고 있을 때쯤에 국밥을 덜어서 손님들에게 나눠 주고 있었다. 가정된 상황이었지만 나눠줄 때 짓는 미소는 아이와 같아 보였다. 손님들은 친절한 모습을 마음에 들어 했다. 나이 차이로 보아하니 내 아들 같다고 전해주는 손님들도 있었다. 그런 소리를 들을 때마다 환하게 보여주는 미소가 좋았다. 아이와 함께 공원에 갔을 때의 모습을 보는 것 같았다. 늘 긍정적으로 생각하고 밝은 표정이 머릿속에 떠올랐다. 모두의 환호를 받으면서 하루 만에 가게의 스타가 되었다.

무서운 얼굴로 내 말을 다 들어주었다. 그는 아무 말도 없었지만 내 앞에서 최대한 온화한 모습으로 있었다. 처음에 앞에서 말하는 점이 부담스러워서 멈칫했지만 조금만 지나고 나니 적응이 돼서 편하게 털어놓을 수 있게 되었다. 그러다가 자신이 손님이 들어오게 되면 손님 맞이 역할을 해냈다. 처음에 아무런 얘기를 하지 않는 모습을 보고 이상한 표정으로 쳐다보기는 했지만, 손님들은 얼굴과 다른 그의 성품을 보고 모두 마음에 들어 했다.

자신의 가게인 것처럼 손님에게도 친절히 접대하고 원래 하던 일처럼 알아서 척척 해냈다. 이 일에 소질이 있어 보였다. 몸에서 튀어나온 근육이 더 커 보였다. 예전에 가게 일을 잠시 도와주었던 아들의 모습이 떠올랐다. 예전에는 서빙하는 일도 잘 못해서 혼이 많이 났지만, 지금은 큰 키를 가지고 밝은 미소와 함께 실수 없이 혼자서 잘해 내는 모습이 기특해 보였다.

내가 아직도 가게로 돌아가지 않자 숨어있던 노숙자들이 우리를 향해서 다가왔다. 국밥이 다 떨어져서 돌려보내려고 했지만, 다른 사람들은 큰 상관이 없다고 했다. 우리들의 모습을 멀리서 보다 가까이 보고 싶다고 말했다. 사람이 많아지자 당황스러웠던 것인지 잘하던 일을 멈칫하게 되었다. 고장이 난 사람처럼 몸이 삐걱거렸다.

결국 분명히 면접은 아니었지만, 공개 채용 면접이 되어버렸다. 노숙자들이 너무 몰려와서 청년의 일하는 모습은 끝나게 되었다. 사람이 많아지면서 놀라버렸는지 자신의 은신처로 돌아가게 되었다. 나는 일하는 능력을 보면서 절대 음식점의 서비스직을 못 하는 사람이 아니라는 것을 알 수 있었다. 그리고 험악한 얼굴을 하고 있다가 미소를 짓게 되면 모두가 행복해질 수 있는 방법도 가지고 있었다.

가게 안으로 돌아갈 때 공원에 붙어있는 아이의 실종 전단지를 보았다. 전단지 안에는 아이의 얼굴이 그려져 있었다. 한 노숙자가 가만히 서 있는 나를 보자마자 전단지를 가져가서 자신의 입을 닦았다. 평소였으면 화가 많이 났겠지만, 지금은 아무 일도 아닌 듯이 평온한 표정을 지었다. 이후에 공원 안을 돌면서 아이의 실종 신고 기록이 적힌 종이를 하나씩 주었다. 가게로 돌아가던 중 전단지 하나가 가로등에 걸려 있었다. 잃어버린 아이의 전단지가 멀리까지 걸려 있는 줄 알았다. 마저 남은 전단지를 떼기 위해서 다가갔다. 하지만 내가 보는 가로등에는 현상 수배지가 걸려 있었다.

사진에는 청년과 비슷하게 생긴 사람이 있었다. 진지하고 무표정이고 험악한 얼굴로 정면을 바라보면서 있었다. 표정을 보니 무슨 생각을 하고 있는지 알 수가 없었다. 수배지에는 아동 납치 범죄자라는 말이 쓰여 있었다. 믿을 수가 없었다. 딱 봐도 젊어 보이는 나이에 범죄자라는 말은 아니라고 생각했다. 활동 장소도 이 부근으로 적혀 있었다. 처음에 장난식으로 범죄자 같다는 생각을 하긴 했지만 진짜일 거라고는 생각을 하지 못했다. 얼굴이 크게 나온 사진을 찢었다. 가로등에 붙어있는 나머지 부분도 떼버렸다.

포장마차 트럭에는 공원에 놔두고 온 그릇이 없었다. 그릇을 챙기러 돌아갔을 때 청년이 밖에서 나를 기다리고 있었다. 아직도 그의 얼굴에는 온화한 미소를 가지고 있었지만 낯설어 보였다. 멀리서 나라는 걸 인식했는지 팔을 흔들고 있었다. 원래라면 웃으면서 다가갔겠지만 거리가 가까워질 때마다 발걸음이 이상하리만큼 무거웠다. 그래도 청년에게 합격 소식을 전하기 위해서 가까이 가야만 했다. 머릿속에는 가로등에 붙어있던 전단지가 떠오르고 있었다. 결국에는 몇 걸음 걷지도 못한 채로 몸은 굳어버렸다.

나는 청년과 멀어지기 위해서 천천히 뒷걸음질 쳤다. 빨리 뒤로 갔더니 거리는 순식간에 벌어졌다. 아이의 모습이 그려져 있는 전단지와 현상수배범이 그려져 있는 전단지 두 개를 꽉 쥐었다. 뒤로 도망가는 나는 공원과 멀어지고 있었다. 머릿속으로는 돌아가야 한다는 생각이 깊었지만, 청년의 얼굴을 보자마자 벗어나고 싶다는 생각만 들었다. 나는 노숙자가 몰려있는 공원을 벗어났다. 아이가 머릿속에 맴돌았다. 지금쯤 누구에게 잡혀 있는 게 아닐까. 아니면 혼자서 길을 잃어서 갈 길을 잃은 것일까. 아니면 말을 못 하는 청년이 진짜 아이인 것이 아닐까. 많은 생각이 떠오르고 있었다.

운문 심사평

감동을 주는 시 감상

한국청소년문학상에 응모한 작품을 심사를 할 때마다 가슴이 떨린다. 이번에는 또 누구의 보석 같은 시가 심금을 울려줄까. 기성시인들의 시보다 청소년들의 풋풋한 작품에서는 묘하게 마음을 설레게 하는 요소들이 있다. 청소년들의 좋은 시를 읽을 때마다 나는 행복하다. 왜냐하면 그들이 바로 우리 문학의 미래이니까.

그러면 좋은 시란 어떤 시일까. 좋은 시에 대한 정의는 사람마다 다를 것이다. 서울대학교 명예교수인 오세영 시인은 "좋고 나쁜 시는 없다. 감동이 있느냐, 깨달음이 있느냐 차이이다." 라고 말했다. 한 마디로 말해서 감동을 주는 시, 깨달음이 있는 시가 좋은 시라는 뜻이다.

좋은 시를 쓰기 위해서는 발상이 참신해야 한다. 남들이 이미 수도 없이 이야기한 진부한 것들은 다른 사람에게 감동을 줄 수 없다. 둘째로 시의 내용에 맞는 리듬을 살려 시를 써야 한다. 셋째는 비유, 함축, 낯설게 하기 등의 표현기법을 잘 이용해 표현해야 한다. 그리고 가장 중요한 것은 시인의 진솔한 삶, 경험이 독창적인 표현으로 녹아 감동으로 다가서야 한다는 것이다. 시를 읽고 떨림이 없는 시는 좋은 시라고 말할 수 없다.

문학사랑 2023년 제21회 한국청소년문학상에 응모한 작품들을 심사하면서 나는 다행히도 좋은 시 몇 편을 발견할 수 있어 좋았다. 대상을 받는 김하은(강원도, 춘천여자고등학교 3학년)의 '액자 속 바다'와 금상을 받은 최제헌(경기 평택, 한광고등학교 3학년)의 '그네'는 우열을 가릴 수 없이 좋은 작품이었다. 그리고 은상을 받은 학생들의 작품들도 뛰어나서 앞날이 기대되는 작품들이었다.

인류의 재앙이라 불리는 '코로나19'는 우리의 삶을 지치게 만들었지만, 거의 큰 힘을 발휘하지 못하는 것 같다. 그 가운데에서도 문학 창작에 관심을 가진 대한민국의 청소년들은 변함없이 작품을 응모하였다. 수상 작품의 수준이 뛰어나 고마운 마음이었다. 탈락한 청소년들에게도 자신만의 훌륭한 작품이었음을 상기시키며 위로를 전한다.

청소년들의 작품을 심사하며 많은 감동을 받았다. 감동을 주는 일이야말로 모든 시인들이 꿈꾸는 것이다. 남의 좋은 시를 읽어가면서 우리도 많은 사람들에게 감동을 주는 시를 써보자.

심사위원 | 김영수 시조시인, 대전문예대학 학장
엄기창 시인, 한국문학교육연구원 원장(심사평)
최자영 시인, 문학사랑협의회 이사 역임

산문 심사평

자아를 성장시키는 원동력

산문이란 운율이나 음절의 수 등에 얽매이지 않고 자유롭게 쓰는 소설, 수필, 편지, 일기, 희곡 등을 말한다. 이번 청소년 글짓기 현상공모에도 소설, 희곡, 수필 등 다양한 분야에서 훌륭한 작품들이 응모되어 즐거운 마음 금할 수 없다. 산문은 언어를 매개로 하여 자기 마음을 직, 간접으로 표현하는 예술이다. 따라서 글을 쓴다는 것, 그것은 자아를 성장시키는 원동력이 되는 것이다.

지금 눈앞에 다가온 4차 산업시대는 인공지능, 로봇, ICT 등 융합을 통한 기술 혁명이 생활 전반을 지배하는 시대다. 그러나 최고의 인공지능을 가진 알파고는 감수성이 없다. 슬플 때 울고, 기쁠 때 즐거워하지 못한다. 슬플 때 울고, 기쁠 때 즐거워할 수 있는 것은 인간만이 할 수 있고, 그것은 문학을 통하여 나타낼 수 있다. 이번 청소년 글짓기 공모에서는 의외로 소설이 많았고 희곡도 두어 편 응모되어 고무적이지 않을 수 없었다.

대상으로 뽑힌 양고은(제주도, 신성여자고등학교 2학년)의 '화장실의 여왕'과 금상을 받은 이예진(경기, 안양예술고등학교 3학년)의 '도그 어질러티'는 두 편 모두 소설이지만, 그 대상이 달랐다. 대상 작품은 청소년의 일상을 상세하게 구성한 것이고, 금상 작품은 유기견(꼬맹이)과 같이 살기 위하여 훈련하는 과정을 치밀하게 정리한 글이다. 은상과 동상을 받은 작품도 발상이 신선한 작품이 많았다. 다양한 작품들을 심사하면서 행복한 독서였음을 밝힌다.

　특히 우리의 삶을 힘들게 한 코로나 시기가 3년이나 계속되어 마음을 아프게 했는데, 이러한 고통을 끝내면서, 대한민국의 청소년들은 대면수업과 작품 창작에 열중한 듯하다. 환난을 극복하며 살아낸 청소년들에게 고마운 마음이다.

　글을 쓴다는 것, 그것은 자아를 성장시키는 동시에 세상을 개척해 나가는 원동력임을 되새기자. 앞으로 대한민국의 문학계에 큰 별로 거듭나기를 기원한다. 특히 수상을 축하하며, 수상 학생과 가족의 행복을 기원한다. 한국청소년문학상 작품 공모에 지도하신 선생님과 학교의 발전을 기원하며, 벌써 내년의 청소년 작품을 기대한다.

심사위원 | 김용복 극작가, 칼럼니스트, 세종TV 주필(심사평)
박종국 수필가, 문학사랑협의회 회장

제21회 한국청소년문학 수상작품집

액자 속 바다

펴낸날 | 2023년 6월 10일

펴낸이 | 사단법인 문학사랑협의회

보급·총판 | 오늘의문학사

        등록 제55호 (1993년 6월 23일)

        대전광역시 동구 대전로867번길 52, 401호(삼성동 한밭오피스텔)

        Tel | (042) 624—2980   Fax | (042) 628—2983

        e-mail | hs2980@hanmail.net

도서·제작 | (주) 국제프린트

        등록 제2015-000024호(2015년 11월 10일)

        대전광역시 동구 대전로 867번길 36. 1층(삼성동)

        Tel | (042) 624—1601   Fax | (042) 633—9120

        e-mail | kookjac@hanmail.net

ISBN 979-11-6493-275-7

값 20,000원